许海涛 著

那些埋藏民间的古董传奇

当代世界出版社
THE CONTEMPORARY WORLD PRESS

图书在版编目（CIP）数据

跑家：那些埋藏民间的古董传奇 / 许海涛著. —北京：当代世界出版社，2018.9
　ISBN 978-7-5090-1440-0

　Ⅰ.①跑… Ⅱ.①许… Ⅲ.①长篇小说—中国—当代 Ⅳ.①I247.5

中国版本图书馆CIP数据核字（2018）第190052号

| | |
|---|---|
| 书　　名： | 跑家：那些埋藏民间的古董传奇 |
| 出版发行： | 当代世界出版社 |
| 地　　址： | 北京市复兴路4号（100860） |
| 网　　址： | http://www.worldpress.org.cn |
| 编务电话： | （010）83908456 |
| 发行电话： | （010）83908409 |
| | （010）83908455 |
| | （010）83908377 |
| | （010）83908423（邮购） |
| | （010）83908410（传真） |
| 经　　销： | 全国新华书店 |
| 印　　刷： | 北京盛彩捷印刷有限公司 |
| 开　　本： | 710毫米×1000毫米　1/16 |
| 印　　张： | 16 |
| 字　　数： | 261千字 |
| 版　　次： | 2018年10月第1版 |
| 印　　次： | 2018年10月第1次 |
| 书　　号： | ISBN 978-7-5090-1440-0 |
| 定　　价： | 48.00元 |

如发现印装质量问题，请与承印厂联系调换。
版权所有，翻印必究；未经许可，不得转载！

# 寻找

（自序）

  一直觉得心里头欠着点、缺着点什么，不那么畅意、熨帖，不那么浑实、润活；而且，随着经见的日头和风雨愈来愈厚密，这种"欠着点、缺着点"的感觉也愈来愈厚密。夜半，没缘由地猛醒之际，几杯酒醺醺然，独自踏着枯叶风中行走之际，这种感觉像生了翅膀，飞舞在面前。我想抓住，却了无踪影，只抓住了迷茫的叹息。

  我得去寻找。

  有那么几年的时间，我像一只麻雀，在乡村漫无目的，又似乎怀揣着所谓的目的不停地飞翔。这家屋檐生了苔藓的青瓦、那家尘灰满面的中堂、这家浸满了油脂和茶垢的炕桌、那家雕镂美丽花纹的房梁、这家丢弃后院硕大的青石条、那家黄土夯筑的院墙……都留下了我翩翩飞翔的记忆。当然，我很幸运，在一座座村庄——这些村庄已经足够衰老，生命用分秒来计算，城市强大的侵略催促他们死亡——活着的最后时刻，结识了很多朋友。

  之所以结识这些朋友，是因为他们跟我一样，也在寻找，寻找"欠着点、缺着点"的什么。他们骑摩托车，驾驶三轮"蹦蹦车"，好一点的，有一辆遮风挡雨的"面包车"，搜寻半径百十多公里。他们进入村庄，扯开喇叭："旧桌子、老板凳、袁大头、老麻钱、旱烟锅锅、玉石嘴嘴、旧书旧画儿、老猪槽、老马槽、老窗子、老门扇……啥都要嗷！收老货喽嗷……"

i

这样的召唤在乡村总能找到呼应。人群聚拢过来，我的朋友们掏出廉价的香烟，先向年长的老者敬上一支，再向每个人笑脸致意，散发一圈。谁知今天会有怎样一件让人心旌荡漾的物件出现呢？谁知这些看似寒窘的乡人先祖姓甚名谁？所谓伟大、著名、知名、有名的人物，哪一个不是从乡村走出去的呢？

古老的村庄像星辰，因为迷雾和阴云，看不见它的璀璨。或许还因为时间太残酷，记忆被一刀一刀割成了碎屑。但世事往往奇妙，冥冥之中自有神灵安排，尘封的过往会因某个物件的出现而光明、清晰，让混沌的后人看见先人的足迹、风采，乃至隐秘。

这也是我这些朋友们最幸福的时刻，也是其风雨无阻整日不辍在乡村搜寻的原因。即使一两个月毫无收获，也丝毫不影响他们搜寻的热乎劲儿。他们有一个共同"毛病"，或者说"爱好"，就是一次一次不厌其烦地向我讲述那些"光辉经历"：如何透过老旧、脏污的外表，用锐利的"一双慧眼"刹那间复原这些老物件的本来面目；怎样按捺住狂跳的心脏，做出无所谓的样子讨价还价；怎样平心静气盘磨出光彩，证明自己有"一双慧眼"；怎样与城市来的"客"斗智斗勇，博得好价钱；怎样追悔莫及，捶胸顿足，没看透这些老物件，开价太低了……经过他们的"一双慧眼"，多少物件陈列在大大小小的博物馆里、多少物件摆设在大大小小的"古镇古村落"里、多少物件成为大大小小富豪豪迈的炫耀的资本、多少物件成为玩家们天天盘磨的最爱……这些物件绝大多数是民间"特产"，别有一种气韵和气质，套用眼下的热词，就是"特别接地气"。

我的这些朋友们让沦落的"破烂儿"走出沉沦的乡村，换了主人，放射光彩。他们却被冠以"跑一线的""铲地皮的""日弄人的""没正事闲混的"名头。好听些，他们被称为"跑家"、"一线跑家"。他们搜寻物件，似乎只为了赢得变卖的差价，为了蝇头小利出卖了不该出卖的东西。一位年长的"一线跑家"朋友说：

"不是我买的本事大，是主儿家要卖啊！谁让他守不住先人的遗存呢？"

"我也要活命么，只要经见了，过手了，心里就舒坦，一辈子能活在寻货的路上，那就美得很了！"

"从我手上接货的人，其实也活在寻找的路上。不给他，他心里也不得成，吃不下饭，睡不着觉。"

我问："寻找什么呢？"

他答："还不是先人留下的那些念想，还不就是你们嘴里天天念叨的乡愁么！"

有那么几年时间，我像跟在老师屁股后头听话的小学生，谦恭地，甚至带着崇拜的意味跟着这些朋友们，敲西家门，进东家屋，把李家批麻批灰黑又亮的大漆供案拉回家，把段家沉重无比的牌坊残件吊上车，吃罢王家嫂子抡圆胳膊烹饪的搅团，顺便捎上他们祖上石印的诗集，喝了周家老叔祖传手艺酿造的苞谷酒，切莫忘记他家那方细腻滑润的端溪老坑砚台……由此，我也结识了很多像我一样，从楼宇森林跑出来的人。他们各怀梦想，有的想搜寻出一座博物馆；有的想装饰自己呆板的樊笼，生些古雅厚重的气息；有的只是爱，与生俱来的爱，没有一丝功利……从我那些跑一线的朋友一直往上，生成了一张巨大的网络和无限的链条，谁也不知道网络的尽头在哪里，链条的顶端在哪里，只知道，数不清各怀梦想的人在这张网络的一定区域、一定高度活跃着，每天因此而繁衍出很多故事。

我的梦想和愿望就是把这些故事原汁原味地记录下来，定格那些精彩动人的瞬间，尽管这些瞬间跟"宏大"叙事比较起来，那么渺小，而且微不足道。就像我那位年长的一线朋友说的，我在记录乡愁。是的，是乡愁，但又不仅仅是乡愁，更有先人通过一对柱础、一件佩玉、一函古书、一根银簪告诉我们时间的斑驳、流传的艰辛、得到的偶然和必然……

大约，这就是我寻找"欠着点、缺着点"的什么吧！

是这样吗？

此刻，我心里头还觉得欠着点、缺着点什么，不那么畅意、熨帖，不那么浑实、润活。昨晚，与那位年长的"一线跑家"朋友通电话，他悲哀地说："咋啥啥儿都寻不下了，跑了三五天，还是光蛋蛋儿，只到手了半块云纹秦当，把人急得想哭……"

contents

| 192 | 189 | 186 | 181 | 176 | 172 | 169 | 164 | 160 | 149 | 143 | 140 | 135 |
|---|---|---|---|---|---|---|---|---|---|---|---|---|
| 青花罐 | 品残斋 | 念佛是谁 | 对点儿 | 路遥手稿 | 卖妻契 | 八棱瓶 | 紫砂挂釉 | 吴记中堂狮 | 翘鼓门墩 | 贾员外门墩狮 | 艾叶绿 | 小碗 |

| 243 | 240 | 237 | 232 | 228 | 224 | 217 | 214 | 211 | 208 | 205 | 201 | 197 |
|---|---|---|---|---|---|---|---|---|---|---|---|---|
| 凯子 | 清风子 | 无铃印字画 | 方瞎子 | 三爷 | 梁老师 | 破烂王 | 老杜 | 团圆 | 小健的书房 | 五哥的园子 | 老四 | 老宋的木箱 |

# 目 录

001 玉祖
005 玉凤凰
010 铁半两
013 永受嘉福
017 犍陀罗
020 北魏小公主墓志铭
028 四面佛龛
037 捣练图
041 金刚经石
045 礼佛图
050 石函
054 望天犼
060 五尊佛

064 心经石
069 紫金鱼袋
074 咸通玄宝
080 缂丝凤鸟
084 三彩鸳鸯
090 上官婉儿墓志铭
094 六如砚
098 董其昌手札
104 小案子
111 画案
119 老树根
125 面条柜
130 石画

# 玉祖

今天的目的地是蓝田。沧海月明珠有泪,蓝田日暖玉生烟。领路的老奚说:"还是王维的辋川呢!"

"新家孟城口,古木馀衰柳。来者复为谁,空悲昔人有。王维的辋川大着呢!有孟城坳、文杏馆、斤竹岭、鹿砦、椒园等二十个好去处,咱要去的是哪一个?"

老奚不答话,车行如飞,说话间驶离绕城高速,进入福银高速,越过了灞陵、华胥、白鹿原和蓝田县城,再往南,穿过蓝关,就进入茫茫秦岭了。

我说:"云横秦岭家何在?雪拥蓝关马不前。韩愈如果活着,肯定不是这样的诗句了,该是'云横秦岭家何在?车越蓝关飞眼前'。"

老奚瞥我,说:"酸不酸?今天的任务是寻宝,不是吟诗。"

我哈哈大笑,说:"诗也是宝,无价之宝,再多的钱买不来啊!"

"最怕听无价之宝。蓝田猿人头盖骨是无价之宝,传国玉玺是无价之宝,王维的《辋川图》是无价之宝,你能得到吗?"

"你的意思是?"

"无价之宝跟咱平头百姓没啥关系,咱只想要要得起的玩意儿,不贪心得什么国宝。"

"与其高攀不上,不如实事求是;与其好高骛远,不如脚踏实地。"

"这就对了！咱去的辋川上官村，一线跑家老汪，脚踏实地，东西地道。"

老汪五十出头，身材高挑，面皮白净，一脸笑意。他家白墙黑瓦的老房前头，搭建了一片彩钢房，走进去，亮眼了——一排一排木头货架，堆满老货，瓷器一排，铜铁一排，瓦器一排，古籍一排，杂项一排；地上，见缝插针，堆着柱础门墩木椅供案之类。房里弥散着沉郁沧桑的老旧气息。

老奚说："这儿没有无价之宝，咱都买得起、搬得走。"

老汪谦和地笑，说："山里粗货，就是个老！随意看，可心了价好说。"

瓷器以黑瓷为多，年份多在晚清民国，酒坛子、调料罐、筷子篓；有几只光绪青花鱼纹盘，算是精品了。铜器以水烟锅子和老墨盒居多。铁器杂，铡刀、药碾子、铁盒，有枚权，嘉靖九年西安府官造，不错。瓦器是瓦缸、瓦盆、瓦当之类。古籍多为医书和"四书五经"。杂项就热闹了，银锁、石狮子、蓝田玉枕头、老笸篮、刺绣裹肚、牛角梳子、木刻佛像……我看中了一对石鼓，拨浪鼓大小，小巧古拙，包浆厚腻。

我问老奚："古人把石鼓雕琢得这么可爱，做什么用？"

老奚抓过石鼓，盘玩一番，说："书案上压纸的，纸镇吧！"

老汪说："不是的。这是大户人家的窗台石，木窗打开以后，挡住窗扇，流通空气呢！"

老奚挥手说："岂有此理！风大了，窗扇呼啦啦，石鼓掉地上咋办？"

老汪谦和地笑，说："我从山阳收来的，跑了两百多里呢！货主老汉说他年轻时候给财东家扛活，亲眼见的。新中国成立后，分了财东家，他分得一套格子门。这两个石鼓是他顺走的。"

老汪指着靠墙的格子门，是楠木的，上刻万字格，下浅浮雕夔龙，雕工精到。

我说："不管它是窗台石，还是纸镇，老汪，我要了，请开价吧！"

老汪说："大户人家的东西，来价高。你头一回来，我只加辛苦钱，两千元怎么样？"

老奚瞪老汪，说："老汪，这么不给面子？锤头大两块青石，雕了两排乳钉，咋要这么大的价？这是我的好朋友，价钱一步到位，以后常来常往呢！"

老汪还是谦和地笑，说："老奚，你也是我的好朋友，我心里有数的。生人，我开四千元呢！这个价已经一步到位，再少就兜不住底儿了。"

我望望老奚，看看老汪，说："老奚，老汪从山阳收来的，几百里路呢！

不容易，你别难为人。"

老奚要说话，老汪抢先说："这话我受活，真理解跑一线的！这样吧，两千元不打动，我另外敬送这位朋友一件东西，怎么样？"

老奚脸色霸蛮，说："送不值钱的破烂儿，不如不送呢！"

老汪谦和地笑，说："让你的好朋友自己挑，只要我承受得起，一定敬送。"

说话间，老汪的眼色和手势引导我看地上的柱础门墩。我扫视一遍，没有可意的，正要扭头，瞥见两门墩后有个圆柱东西，脏乎乎、油腻腻的，像烟熏火燎过。我搬开门墩，圆柱呈现眼前——哦，男人的家伙啊！粗粝挺拔，壮实威猛，太像了！两尺长，比胳膊粗，比小腿细，要说与裤裆里真家伙的区别，只欠包皮那一圈儿。老奚怪模怪样地笑，老汪还是谦和地笑。

我说："好玩儿！老汪，送这个，怎么样？"

老汪爽快地说："没问题！你咋喜欢这妖怪鸟儿？在家里怎摆呀？"

老奚看中了那四扇格子门，老汪要价五千元，死活搞不下来价，最后也以"送"了局，送了一只黑瓷酒樽，晚清的。

老奚说："老汪啊老汪，你的价比那石头鸟儿还硬！"

三人哈哈大笑。

装了货，离开老汪家，老奚说："现在三点多，要不要抓紧时间，去王维别业溜一圈？"

"不去！赶快寻一处有水的地方，我要洗洗那宝贝，快！"

老奚刹住面包车，问："那鸟儿有名堂？"

"还不知道，赶快找见有水的地方，洗洗就知道了。"

老奚起步加油，车子冲了出去，说："找有水的地方容易，辋川么，流水交织如网。"

几分钟后，车子在一峪口停下。峪涧流水哗哗，清澈见底。我抱了宝贝，下到涧畔，将其浸泡在水中，回头朝老奚喊："毛刷，毛巾，洗洁精，手电……"

我和老奚轮番上阵，用刷子、洗洁精、毛巾，折腾了半个钟头，终于把那玩意表面黑乎乎、油腻腻的污垢清理干净。清亮的水里，那玩意呈草绿色；从水中捞出，强光手电照射，局部透光。回到车上，擦干了，晾一晾，草绿变作了灰绿色。

老奚问："是蓝田玉吗？"

"无疑！"

"啥年代的？"

"蓝田玉开发利用得很早。新石器时代，蓝田人就开始佩戴打制的蓝田玉。战国时期著名的和氏璧就是蓝田玉原石。秦始皇传国玉玺也是用蓝田玉制成的。这鸟儿，我看在春秋之前，甚至更早，有可能是仰韶文化或龙山文化时期的。"

"这玩意儿应该有个名字吧，叫什么？"

"玉祖！是生殖崇拜的灵圣之物。原始先祖尤其赞美生殖能力，对繁衍生息充满了敬畏和渴望，把生殖器当作神灵崇拜。这类器物各个时期都有，各种材质都有。石质的就叫石祖，玉质的就叫玉祖。石质的个头大，玉质的个头小，可手上把玩。年代越久远，越是粗犷；年代越近，越是精细。像这么大个头，蓝田玉质，造型如此夸张威猛、粗粝浑朴，罕见啊！有可能是无价之宝呢！"

"又来了，无价之宝！如果真是无价之宝，老汪这个精灵人，会送给咱？"

"如果老汪知道是蓝田玉，肯定不会送给咱了。脏乎乎、油腻腻的，又粗犷，老汪根本没往蓝田玉上想，以为只是一块妖怪石头呢！我本想问老汪从哪里得来的，硬忍住了。"

"为啥？"

"蓝田是个不得了的地方，不仅有蓝田猿人遗址，还是华胥故里。华胥是上古时期母系氏族社会杰出的部落女首领，传说她人首蛇身，是伏羲和女娲的母亲，是炎帝和黄帝的直系远祖，是中华文明的本源和母体，是中华民族的'始祖母'！从华胥开始，母系氏族逐步向父系氏族社会过渡，女阴崇拜向男根崇拜过渡，男根崇拜愈来愈强盛，尤其在仰韶文化和龙山文化时期。我怕话多，点醒了他。"

"肚里转了这么多弯弯绕啊！当时，你咋判断它是蓝田玉的？"

"瞎蒙呗！到蓝田了，就想得到蓝田玉。见它气象不凡，就往蓝田玉上靠呗！反正是送，又不折损什么。"

"太贼了！我纳闷呢，要这个妖怪鸟儿干什么？会是无价之宝？"

"哈哈，如果是仰韶文化或龙山文化时期的，那就真是国宝了。是不是仰韶文化和龙山文化时期的，我说了不算，得找权威专家鉴定呢！"

"还在这儿啰唆什么，赶快回西安找专家呀！如果是国宝，算我一份啊！"

# 玉凤凰

寿星老汉王祖德活过九十八岁,驾鹤西游,喜丧啊!钓台村男女老少都来送老人家最后一程,也沾沾老人家的喜气。

打墓安排了六位精壮劳力,领头儿的是王念龙,王祖德老汉的本家,孙子辈儿的。打墓,有讲究的。墓坑挖到九尺,凿黑堂。黑堂深浅高低须掐尺等寸,墓底须平整绵软,墓壁须凿铲修饰精细,棺木落下,一推即入。挖墓坑、凿黑堂大样,这是出蛮力的活儿,王念龙不插手。待到定尺寸、修整黑堂,这些细活,王念龙才跳入墓坑,钻进黑堂,亲自下手。下手干了一小会儿,"咔嗒"一声,小镬头碰到了硬物。身后往外出土的强生问:"叔,碰着啥了?"

王念龙闷声说:"里头黑,出来看。"

退出黑堂,十二只眼睛盯在王念龙手上——墓坑上头的四个听见响动,趴在墓坑边沿往下看——六个人齐喊一声:"玉!"缓口气,又齐喊一声:"凤凰!"

王念龙手上站了一只玉凤凰,振翅欲飞。墓坑内、墓坑外的空气凝滞了,隔了半晌,不知谁喊:"还有啥?"

王念龙这才灵醒过来,回身钻进黑堂。刨了半晌,把黑堂刨挖得豁豁牙牙,啥啥儿没有!打了手电看,一色的黄土,没一点儿杂色。这么说,玉凤凰是埋在黄土里的,不是老墓坑的。上到地面,六个人围拢一处,传看了一遍玉凤凰，啧啧惊叹：

"凤凰的眼，定睛瞅我呢！"

"凤凰翅膀扇得多大啊！"

"摸在手上，渗凉呢！心里头麻酥酥的！"

王念龙说："强生，你跑回村把永庆叫来，让他看看这到底是个啥！"

永庆来了，掂掂玉凤凰，倒吸一口凉气，说："念龙，咋刨出个这么争怂二杆子的硬货！"

看了半晌，永庆说："最晚在汉，甚至更早！早到啥时候，我说不准。这么好的玉，肯定是皇家档次！钱么，当然值钱了，值大钱呢！具体值多少，看谁掏钱了。"

强生问："看谁掏钱是啥意思？"

永庆说："村里人，一万元都舍不得，玉凤凰再好，不能吃不能喝啊；我这样的小跑家，五万元一堵墙，不是不想多掏，兜兜儿只有这么多钱；西安的大耍家，一百万、三百万不算啥；北京、上海、香港的大藏家，五百万、一千万还是它！"

"一千万！"

六个人都惊呼起来。

永庆说："我打比方呢！玉凤凰的年份断不准，价钱就估不准；古董老货，耍的就是年份，年份越老越值钱。"

念龙说："永庆哥，你走乡过县跑古董呢！咋断不准年份？"

"这么好的货色，我头一回见呢！跑乡里，挨村挨户见到的都是家传的普货。这是在咱人面前，实话实说。要是一线碰上了这个玉凤凰，年份还不是凭我说？"

念龙嘿嘿笑了，说："谁能断年代？"

永庆说："我叫一个行家来！"

永庆到村小卖部打了电话。半小时后，行家开小车来了，见了玉凤凰，眼睛发直，掏出薄手套戴上，捧在手上，说："不能用汗手接，接得时间长了，就接掉了生坑气儿；生坑货一定要生，接熟不值钱。"

细细看了一程，行家瞅永庆，说："一万块，我要了！"

永庆指了念龙，又指了墓坑说："不是我的货。是他几个从黑堂刨出来的。"

行家面向念龙，说："一万块，立马现钱！"

念龙说："一人一万块，还是满共一万块？"

行家愣了，说："玉凤凰一万块，咋能是一人一万块？"

念龙说："玉凤凰是啥年份的？你说说，我看你是不是真行家。"

"你拿钱就是了，管年份干什么？"

"不愿意说，就不卖给你！"

"没见过你这样的农民，年份跟你有啥关系？"

"嫌我是农民？你回吧！"

"清代的。"

"你回吧，不卖给你了。"

"为什么？"

"你嘴里没实话！"

"实话啊！清代的！"

"你回吧！"

"是不是没看准，我再看看。"

"不给你看了，不卖了。"

"实话告诉你吧，元代的。"

"你满嘴跑火车，回吧！"

行家看永庆，永庆不言传。

行家咬牙说："西周的！给你们每人一万！这下总可以了吧！"

念龙说："晚了！你明明知道是西周的，为啥不早说？看农民瓜啊，成心日哄！"

行家脸红了说："咋是成心日哄？古董行道，各人凭各人眼，天上要，地上还。"

念龙说："我是农民，不吃你那套；我是傻瓜，不是张嘴哄人的奸鬼！"

行家脸色涨红，说："这是生意啊！闲话少说，你要多少钱？"

念龙说："一千万！天上要，地上还，这不是你刚说的话吗？"

行家燥了，说："疯了！想成生意好好说话！"

念龙说："一千万！"

行家瞪念龙，又瞪永庆，气呼呼地扭身走了。

念龙说:"永庆哥,这就是你请来的行家?就会哄人!"

永庆苦笑一声,说:"反正哄不了你!人家眼力好着呢,说玉凤凰是西周的。"

念龙说:"西周的?跟咱钓鱼台有瓜葛啊!"

强生吃惊,问:"跟咱钓鱼台有啥瓜葛?"

永庆哈哈大笑,说:"念龙想得真美啊!周文王在咱钓鱼台得遇姜子牙,你的意思是玉凤凰是周文王遗下的?"

念龙说:"你不是说这是皇家档次么,难道没可能?只要有可能,真不能卖了!玉凤凰是证明,证明周文王到过咱钓鱼台!"

永庆还是笑,说:"你敢想!真敢想!玉凤凰真要是周文王佩戴的,那就了不得了。有个词儿叫'天方夜谭',就是说你……"

话没说完,行家跑了回来,脚步没站稳,朝念龙气喘吁吁说:"在场的,一人两万,卖不卖?"说完看永庆。

永庆看念龙。五个打墓的小伙子也看念龙。

念龙说:"文物局马上就到,你趁早窜得远远的,免得寻你的麻烦!"

行家大叫:"农民就是农民,到手的钱不拿,脑子有病啊,瓜实了!"

念龙看着永庆和五个小伙子,说:"听见没有,人家说咱瓜实了!我已经瓜实了,你几个愿意不愿意瓜实?"

永庆说:"咱不瓜实了,能是农民?本来就瓜实了!"

强生说:"听我叔的,我叔说咋办就咋办。"

永庆跑到村小卖部打电话。时间不长,文物局的人赶来了,专家看了,激动得打战,说:"西周顶级玉器,精美绝伦,国之重器!"

念龙问:"有可能是周文王佩戴的吗?"

专家说:"没有考证,不可妄言。从理论上讲,周文王可能会佩饰这个的。只能说,有可能是他佩饰的,但不确定是他。"

永庆说:"专家,别忘了我们村是钓鱼台,周文王来过的,在这儿见到了姜子牙。"

专家哈哈大笑,说:"你太有想象力了!"

念龙问:"专家,周文王为啥不佩戴龙,而是凤呢?"

专家说:"'周之兴也,鸑鷟鸣于岐山。'这种叫作'鸑鷟'的鸟,就是凤凰。周文王'敬德保民',故有凤来仪,凤鸣岐山,这个不发达的小方国最终战胜了强大的殷商。周人觉得这种差别很大的以弱胜强，绝不是一己之力所能为，一定是上天的意志，一定有神力相助。这种幸运，正是源自凤鸣岐山。所以，凤凰形象在西周人那里得到特别的尊崇，就像祖灵一般。"

凤凰是西周人的祖灵啊！

寿星老汉王祖德即将安寝的黑堂出了"凤鸣岐山"的凤凰，大吉啊！文物局奖给七千元，打墓的每人一千元。文物局、老龄委、镇政府联合送给老寿星三台大戏，原计划五天的丧事办了七天，好不风光！抬埋了老寿星，堆垒起坟包，乡党们准备回村。

念龙看看四下，突然喊："咋回事儿？满地都是眼眼儿！"

王祖德老汉坟头百米远近，布满了锨把粗细的眼眼儿。

有人喊："鬼打洞！"

永庆说："鬼咋会打洞？这是洛阳铲钻的探洞！"

乡党们问："洛阳铲是啥？"

永庆说："专门探地下宝的，这儿出了玉凤凰，被盗墓贼盯上了。"

念龙说："还有谁，保准是你那个行家干的好事儿！"

# 铁半两

礼拜六，阎水平三点半爬起来。凌晨三点半呀！屋外黑乌乌的。阎水平拥着被子坐了会儿，醒醒脑子，穿衣下炕，穿上解放鞋，鞋带系得扎扎实实。女人看头，男人看脚，脚底下蹬踏不利索，咋敢往西安跑啊！

浑身拾掇好，阎水平提起板柜上的蓝布兜兜儿，往屋外走，走了两步，又回身到板柜，打开蓝布兜兜儿，往外掏货。第一件儿，一幅对子，瞿杜村收来的，原装老裱，民国人桥惟瑾写的，花了二十元，写的是："一庭之内有至乐，六经以外无奇书。"第二件儿，炕头狮子，俩拳头大，柴焦村焦老汉的。焦老汉原来死活不卖，缠挽了几回不成。焦老汉病了，没钱抓药，这才逮到手。连同他的旱烟嘴儿，和田白玉，籽儿料，满共给了一百元。第三件儿，青田石雕的大肚弥勒，脖颈断了，黏上的，不是新黏，是老黏。古人黏合的手艺，严丝合缝，只见一条隐隐的细线。这是在褚牛村收下的，五块钱。问还有啥，主儿家从炕头窗台取了个碎碎儿的玩意儿，说："你看这是个啥？"

是一枚古钱，不是铜的，却是铁的，边沿锈镴，掉渣渣儿。方孔左右的字迹模糊，但可辨"半两"二字。秦半两？秦半两是铜的，怎么会有铁的？

阎水平说："没见过镴成这样的麻钱，没啥意思。"

主儿家说："起土蹦出来的，没意思我就撇了。"说着就扬手。

阎水平赶紧说："慢着，撇了就可惜了，反正是个老古董……"说着从裤兜摸出五毛钱，裤兜就这五毛钱，"刚好兜兜儿有五毛钱，别撇了，给我！"

主儿家看看手上锈烂的铁钱，看看阎水平手上皱巴巴的五毛钱，抓过五毛钱，铁钱落在阎水平的手心。回到屋，阎水平寻来些铁粉，和了胶，把铁钱四沿补好，做旧，品相好多了。品相好，惹人眼，才能上价呀！

一一点看过，没落下啥，阎水平搐紧蓝布兜兜儿，开了屋门。媳妇儿趴在被窝，黏黏地说："路上小心，慢些！"

阎水平应了一声，心想：慢些，咋敢慢啊！快些都赶不及呢！永乐到八仙庵八十里，二八大驴，不停蹬，得三个半小时呢！七点，天麻麻亮，阎水平赶到了，淘古董的各路把式已经涌来，熙熙攘攘的。阎水平瞅见空子，铺了毡片儿，张开蓝布兜兜，掏出那几样货，一一摆在毡片儿上。一线跑出来的货，鲜，嚣卖，一时儿，毡片上就剩下铁钱了。阎水平心算：民国对子卖九十，挣了七十；炕头狮子卖一百六，和田白玉旱烟嘴儿卖一百二，焦老汉的两样儿挣了一百八；青田石雕大肚弥勒卖一百〇五，挣了一百。这一集，已经挣到手了三百五。铁钱要能挣过五十，过四百，这一集就旺势很了，一礼拜没白跑！正思量，一位中年人蹲在毡片儿对面，戴眼镜，一脸斯文气，拿起铁钱，看了好一会儿，说："多少钱？"

"一百元。"

"动手脚了，如果没动手脚，我给你一百元！"

"你眼高！我把四沿儿糊结实了！你是大把式，给个价？"

那人看铁钱，不言传。

阎水平说："铜半两多的是，铁半两谁见过？这么大，直径三点六，一般铜钱二点四，真稀罕少见啊！"

那人的眼光从铁钱上拔出来，瞅阎水平，说："你可真会糊啊！从哪儿得的？"

"不糊不结实，掉渣渣儿呢！我是泾阳永乐店人，挨户挨村跑一线，在户里收下的。咋？"

"户里咋有这东西？这是出土的。"

"眼真正高！起土蹦出来的。"

"五十元。"

"骑车子蹬了八十里路，我肚子饿得很！不跟你过来过去磨牙了，你再加一顿饭钱，我就收拾摊子呀！"

那人递过来五十元，说："我请你，你想吃啥？"

阎水平愣住了，连连摆手，说："咋能让你请呢？我背着锅盔馍，吃一碗粉汤羊血就美得很。五十就五十，你这人太有意思了！"

阎水平接过钱，那人掏出卫生纸，一层一层包好铁钱，装进内兜。

那人说："我请你吃粉汤羊血，你请我吃锅盔馍，咋个样？好长时间没吃过大铁锅烙下的锅盔了，你一说，把我馋虫钩出来了！走，咱乡党边吃边谝。"

阎水平吃惊，说："乡党？你是哪儿人，看你像大学教授呀！"

"你真是个跑一线的，眼窝贼得很呢！连我是做啥的都瞅出来了。我在西大教书，姓年，是咱高陵年家村人，跟你永乐店连畔种地呢！"

"西大？年教授，西大考古系有名，你得是在考古系教考古呢？"

"是啊！"

"大教授下钱买咱货了！年教授，东西已经在你手上了，我不反悔，想知道这枚铁钱到底是咋回事，值多少钱？"

"初步看，这应该是一枚先秦铁半两。这枚钱无法用金钱来衡量，具有极高的历史价值和文物价值。如果研究确认是先秦铁半两，将改写先秦无铁钱的历史，并将中国铁钱铸造史推前一个世纪！"

"这是发现的头一枚啊！"

"暂且可以这么说。你胆子真大，敢糊呢，企图篡改历史啊！幸亏只是局部，不然就把历史遗存糟蹋了。记住，今后跑到老东西，是啥模样就啥模样，千万不要乱打动！"

"记住了，再不敢胡弄了，把历史弄得五抹六道。年教授，今后再碰到啥，能向你请教不？你别嫌！"

"嫌啥？咱俩其实干的是一件事，你在民间，我在学校，都是探索研究祖宗留下来的宝贝，谁嫌弃谁？走，乡党，吃粉汤羊血、锅盔馍！"

二十多年了，西北大学考古系的年教授、泾阳县永乐店跑一线的阎水平，过一阵要见一面，不光吃粉汤羊血、锅盔馍，更重要的是琢磨阎水平一线跑出来的老古董。关于那枚铁钱，年教授当年就发表了论文，确认就是发现的首枚先秦"铁半两"，真把中国铁钱铸造史推前了一个世纪呢！

# 永受嘉福

栎阳的老王屋,是小王淘挖老货的一个点儿。东到华阴,南到蓝田,西到扶风,北到铜川,这样的点儿,小王掌握了不下六十家。

顺着一个方向,小王一天跑三四个点儿呢!并不是跑得多就会斩获多,但不跑,肯定一无所获。出了门,谁知道遇见啥。运气背,行程百十公里,收来一件半件,油钱都抵不住;运气旺,还没到点儿,就有人拦车——车顶有个帽子,闪亮着"收古董老货"五个红字——捧上一件稀罕物,生怕小王看不上眼呢!捡漏时刻到了!这样的漏儿捡不到,丢跑家的手艺呢!

到了老王屋门口,小王默念:"今儿头一家,但愿好运气。"

进了院子,老王正在拾掇三轮摩托棚子,见小王来了,招呼说:"人老了,车也老了,帆布棚子张脱了,我绑紧,马上就好。你坐,水自己倒。"

小王上前搭手拽紧绳子,说:"王叔,拾掇好棚子,出去跑?"

老王把绳子打了死结,让小王松手,说:"今儿天好,你晚来几分钟叔就出门了。侄娃子,今儿想看些啥货?还是瓦当?"

"王叔,听口气像有好瓦当,看看呗!"

"是有一枚,为这个瓦当闹得不美,吃了一嘴倒槽食,心里不鞭活。"

倒槽食,就是东西卖出去被退回来。这是卖家最不愿意遇见的事情。退货么,东西肯定有问题,或修补,或拼接,或赝品。东西有问题,人当然有问题了。不说心术,最起码,眼力不中啊!

小王问:"咋来的?批发的?"

"胡说啥呢!从相村户里收上来的,户里哪有造假的本事!"

"我的王叔哩,户里没有造假的本事,造假的不会在户里'埋地雷'?"

"侄娃子,叔跑了几十年,眼花了,眼力还在呀!"

"王叔,假货道行越来越深,防不胜防啊!"

"难道教授对了,我错了?"

"啥厉害玩意儿?教授都搭上了,亮亮宝,让侄儿开开眼。"

三轮摩托棚子绑扎好了,老王招呼小王洗手,说:

"心里不鞭活,不想给人看,撂后院了,叔给你取。新收了三对柱顶石,还有俩插屏,你看看。"

老王家,前头门房,后头正房,门房和正房间的庭院用阳光板封了,堆着收上来的古董老货,柱顶石、门墩石、中堂狮、抱鼓石占了一半,老窗、老门、老桌子、老板凳占了一半,阵势不小呢!熟门熟户熟货,小王只看老王指给的三对柱顶石和俩插屏。柱顶石完整,大路货,没新奇处。一插屏是红木的,工巧,底座浅浮雕两只凤鸟,好看、受看、耐看,可惜镜子没了;另一插屏是核桃木,周正,包浆滋润。

老王从后院回来,说:"侄娃子,叔把这一向收的瓦当都提来了,看上了都是你的。"

蛇皮袋子放在地上,小王蹲下,一枚一枚掏取,排列地上。前四枚,三枚汉云纹,一枚秦水涡纹,皆一眼货。第五枚,不一般,像无数条地龙爬行,曲里拐弯,蜿蜒万千,似乎有规律有规矩,又像没有;像行云,可意会,却说不出来。整体看,只觉雍容华美,还是那话,好看、受看、耐看!

小王问:"王叔,心里不鞭活的是这个永受嘉福?"

"侄娃子,你认得?比叔强,叔收货时候不认得呢!"

"王叔,你胆正,不认得就敢下手!咋想的?"

"觉得老气,价不高,俩云纹的价。机会么,别错过;真是好东西,错过了咋办?"

"下了多少钱?"

"六百元。"

"王叔，六百元收永受嘉福，捡呢！不管真假，我也敢！"

"侄娃子，你是汉城遗址瓦当坑泡大的，见得多，看是真是假？"

"当然假了！"

"为啥？"

"不为啥！侄儿认不得书上的字，瓦当上的字没有不认得的；玉呀翠呀的真假，侄儿眼瞎，瓦当的真假，哄不了侄儿半个眼。"

"叔信！汉城的耍家，就数瓦当要得好！这个瓦，你说是假的，叔觉得是真的！为啥？说不出来。就像好石雕，猛看新，其实老，还是精品呢！行话不是说老器如新么。"

"王叔，别只看皮壳，要看实质呢！真的永受嘉福，中间用十字线分开，故宫博物院那一枚就是这样；还有中间一条横线隔开的，省历史博物馆的就是。看咱这个，没有十字线，也没有横线，中间只有一个凸点。看书法，一堆毛毛虫乱爬呢，没一点儿力度。鸟虫篆每一笔每一划都有讲究的，绵里藏针，气韵十足。"

"侄娃子，叔看你能当教授！"

"笑话侄儿做啥？"

"你跟教授说得一模一样，咋不能当教授？"

"真的？"

"真的！"

"王叔，你给教授说说，让他别干了，我来，最起码我不会让你老人家吃倒槽食么！"

"叔这就给他打电话！"

"哈，好我的叔，你就不该给他退！"

"侄娃子，叔家在栎阳，脚底下就是商鞅立木取信的地方，讲究个信字，叔不卖假！他非要说假，非要退，就按规矩退了。"

"王叔，卖给教授多少钱？"

"两万二。"

"要真，翻几倍呢！王叔，退了多少钱？"

"一万七。他死活缠挽，只愿意认栽五千元，说没办法给老婆交代。"

"王叔，还说按规矩呢，按规矩退他一万一啊！"

"熟人，这几年常来。刚见永受嘉福，抱住不放，说了帝呀明呀一通古文，还说对他研究书法史有帮助。"

"咋又不认了？"

"说回去查了资料，对不上铆！又请几个专家看，都说不对，是高仿；对了，那是国宝啊！"

"真是国宝，他给叔加钱不？不是国宝，退钱比兔子快。"

小王掏出蛇皮袋子里剩余的瓦当，两枚汉叶云纹，残了小半；一枚长生无极，一枚长乐无极，基本完好；另外都是残块，有一块"并"字，"汉并天下"的"并"。

小王说："这一堆瓦当和那俩插屏，侄儿都要了。叔手下留情，照顾照顾侄儿。"

"碎块块不算钱，长生无极和长乐无极两枚按三千元，云纹通走按两百元，插屏按两千元，总共五千八百元。"

"谢谢王叔！咋没算永受嘉福？"

"假的你也要？"

"当工艺品么，有人送礼用得着。王叔，多钱？"

"六百元，把本儿给叔就行。"

点钱装货完，小王上车，摇下车窗，朝老王挥手，说："王叔，有啥瓦当先给侄儿看，别信专家教授的，靠不住！"

老王扬手说："开慢点，收下瓦当我头一个给侄娃子打电话！"

出了栎阳村，拐入县道，五分钟后，面包车驶入关中环线，小王自言自语道："教授啊教授，书念到狗肚子去了，瞎子眼！王叔啊王叔，跑了半辈子，浑眼子！这么精的沙坑货，咋就认不得？真是等着我来拾漏儿啊！"

# 犍陀罗

一大早，老任打电话给我说，有一桩绝好的事儿，情愿惠让，我得承他的情。如有中介辛苦费之类犒赏，他更承我的情了。老任跑一线，尤其在行明清石雕。

两个钟头后，仰望秦岭葱茏高远，置身葡萄架下，品着卢老先生亲自斟的香茶，我恍若入了仙境。老任不迭夸赞好山水、好房子、好园子！园子约半亩，长着三棵桂花树、两棵樱花树、几丛灌木，再就是这蓬葡萄架了。葡萄架周围散布古石雕、柱础、水槽、中堂狮、翘鼓门墩、拴马桩，雕镂精彩，包浆可爱，古意盎然。那一阵儿，我中了疯魔，见了这些沧桑蛮笨的老石头，如梦中情人入怀，欢喜得手舞足蹈。

绝好的事儿就是这些古石雕。卢老先生想孙子，食无味，寝无眠，只得和老伴儿远赴美国。儿子在美国发展得很有模样，这次出去，大约不再回来了。话说叶落归根，如今与国际接轨，一把年纪，漂洋过海，大洋彼岸才是根——孙子就是啊！卢老先生把城里的几套房子、眼前的别墅全部卖掉。别墅已经签约，只是古石雕的去留有分歧。卢老先生的意思，买主再加一些，留在此处。买主却道，八百万元全款付清，区区几块破烂石头，理当赠送。卢老先生不高兴，怎么是破烂石头呢——古董啊！买主颇烦，冲口道："搬走好了，搬得干干净净，我要重新整治花园呢！"

卢老先生看着我说："本不是钱的问题，是看不惯暴发户的嘴脸，浅薄，无知，认不得老祖宗留下的好东西！老任呢，老朋友了，说你爱古石雕，能让这批东西有个好归宿。"老任说，卢老是干大事的，价钱会格外公道，只是必须"一枪打"，也就是"一锅端"。

听了价钱，的确比市面低些，但也低不了多少。卢老先生报完价，微笑着看我。我说："跟老任商量商量。"卢老先生看老任。老任说："媒人的活路蛮复杂的，不见'搭红'啊。""搭红"就是谢礼。卢老先生和我都笑。我拉老任走到僻静处，背对着老卢说："买卖要成，价钱折半，按规矩给你'搭红'。"撇开老任，我一旁转悠，听山雀叽喳，看秦岭流云。所谓规矩，成交后，买家须付给中介人成交额一成的好处。

老任卖力，半个钟头就撮合好了这桩"大"生意。价比我的想法略高一点点儿，再压不下去了。天黑前，全部石雕装上了车，整整一大卡车。准备开拔了，我搜索"战场"，瞅见墙角旮旯还有一块石头，半隐土中，白色，两尺见方，像石板。我跑去翻了过来，哎呀，有雕刻！几朵含苞欲放的莲花左右对称，中间是一对佛脚，肥厚丰腴，细腻饱满。

这是啥？

卢老先生说："西大街改造时，挖出了这么个东西，恰好去检查，碰上了。下面人见我喜欢，就送到家里。有人说是唐造像，毁佛运动时候打残的；有人说不太老，西洋手法雕刻，是民国东西。究竟如何，我也不大清楚。"我望老任。老任说："刚才没有登记这件，那就搭上吧！"卢老先生面有难色。我说："你也搬不到美国去，送我吧！"老任说："都是嫽人，送吧！"卢老先生摊开双手说："不白送老夫就不是嫽人了？唉，搬去吧！"

上了车，我劈头问老任："为什么不告诉我老卢是个当官的？"老任扭头问我："你怎么知道？"我道："我傻啊，西大街检查呀，下面人送呀，还有那派头，那言语，那手势，人家自个儿都'招供'了，你还嘴硬什么，不想要'搭红'了？"老任"嘿嘿"笑道："眼贼！人家不让说。"我接着问："多大的官儿？"老任道："不小呢！退了，在位时候，二小子安排工作，一个电话就搞定了，进了工商局。"我哈哈笑道："难怪'惠让'给我，这里面保准有你敬贡的东西呢！"老任"嘿嘿"笑。我说："你要是早些坦白他的身份，我还要杀价的，人家不摊本儿，没来价啊。"老任只"嘿嘿"笑。

把这些货拉回收藏起来，一晃三年多过去了。

前天，省博物院王老师来我这儿转悠。王老师专研古石雕，出了好几本图文并茂的专著。闲了，他好跑一线，遇到喜欢的古物，也拿下呢！多时未见，话就多些，茶水就多些，王老师到后院小解。忽然听得一声惊呼，是王老师唤我。我以为出了什么事情，快步跑到后院，看见王老师蹲在地上，面前是那白石的佛脚。

我问王老师："怎么啦？"王老师反问我："怎没见过这件？啥时候得来的？"我说："以为您摔倒了呢！得来三年多了，一直在后院撂着。怎么？"王老师说："是件好东西，抬到前院，清洗了好好看看。"

清洗过后，白石莹润起来，浮现幽幽的光。莲花似开未开，茎秆线条圆润，活生生的；佛脚指甲一瓣一瓣，层次分明，脚掌弯曲自然；脚踝残断处有一圈佛珠，可辨星星点点的残沿儿……

王老师痴痴的，不说话，一会儿轻轻摩挲石雕，一会儿一动不动死盯着。好一会儿，他开口道："犍陀罗石雕艺术啊！"

"犍陀罗？"

王老师说："犍陀罗是古印度十六国之一，是佛教最早兴起的地区。犍陀罗雕刻吸收了古希腊、古罗马的雕刻手法，丰富和发展了佛教造像，形成了伟大的犍陀罗雕刻艺术风格，对我国的佛教艺术影响很大。在西安发现犍陀罗艺术的石雕作品，罕见啊！"

我听得懵懂，但很兴奋。我知道，这块白石很有意思了。

听了得来的经过，王老师笑道："真是得来全不费工夫，跟你有缘啊！"我说："听卢老先生讲，有人说包浆不厚，是民国东西？"王老师说："无稽之谈，民国能有如此伟大的雕刻吗？这是北魏早期的作品，皇家寺院造像。这尊造像采用上等白石，石质紧密，温润洁白，宛若和田美玉，一千五六百年了，如同新琢，你看，面儿形成了一层皮子。如果完好，造像该跟真人大小相当呢！"

我听得高兴，问："价值几何？"王老师说："就历史价值和艺术价值，可以陈列在博物馆的。至于经济价值，我不大内行，但怎么也比明清的柱础、水槽、拴马桩珍贵，抵得上那一卡车呢！"

我咂舌，真怕卢老先生听见了不高兴，还好，他远在美国，而且不回来了。

# 北魏小公主墓志铭

墙上的挂钟响了十一下,我连打哈欠,再也和五民扯不出什么闲话来。五民却丝毫没有罢休的意思,摸一根桌上的香烟,有味儿没味儿地又抽起来。看着五民胡子拉碴的脸,我忽然明白,五民兄弟又"断顿儿"了,不有所表示,他不知道会坐到几点呢!

我取出两百元钱,放在桌上,说:"我这几天手头也不宽展,你先用着。"

五民抓起桌上的钞票,站起来说:"哥,我不坐了,你歇着。兄弟不白用你的钱,会让你看件儿好货的!"

五民是啥人?说是"二流子"吧,他不偷不抢,不嫖不赌;说不是"二流子"吧,他却不下地,出门打工"三天打鱼两天晒网";说是"闲人"吧,他急乎乎的,摩托车骑得飞一般;说不是"闲人"吧,三五天窝在村里,东家游西家转,混饭呢!

五民没媳妇,他说:"真想不清白,娶媳妇图啥,从早聒到晚,谋乱不谋乱?我天不管,地不受,东是东,西是西,谁拦挡得了?"

五民骑摩托车飞出去做啥?

跑古董呢!

五民爱往村北的老庙钻，钻进去老半天不出来，定睛瞅佛像，瞅香炉，瞅壁画，瞅雕花的门窗。村西修公路，挖出了一座大墓，惊动了省里的考古专家，抢救性地发掘了三个月，出了些陶俑、陶猪、陶牛、陶锅、陶盆……还有青铜鼎和玉呢！考古队招民工，五民头一个跑去，干了三个月，不溜奸，不耍滑，还有眼色，得了专家不少表扬。

五民是农民，却好古董老货，爱古董老货，游村转乡寻呢！

寻古董，其实就是跟村人闲谝。谝着谝着，就有老古董冒出来，老石雕、老砖雕、老木雕、老门窗、老桌子、老铜镜、老瓷器、老玉器、老书籍、老字画……价钱低，不过百，五民当即拿下，到古玩市场，少则翻一个跟头，多则翻三五个跟头。有回，三元钱收了只青花盘子，翻了算不清的跟头，变成五百元，老板还请他吃饭呢！价高，五民吃不动。他领了老板来买，老板付给五民领路钱。照这样，五民的过活该不错呀，咋能"断顿儿"呢？

钱是怂人胆。五民挣着钱了，腰里票子沓沓厚，胆子就壮大，见到值大钱的货，不给老板领路了，倾尽腰包，甚至拉账，自己下手！送到铺子，老板笑了，说："五民，你看'苍松'的'苍'字，对不对？"

五民反复看，一脸疑惑，说："没问题，对呀！"

老板又笑了，说："你送来的可是清代的画儿啊，清代的'苍'字咋写？"

五民还是不灵醒，问："咋写？"

老板推回"清代"的画儿，说："五民，清代没有简化字啊！你学费还没交够呢！"

一朝被蛇咬，十年怕井绳。字画再不敢碰了。五民灰头土脸了好一阵儿，胆气恢复了，又冒出来一件好货——和田玉璧，出土的，有土沁呢，蝌蚪纹，跟考古队挖出来的一个样儿。五民又下手了——唉，又瞎了！如此这般，青铜鼎、马蹄金、虎钮印……当当不一样。

五民骂："猪脑子，浑眼子，给人家一买一个准，自己一买一个瞎！"

这回，不知道五民又着了啥祸。五民给我领了几回路，都成了生意，我给他的跑路费优厚些；他见我哥长哥短叫得格外亲。"断顿儿"了，他到我这儿坐坐，我帮衬他一两百元。不要小看这一两百元，有了饭吃，有了摩托车油，跑两天，逮住货，三百五百，甚至八百一千就有了。

第三天后响，五民来了，四下瞥瞥，压低声音说："哥，有好货了！只我一个知道，我给谁也没说，就给你说！"五民的意思是，他独家拥有货源信息，只把信息透露给我。

我问："啥货？鬼鬼祟祟的。"

五民又四下瞥瞥，凑到我耳根，说："墓志。"

我摆手说："这东西再好，我也不敢要，惹麻烦的。"

"不是挖的，是在农户门口发现的。"

"农户门口怎么会有墓志？"

"我骑摩托车乜见麦秸垛下隐隐乎乎有块老石头，停下看，是墓志。问主儿家卖不，主儿家半天反应不过来，跟我出门看了，说他都忘了。哥，要不？"

"谁的墓志？"

五民从裤兜掏出了个小小的数码相机，说："哥，你看，有照片呢！"

我接过数码相机，笑问五民："谁给你了这么高档的装备？"

五民嘿嘿笑说："哥笑话我，卖家具的老张淘汰的，说见了老家具让我给他拍照呢！"

我边笑边打开数码相机，看到第一张照片，我就笑不出来了。这是一竖行字：故魏顿阴公主墓志铭；第二张照片是一团字：享年九岁，甘州，兵戈频仍，温婉淑贵，骠骑大将军，雍州扶风；第三张照片只有几个字：太平真君七年。

字与字间横竖有线，形成方框，字在框内，字迹是典型的北魏风格，秀逸精健，圆融典雅，丰腴饱满！

五民说："哥，是不是好东西？"

"为什么不拍完整？"

"我才学会用这玩意儿，胡拍呢！"

"你知道这是啥？"

"哥，魏国墓志铭。曹操的公主，是不是？"

"哦，是吧。一共多少字？"

"没数，一百多呢！"

"还写啥内容？"

"哥，我记不住。"

"横有几行，竖有几行？"

"横竖差不多，都十几行。"

"十几？"

"没数。"

"尺寸？"

"六七十公分吧！"

"你呀，准确点！"

"七八十公分吧！"

"主儿家是干啥的？"

"农民么！"

"在哪儿？"

"桑镇。"

"兴平桑镇？"

"就是。哥，看得上货？"

"价？"

"哥，你能看到多少？"

五民这样问，我明白，他谈好了价钱。如果我出价低于他的价，他有可能会放弃我，去找旁人了；如果我出价大大高于他的价，他也有可能放弃我呢——我能出这么高的价，旁人会出更大的价啊！我当然猜不准五民谈好的价，便说："你谈好价，我给你加钱就是。"

"加多少钱？"

"你谈得价钱低，哥就多加些；价钱高，哥少加点儿么。"

"你不管我多少钱，你说，你加多少钱吧！"

明了，五民谈好了价，且价不高。

我说："你说加多少就多少，让你满意。"

"四千元怎么样？"

我蹙紧眉头，说："太重了，哥抬不动，跑路费这么多，货得三四万呢！"

"货三千八！你加四千元，怎么样？哥！"

"行啊，不过，得见实物才算数，假货免谈啊！"

"那当然！"

"明天早上九点，咱去桑镇，行不行？"

"行！"

临走，五民要了三百元，说买卖成后在四千元里扣掉。送走他，我急忙查资料，查了半宿，没有找见"顿阴公主"的一言半语。第二天，下起了小雨。等到十点多，不见五民的踪影。他没手机，无法联系。五民没时间观念，前几次下乡，也是这样拖拖拉拉。等到后响，五民还是没有出现。等了两天，连下两天雨，没五民的消息，我急得冒火。第三天下午，门口摩托车响，我奔出门，看见淋得湿透的五民。

五民不迭说："哥，对不住，有事儿了！"

"多大的事儿啊？"

"给我说媳妇呢！"

"说媳妇要三天？怕是拿着照片寻大老板去了吧！"

"才不是呢，哥，真见面了。"

"你不是不要媳妇吗？"

"我妈不得成啊。"

"四千元没到手，拿啥见面呢？"

"哥，快别笑话兄弟了，给我换件儿干衣裳，咱赶紧走。"

是得赶紧走！兴平近，为了快，我上了高速，十分钟后下了高速，直奔桑镇方向。

我问五民："什么村？"

"没记。"

"没记？"

"我知道路。"

"怎么走？"

"高速把我弄晕了，我弄不清在啥地方。"

"五民啊五民，你平时咋跑路呢，不记地名？"

"我只记路。"

"不记地名咋记路？"

"记得住，前几回领路不是一下就到了吗？"

我刹车，停在路边，瞪五民。

五民突然说："哥，马嵬坡你知道不？"

"当然知道。"

"到了马嵬坡，我就知道路了。"

"五民呀五民，你真是个活宝，早说呀！"

"哥，我晕车，晕糊涂了。"

到了马嵬坡，五民让继续西行，前方是十字路口，往南是桑镇，往北是五陵原。

我正要南拐，五民急忙说："右拐，右拐！"

"左拐才是桑镇呀！"

"右拐，没错！"

"不是去桑镇吗？"

"我也弄不清，反正是右拐。"

右拐之后，我突然明白，五民耍心眼哩。我哈哈笑了，说："五民，桑镇是迷魂阵，怕哥抄你的底儿呢！"

"哥，不是，我以为这一大片儿都是桑镇呢！"

"五民，你贼啊！"

"哥，发现个好货不容易，得捏严，漏气了就给人家把好事办下了！哥，前头村子，左拐，见了大槐树右拐，那家在西边第三条巷子，门口有棵柿子树，一个不大的麦秸垛。"

到了村口，我瞥了眼村碑，王侯村。进了西边第三条巷子，车慢行了两个来回，没见到柿子树、麦秸垛两个特征的门户，要么有麦秸垛，没有柿子树，要么有柿子树，没有麦秸垛。

五民一脸茫然，自言自语："就是这个村呀，咋不见了？"

我进入西边第四条巷子，慢行了两个来回，还是没有！进入西边第二条巷子，慢行了两个来回，还是没有！

我正要发作，五民吼："骑摩托心敞眼宽，坐汽车气憋眼浑，啥也瞅不清！"

五民命令道："把车开到村口，我走！"

我回到村口，五民下了车，长呼一口气，四下望望，啪嗒着拖鞋，冒雨往村子走。走到第三条巷子口，他左右看看，并不朝西，却朝东拐了，走到巷子中间，猛地跑起来，跑过两家停下，朝我呐喊："这家，就是这家，把车开过来！"

骂他啥呢，不辨东西的东西！

主儿家见了五民，劈头嚷："你咋才来？"

五民说:"咋了?这不是才寻下买主么。"

主儿家一脸不屑,说:"等你,黄花菜都凉了,买主寻下了也不顶事,东西走了。"

五民满脸堆笑,说:"别开玩笑,老哥,东西咋说走就走了呢!"

主儿家说:"谁跟你开玩笑?东西走了!"

我向主儿家敬烟。主儿家接了烟,我以为还有希望。主儿家不理五民,对我说:"别见怪,你来迟了,东西真走了。"

"真走了?"

"真走了,哄你我是狗!"

"真是顿阴公主墓志铭?"

"真的!"

"真是北魏太平真君七年?"

"真的!"

"公主真的享年九岁?"

"真的!"

"还写了些啥内容?"

"我记不清。"

"多少钱走的?"

"还是那价,三千八百元!"

"为啥是三千八?"

"打麻将输了三千八,我心不贪,回本就行。"

"卖给哪里人了?"

"像是县上人。"

"像是?"

"不认得!"

"老哥,有没有啥办法找见那人,我给人家加钱,再给你些辛苦钱。"

"没有。"

"记得他车号吗?"

"没记。"

"老哥,真没办法了?再想想。"

"没有。"

"老哥,五民跟你谈好价了,咋不留给他呢?"

"谁来的早就是谁的,他当天掏钱就是他的。"

"老哥,没有五民,你想不起这能卖钱的宝贝呢,你该等他呀!"

"我也想等他呢!他走后第三天后响,来了俩客,看了东西,二话不说,立马点钱!错了这个村,没有这个店,五民不来了我咋办?三千八找谁要去?"

"老哥,墓志铭咋来的?"

"早年,大搞农田基本建设时候刨出来的,我拉到屋想支石桌子,旁人说是死人的东西,我就撂下了……"

我瞪五民。五民嘀咕:"哪儿把气漏了?"

# 四面佛龛

"看着薄太后塔了吗？塔下左拐。"

我按下玻璃，清爽的风扑入车内，吹去高二哥一根接一根制造的烟霾。薄太后塔像一根青笋，插入缭绕的白云。

高二哥说："车后头是九嵕山，人老几辈传下来话说'山拜塔、塔拜山'，还说'山不压塔、塔不压山'。"

"啥意思？"

"九嵕山睡的是李世民，薄太后塔是汉文帝刘恒为他妈建的，两家子级别差不多，索性谁也别压谁了，互相拜拜就行啦！"

在乡村跑一线的乐趣，不仅在于发现、得到先人珍贵的遗存，更有穿行游走、呼吸清纯空气、品尝古老味道、拉话闲谝的开怀解颐。

高二哥喊："快左拐，快左拐。"

左拐进入村子巷道，行进两百米，有人家搭设灵棚，挡住去路。

我说："二哥，遇白事不吉，怕是空跑了。"

今天我和高二哥的目标是一尊残经幢。那段时间，我对石刻经文着魔，圈内的角角落落搜刮遍了，收效甚微，便往乡间跑。听了我关于经幢青石材质、八棱形、底大顶小、满刻经文的描述，高二哥拍了大腿说："原来那就是经幢啊，不就是石柱子么！力士村椿树底下撂了半截子。主儿家是个老婆婆。"

我放下高二嫂刚刚递到手上的茶杯，拉起二哥就走。二哥甩开我的手，说："急啥嘛，是你的，跑不了；不是你的，跑得再快也不顶啥啥儿。先喝茶，等我把话说完。"

我坐回板凳，高二哥说："三四月前，我领着几个寻老瓷器的客在力士村转，见了那个石柱子。他们趴到跟前瞅了老半天。天还早，说有事不转了，急呼呼送我回屋。我纳闷，转得好好的，咋不转了？你今儿说经幢，我寻思，那几个客是懂家，莫不折返回去买走了？"

"不至于吧，即使买，也不该撇下你呀！为省几个领路钱？"

"林子大了，啥鸟都有。"

"眼见为实，咱去看看啊！"

不知哪位高人定下的规矩，像高二哥这样领客寻货的领路人，成交之后，买家要付成交额一成的酬劳。

高二哥说："谁说遇白事不吉？你牙口还轻，经见的世事少……倒车，慢，小心这边的碌碡，好，往南拐，从顶头那个小巷子绕过去……我出门遇见穿白戴孝的，都有好事儿……往前直走，瞅见大椿树就到了。"

椿树果然大，枝叶繁茂，笼住一片浓阴；老婆婆在，满头霜发，正在浓阴里摘韭菜；半截子石头不在，前看后看，左看右看，还是不在。

高二哥搓手，嘴里念叨："咋弄着呢，就是这儿么，就在椿树根儿斜躺着呢，飞到哪儿去了，那几个狗日的收瓷器的……"

我朝高二哥努努嘴，示意向老婆婆打问。

高二哥圪蹴在老婆婆跟前，抓起一小把韭菜摘起来。

"老姨，忙着呢，打听个事儿。"

"啥事？"

"咱门口那半截子石柱子咋不见了？"

"不是拉走了么！"

"谁拉走了？"

"你不知道？"

"我咋能知道？"

"不就是你那伙人么！"

"我那伙人？"

"还能是谁？"

"啥时候？"

"还能是啥时候？人家说你忙，让他几个拉呢！"

"我的老姨啊，那几个货欺瞒你呢！我不知道。"

"你不知道？"

老婆婆这才抬起头，皱纹包裹的眼睛明亮得很，瞅着高二哥，说："你跟他们是一伙的，你不知道？"

"好我的老姨呢，我是咱县上人，那些货是外头来的客。"

"哦，你怠慢客了，撇下你了，呵呵呵，看你笨的。"

老婆婆用枯枝般的手指指点着高二哥，模样笑得像一颗饱满的老核桃。

高二哥脸红了，说："老姨，你真是个老精灵，一下子就把我的笨看透了。老姨，客给了多少钱？"

"难怪客不爱你，你就爱钱！半截子烂石头，要啥钱呢嘛！那些人硬塞给我五十块钱，让我逛集吃油糕呢！"

我拉开高二哥，指着手机里的经幢图片，给老婆婆看。老婆婆眯眼看了好一阵子，说："你这个浑全，咱屋那个残了，就是这个样儿。"

"老姨，残是残了，有字么？"

"有有有，多很，密密麻麻的碎字。"

"咱屋咋有这？"

"早些年盖房挖出来的。"

"像这样写字的石头，咱屋还有么？"

"没有了。咱屋不种这呀。"

"谁家屋还有？"

"现今各顾各，人家屋里的事我咋知道？老啦，闲事不管。你真想知道，挨门挨户打听去。"

我回身瞅高二哥。咋不见人影了？前面传来"哎哎"的呼唤声，高二哥百米开外向我招手。

高二哥和两桌麻将在一株大皂角树树荫里，正给桌上散烟，说："谁屋里有老石头？越老越好，上头有字最好。"

"要那干啥呢？"

"咱这兄弟，在城里头闲得生患，爱老石头，岔心慌呢！"

"岔心慌？收古董呢！"

"老石头是个啥古董嘛，又蛮又沉。咱这兄弟怪，偏偏爱老石头。"

"碾场的碌碡要不？"

"喂猪的石槽要不？"

"砸辣子面的石臼要不？"

七嘴八舌，没有一句对路的。这时，蹲在墙根的精瘦汉子站起来，走到我跟前。他穿着与季节和年代皆不相称的毛蓝中山装，浆洗得失了色，敞着怀；裤子跟中山装是一套的，裤腿挽过膝盖，露出溅着泥点儿的小腿；脚指头挂了一双塑料拖鞋。

他不理会高二哥，对我说："我屋有个方石头，上头刻的鬼鬼子，我小时候把鬼鬼子头砸烂了，要不要？"

"为啥砸鬼鬼子的头？"

"鬼鬼子跟活的一样，老瞅我。"

"他要瞅，你就让他瞅，砸他做啥？"

"他不光瞅我，还瞪我！"

啥是鬼鬼子？在乡村，把释迦牟尼、太上老君、观音菩萨、送子娘娘之类的神灵，一律称"爷"；模样凶煞的护法等称"鬼鬼子"。我给高二哥丢眼色。高二哥灵醒着呢，给精瘦汉子敬上烟，点上火。精瘦汉子手脚慌乱，受不得这样的宠敬。

高二哥说："光说不顶啥，看看去。"

"烂鬼鬼子你也要？"

"要不要得看了说！"

"在我屋后院坑里呢，得寻呢！"

"寻就寻，走，往你屋里走！"

精瘦汉子磨磨唧唧，犹豫呢。高二哥搂肩搭背，说了一程，精瘦汉子才移步。原来他家就在皂角树对面，隔了条马路。像他本人，他家里也一样恓惶。院门空敞，东边三间土坯厦子房，西边一间石棉瓦搭建的厨房。所谓后院，堆着枯树、麦草和说不上名堂的杂物。

精瘦汉子指着枯树说："就在底下，底下是个坑。"

"坑多深？"

"一人深。"

"把树枝挪开。"

精瘦汉子捡起一节树枝，忽地摔在地上，说："麻烦很，不寻了，能卖几个钱嘛！"

我心里一抽，忙给高二哥丢眼色，心里默念阿弥陀佛，佛祖保佑，别让这小子变主意啊！

高二哥说："想变钱嫌啥麻烦？我来！"说着动手扯树枝。

这时候突然冒出个半大小子，浑身透着机灵劲儿。我用眼光询问精瘦汉子。

他脸上有了笑意，说："我儿子，刚放学回来。"

儿子机灵，搭帮着高二哥很快扯开可以下人的洞口。洞里黑幽幽的。高二哥点亮手机，依着斜坡，拽着我的手慢慢往下溜，我拽住精瘦汉子的手也往下溜。

溜了几步，高二哥说："到底儿了。"

我拽着精瘦汉子的手停在半坡，目光随着高二哥的手机光亮游弋。刹那间，光亮晃出一幅颤抖的画面，裙裾飘飘，曹衣出水，就像敦煌洞窟闪现的影像。

我吼："停！"

手机光亮定格在一佛二弟子上，虽然尘灰苍苍，但风采凛凛。

我悄声向高二哥说："你办事，我去开车。"

精瘦汉子把我拽上来，我让他找麻绳拽石头。他又不愿意了，嘴里嘟囔着嫌麻烦。我默念阿弥陀佛，千万别再节外生枝啊。佛祖果然保佑，机灵儿子不知从哪儿找来麻绳，往洞里撒。

我一路快跑，像有一股风在推，推到大椿树下，点火起步倒车掉头行进，停在精瘦汉子低矮的土筑院墙门口。高二哥和精瘦汉子抬着蛇皮袋子裹着的重物，正从后院往门口走。

高二哥喘着粗气，喊："后备厢，后备厢……"

出了村，上了公路，车速稍缓，高二哥说："遇白有好事儿，神不？"

"二哥，我款待好酒好饭。"

"这是往哪儿走？"

"西安。"

"跑西安干啥？"

"西安有最好的西凤酒，最好的羊肉泡。"

"不行，给哥屋里走！"

"咋？"

"西安是你的地盘，有你说的没我说的。"

"不相信兄弟？"

"相信归相信，事情归事情。今儿的事情还没弄清白呢。"

"哦，二哥，你给机灵娃他爸了多少钱？"

"一百元。"

"哎呀，二哥，你本事真大！"

"人家要两百，我出三十，加到五十、八十，加到一百，我就不加了。"

"要两百给两百，不就得了，干脆利索。机灵娃他爸够悧惶的。"

"干脆利索给两百，这疙瘩石头就不是咱的了。这不是买电视机，明码标价着呢！"

"为啥？"

"再笨的人都会想，要两百，爽快给两百，东西的价值肯定不止两百，不卖了啊！"

"二哥，厉害！你说咋办？"

"失急慌忙的，到底是个啥东西，都没正眼看；东西是个啥分量，还没弄清白，咋说事？先回我屋，你嫂子给咱熬汤烫烙面，吃了饭，认准东西再说话。给哥屋里走！"

回到二哥屋，关好院门，高二哥从后备厢抱出那沉重之物，放在院子的石桌上，冲洗干净，这才说："你看，到底是个啥呀？"

方石材质乃青石，风化发白。四面皆一佛二弟子，皆圆雕，凸出盈寸。佛高踞莲台，巍巍庄严。二弟子侍立两旁，身形婀娜。可惜佛和弟子的面目毁坏殆尽，仅余背光。顶皆飞檐，线刻飞天，空灵曼妙。四棱皆线刻花卉，枝叶清美。高三百九十毫米，顶宽三百六十毫米，底宽三百九十毫米。顶面和底面无雕饰，自然凿平，底面有一凹槽，像是母卯。

我问蹙眉的高二哥："会不会是香积寺的？"

薄太后塔在香积寺内，寺毁塔存。汉文帝为其母薄太后建的汉塔早已消亡，现在耸立五十余米的高塔是唐代重建的。

高二哥说："以前，塔身每层都有佛龛，供的铜佛像，好几百呢！一眼没留神，咋一个都见不到了。这块石头是不是香积寺留下的，我弄不清。"

"那村子不是叫力士村吗？力士是护法，力士村距离薄太后塔不远，应在香积寺范围内。四面佛龛是香积寺遗物的可能性极大。"

正说着，高二嫂端来油汪汪香喷喷的烙面。烙面是此地一绝，据说是最早的方便面。薄薄的面饼在铁锅烙成之后，切成细丝，随时取食。洒上蒜苗和香菜末，泖上"秘制"的煎汤，薄细筋，煎稀汪，酸辣香。饭罢，高二哥燃起香烟，很正式地坐在我面前，拉开了谈判的架势。

我笑了说："二哥，咋了，说正事？"

"是得说说。今儿这个事儿我不想亏你，你也别亏我。"

"那是当然。"

"这块石头值多少钱？"

"谁知道值多少钱？古董老货，心就是价。二哥，你说说你心里头的价。机灵娃他爸心里头的价是两百元！"

"你心里价是多少？"

"我心里也没谱儿。"

"咱先把事理捋顺溜。今天是我领路，但这个石头不是你买了给我领路钱那种，是咱俩合伙买回来的。你出车烧油一百块，我掏钱买货一百块，一人投资一半。我愿意把我那一半卖给你，你愿意掏钱买我那一半。"

我哈哈大笑："二哥，股份制啊！"

"你说我说的在理不在理？"

"在理。"

"那我继续说。你掏多少钱买我的那一半？你心里头没价，我心里头有价。我心里头的价是一万元。考虑到咱俩多年关系，我不能按一万元算，打六折，按六千元算。你用三千元购买我那一半。如果你不愿意，我出三千元购买你那一半。你看咋样？"

"二哥呀，你不做生意真是冤屈了。"

"庄稼人，做啥生意呢。要不是小子上大学，女子要出门，这块石头我给你掏五千元。"

"三千元就三千元,我答应!二哥,你不会看我答应得干脆利索,不卖给我了吧?"

高二哥一愣,随即大笑:"不会,不会,咱不是那号人。"

"谢谢二哥了,那就装到我车上吧!"

高二哥唤来二嫂,让二嫂找一块红布,包住佛龛,说这样能冲煞气,路上安宁。不成想,高二嫂面色陡地阴沉,板着模样说:"今儿拉不成!"

二哥吼:"男人家说事,妇道人家掺和啥,丢谁人呢?"

"还记得丢人?人家撵到屋的事忘了?"

"咱就那么倒霉,回回就撵来了?不用你管,让兄弟拉走,我把钱都接了。"

"拉不成!"

我如坠云雾,不知道老两口要什么把戏,只得说:"不急拉,嫂子息怒,有事咱商量。"

"反正今儿拉不成!"

二嫂甩下这句话,屁股一扭进了屋。我按住瞪着眼的高二哥,让他坐下,说:"二哥,别上气。咋回事儿?"

高二哥尴尬一笑,说:"死婆娘,把人箍住了!胡来么,咱多年的关系她不知道?"

"莫不是你老两口儿唱双簧,另寻个客卖大价?"

"好我的兄弟,你咋这样看哥呢!本不想告诉你,嫌你笑话呢。上个月,三元钱收了块银元宝,乾隆三十一年,西安府官造。是从一个老婆子手里收下的,当时脏得五抹六道,黑乎乎的,又缺了个角。我还没弄清是啥呢,第二天,老婆子的娃领着公安来了,告我诈骗,说银元宝值上十万呢!公安局黑白不分,把我关进去审了三四天。你嫂子怕这个呢!"

"老婆子的娃咋知道收银元宝的是你?"

"方圆三十里谁不知道我,就我一人操持这营生。"

"最后咋办了?"

"你嫂子在外头寻人说情,银元宝还给了老婆子,放了我。"

"嫂子怕机灵娃他爸找上门?"

"是的,一朝被蛇咬。你嫂子怕到心尖尖了。"

"得把嫂子安顿下……"

说话间，二嫂从屋里出来，说："不用安顿我！石头在屋里放三天，三天没人寻，兄弟拉走；寻上门了，二话不说，还给人家。"

高二哥不言语，看我。事情这样了，跟害了心病的二嫂再争无益，我说："没问题，听二嫂的。"

三天时间太漫长，阴晴不定，有出大价的客上门，翻云覆雨，咋办？

我对高二哥笑，说："我回去了，你不会……"

二嫂说："要是不放心，你就在我屋守着。没啥事，你拉走，得成？人家寻来了，立马给人家。不论怎样，嫂子款待你三天。"

"太好了！我跟二哥跑三天，不定又跑出啥好货呢……"

# 捣练图

庞留井村的庞勤娃，跑一线半辈子，过手的金银玉翠、精铜细瓷、古画老字、杂七杂八一河滩，最引以为豪的却是一方石槽，虽然从这方石槽上没挣到一分钱。

庞勤娃跑到东江坡村，扯嗓子吆喝："收老麻钱，收老瓷器，收老家具，收老字老画，收老门墩，收老马槽……收老货喽……"

吆喝到第五遍，前头现出一人，远远朝庞勤娃招手。赶到跟前，庞勤娃喊："劳娃，是你呀！"

那人喊："老同学，是你呀！啥时候跑起古董了？"

劳娃领勤娃到后院，看了石槽，说："原本拉回来喂牲口呢！没牲口了，闲撂了六七年。过一向想把后院拾掇下，你拉走，给我腾地方。"

"这槽，不像马槽，不像牛槽，啥地方来的？"

"崖背子起土刨出来的，三四个人抬不到架子车上，当时都不想要了！费了一程劲，拉回来还是闲撂着。"

"崖背子？"

"兴教寺底下。"

"哦，我知道，那儿崖势高。老同学，给个价，我捎走。"

"不说钱的事，你拉走，给我腾下地方就行。"

庞勤娃硬是撂下一百元。

头一年，喊价三千！上门拣货的客说："人家两米八、雕双马的青石槽，才要一千元！这货，要个头没个头，要皮壳没皮壳，要雕工没雕工，等鬼下钱呢！"

第二年，喊价六千元！上门拣货的客说："吃石头了，心越来越沉了！"

第三年，喊价一万元！上门拣货的客说："你把槽上岩的土抠抠，看是不是金子？"

第四年，喊价三万元！劳娃寻到了门上，连同一位身着僧袍、脚穿芒鞋的出家人。庞勤娃拉板凳请客人坐，张罗茶水。

劳娃说："老同学，这位师傅是兴教寺的常明法师，他有话给你说。"

常明法师面含春风，说："庞施主，贫僧正在寻访敝寺散落的遗物，访得施主有一方石槽，可否一观？"

"行啊，幸亏没卖掉呢！"

来到石槽跟前，劳娃说："咋还是老样子，土岩满了，冲净啊！"

庞勤娃说："你外行了。古董行，讲究原汁原味，收回来是啥模样就是啥模样，不打动！"

常明法师施无畏印，说："善哉！本相之相！可否请石槽重归寺门？"

庞勤娃说："这伙客啊，都是瞎子眼，我说石槽是唐僧的，喂过白龙马呢，没人信！看，看看，唐僧徒弟寻来了么。我信佛呢，佛要，我给！"

劳娃笑。

常明法师施礼道："阿弥陀佛！佛祖保佑善男子，知善因，生善果。"

庞勤娃和劳娃把石槽送到兴教寺，摆好。

常明法师说："两位施主稍等！"

常明法师进寮房，一时儿出来，将一纸香袋递到庞勤娃手上，说："庞施主，这是你结缘石槽的一百元，请收好！"

"师傅看不起人啊！庙里东西还给庙里就对了，要钱做啥！"

常明法师说："善哉！念念无间是功。庞施主收下吧！"

劳娃说："佛叫你收下你就收下。"

待常明法师离开，庞勤娃来到大殿，把纸香袋塞进了功德箱。

出了大殿，庞勤娃对劳娃说："老同学，咱俩今儿积了功德，给佛爷上供了三万元呢！"

"胡说啥呢！明明儿是佛爷给你的一百元，咋成了三万元……"

过了三年多，大清早，庞勤娃正准备出门，劳娃进门说："常明法师捎话，让咱俩去寺里，说是给石槽开新闻发布会呢！"

"新闻发布会？石槽能有个啥新闻发布会？"

石槽咋不能有新闻发布会？大新闻呢！石槽是唐代的捣练石！捣练石两侧，发现了唐代线刻《捣练图》！

一面儿是《春天捣练图》：鸟儿在天空安然飞翔，树木在大地安静生长，竹笋钻出了地面；四位身材苗条的贵妇，发髻高耸，长裙曳地，徜徉漫步；四位仕女手持两头粗、中间细的木棒，围站捣练石旁，不紧不慢地捣练呢；右角，有个太监模样的人，躬身站着。

一面儿是《秋天捣练图》：雁翔云天，树木婆娑，山势峥嵘，溪水潺潺；圆顶的亭子，轩窗敞开；一贵妇在左，一贵妇在右，捣练石居中，三仕女围着捣练石举木棒捣练，很用力呢；一仕女弯腰整理，神态认真。

专家说，图画表现的是唐皇宫大内捣练场景，大家手笔。还说，我国流传下来的唯一《捣练图》，是宋徽宗临摹唐朝画家张萱的。原本早已不知所踪。张萱是长安人，他的《捣练图》绘于唐中期，画面中的妇人丰腴，是盛唐之后流行的"胖美人"。石槽的《捣练图》比张萱的早一百多年，画面中的贵妇身材苗条，是早唐风格。《捣练图》虽是线刻，但比张萱画作内容更丰富，堪称稀世珍宝。

庞勤娃听得亢奋，血往上涌，吼道："三万，三亿都不止！"

与会人士纷纷侧目，搜寻"三亿"，庞勤娃埋下头。劳娃扯一把庞勤娃的袖子，嘀咕："想钱想疯了……"

会散，庞勤娃笑问常明法师："师傅，你知道石槽是稀世珍宝，才从我俩手上往回要？"

常明法师面色和暖，说："缘起缘灭，缘聚缘散，一切皆天意。石槽回到寺院，贫僧用作假山盆。上月，省考古所专家偶来寺院，见假山甚好，又见石槽非凡，有棱有角，做工规整，细看，发现了《捣练图》。"

劳娃问："法师，啥是捣练，是洗衣裳吗？"

常明法师说："专家说，捣练是为把丝绸衣服变得更柔软，更有光泽。李白诗云，长安一片月，万户捣衣声。唐朝时候，捣练是寻常事。"

庞勤娃说:"师傅,捣练石是寺院的吗?如果是寺院的,该刻佛教故事,咋画女人呢?"

常明法师愣住了,说:"这个贫僧就不得而知了,得问考古专家。阿弥陀佛!"

出了寺门,劳娃埋怨庞勤娃,说:"你对佛不敬!咋能在佛面前说女人呢?"

庞勤娃说:"佛肯定实事求是呢!我只想把石槽的根根筋筋刨清,跑一线么,就这毛病!依我看,捣练石是唐代的,《捣练图》是唐代宫廷大师刻的,没错,但不一定是兴教寺所有!啥货摆在啥架板上,啥东西用在啥地方,捣练石放在寺院有啥用?有多少丝绸僧袍天天捣?我猜,你刨捣练石的地方有唐代皇家园林或是别墅呢!"

劳娃先是不悦,继而思索,说:"有几分道理,咱把石槽投错胎了?"

庞勤娃说:"不能那样说,咋都比卖了强!到了贩子手上,发现是宝贝,贩弄到国外咋办?这一场事,算是咱俩的功德,佛在天上,啥都能看见,保佑咱呢!"

今年,庞勤娃的大孙子考上了北大。这时候,庞勤娃早已不跑一线,老了,跑不动了。看着一灿红的录取通知书,泪水顺着庞勤娃皱皱的脸上往下淌。他拉着孙子的手,说:"爷跑了半辈子一线,就跑成了一件儿东西!一九九一年三月,爷从东江坡村劳娃手上收到了一方石槽;一九九七年八月,爷把石槽送回了护国兴教寺;二〇〇〇年十二月,专家鉴定石槽上线刻《捣练图》,是国宝!咱庞家世代务农,知善因,生善果,才得了你北大的功名,这是佛爷奖赏啊!"

孙子茫然,问:"爷,你收的是啥石槽?"

# 金刚经石

每到泾阳,必到戴医生家,不是寻他看病,是看他又收到啥好石雕。今儿从富平、三原一路西来,走村串乡,到了泾阳,更得到他家了。不光看石雕,膝盖酸疼,还得请他扎一针。在乡间,戴医生被誉为"戴一针",只一针,疼痛立缓。在古董行,戴医生被唤作"戴石头"。他酷爱古石雕,见到沧桑老旧的古石雕,眉开眼笑,欢喜说:"就是这个味儿,爱的就是这个味儿!"

走进戴医生诊所,也是他的家,一层诊疗,二层住家。戴医生看看我,说:"咋了,走路不得劲?膝盖不舒服吧,再走几步,我看看。"

看过之后,请我坐下,在左右手背和指背涂抹过碘酒,取出三公分长短的小针,扎下三十几针,我惊呼:"膝盖疼,怎么扎手上?"

"少安毋躁,四十五分钟以后再看。"

"为什么?"

"人体脉气循环一周四十四分十八秒左右。你得下势减肥了,体重大,膝盖承压大,受不了。轻度滑膜炎,三天一次,扎六次可痊愈。以后要注意了,不能跑得太欢!"

"好,扎六次。不但看了病,还能跟你谝老石雕呢!最近有啥收获?"

"得了一件唐代的,刻经文。"

"快让我看啊!"

"你现在是病人,扎着针,不能急呼呼的,双手平放,自然放松,缓步走,东西在院儿里。"

缓步走到院子花坛,戴医生揭开破麻袋,一块斑驳苍老的老石雕躺在泥土中。

戴医生说:"送来的人不懂行,使蛮劲抬起撂在土地上,我还没顾上拾掇呢!"

石雕高五十公分上下,宽六十公分左右,厚约四十公分,敦实厚重,大略方形。方形,却是大略,是因为左右两边略微束腰。石雕边沿起圆滚棱线,打磨精到,刚硬的石头隽巧柔婉起来。边沿宽约十二公分,内边凹槽,深约七公分。凹槽正中端坐释迦摩尼,高浮雕,凸出约五公分,佛头残破,老残;佛身风化漫漶,莲台花瓣残缺。虽然如此,但佛韵盎然,震人魂魄!我伸手想摸,戴医生喊:

"小心,手上有针!"

我忙缩回手,问戴医生:"不是咱关中道的青石,白中泛黄,这是啥石头?"

戴医生舀来一瓢水,用抹布擦洗边沿和内槽,说:"唐白石。你看,线刻宝相花和缠枝莲叶呢!"

宝相花饱满富丽,线刻边沿一圈;缠枝莲叶繁密灵动,线刻遍造像周围。几处锈蚀了,看不清,几处淤了黑泥,分外显眼。

我惊叹:"唐白石,浮雕和线刻又如此精美,不是凡品啊。不是说刻经文吗,在哪儿?"

戴医生跳入花坛,弯腰伸手,大喝一声,猛地抬起白石疙瘩,脸涨红,喘粗气,推倒石雕,亮出了背面。

我说:"足有三四百斤呢!"

戴医生大口喘气,调匀呼吸,说:"就干这号事儿劲头大,要是一麻袋麦,没这重,死活翻不动。"

戴医生又舀来一瓢水,泼在石面,用抹布揾抹过,端来一盆水,泼在石面上,脏污斑驳的石面干净了,隐约现字迹。戴医生说:"生生的一线货,模样脏,却新鲜,味道浓。"

我弯腰看,与那面儿一样,边沿起圆滚棱线,线刻宝相花,有凹槽,却浅,两公分,槽内满刻文字,残损不堪,风化不堪,漫漶不堪。文字乃唐楷,笔势沉稳,端庄秀雅。

我逐行辨读:"□□须□提□□言□尊□□□经□□□云□□□□菩

□□□是□□刚□□□□名字□□持□□□□□菩□佛□□□□□□即□□□□蜜□□□若□□□。须□□□于□□□如来□□不□□□□佛□世尊□□□□所说□□□菩提□□□□三□大千世界□□微□是□□□□菩提……"

读到这儿,我大喜,叫道:"金刚般若波罗蜜经!"

戴医生问:"为什么?我见有佛、经、菩提之类的文字,不清白哪一本经。"

"有刚、蜜、若和大千世界等字样,可断定是金刚经。如果记忆不差,应是第十三品,如法受持分,其中三千大千世界所有微尘是名句。"

"三千大千世界?"

"这是佛教概念。世者,过去、现在、未来,时间也;界,东西南北、上下十方、山川河流,空间也。一大千世界有小、中、大三种'千世界',故称'三千大千世界'。佛教说一日月照四天下,覆六欲天、初禅天,为一'小世界';一千个小世界覆一二禅天,为一'小千世界';一千个小千世界覆一三禅天,为一'中千世界';一千个中千世界覆一四禅天,为一'大千世界'。"

"这样玄妙啊!哎呀,将近一个钟头了,该拔针了。"

拔掉银针,戴医生让我走几步,嘿,腿可挺直,不怎么疼了!我欢喜问:"神了,本是膝盖疼,怎么扎手上解决问题?"

戴医生微笑,说:"人的身体也是三千大千世界啊!牵一发而动全身,也充满了玄妙!"

我哈哈大笑,说:"人是一个大千世界啊!金刚经石雕能否转让给我?"

"恐怕不行。"

"怎么,舍不得?"

"一位患者送来的。人家一片心意,我怎么能转让卖钱呢?"

"患者?"

"礼泉县昭陵乡一位妇女,生过娃后,每到经期,小肚子疼痛难忍,吃药、打针、热敷、贴膏药,到西安大医院住院、求神拜佛,能想到的办法都办了,无济于事,疼得咬牙切齿,冷汗直流。听人介绍到了我这儿。第一次扎了三针,就缓解了。治疗了三个疗程,一个疗程十天五次,剜了根!两口子感谢我,我啥也不要,见我这儿摆古石雕,两口子就送来了刻经文的方石头。"

戴医生诊疗室摆放老石桌、柱础、坐鼓,既实用,又收藏。院子栽三根拴马桩,一根辈辈封侯,一根胡人驯兽,一根太狮少狮,都是高品。

我问:"两口子没说他们怎么得来的?"

"是祖传的。丈夫说,打他记事起就撂在他们家后院。他问过他爸,他爸说打他记事起就撂在他们家后院,人老几辈传下来的。你说,这块方石做什么用?"

"像佛龛,又像佛碑,应该刻有供养人的。"

我抓起抹布,想擦洗方石左下部,供养人应该刻在那儿。戴医生急忙说:"扎过针三小时内不要动水,我来!"

戴医生擦洗后,有这样的字迹:"□□□天宝□年□□□士顾生□清□女□美□为□母张□□造□□□□像□□奉……"

我说:"唐天宝某年,有善男信女,应是两口子。男子姓顾,女子名字中有个'美'字。为超度亡故的母亲,母亲姓张,善男信女作为供养人,出资造像。"

"什么是供养人?"

"唐代时候,佛教兴盛,信佛的人通过提供资金、物品和劳力,以制作佛像、开凿石窟、修建庙宇等形式弘扬佛法,就是供养人。"

"明白了,孝子为超度母亲亡灵出资造像。请问,佛像造成以后,安放在哪里?你看,这里有两个圆洞,怎么回事?"

戴医生手指地方,金刚经石上首楞面处,左右靠边沿各有一圆洞。圆洞直径十公分左右,深十五公分。我不解圆洞的用处。若是卯榫的孔,应是方的,公卯插进来才牢实。若是别的用途,做什么?我摇头。

戴医生说:"安放在家里,还是在寺庙里?"

"这么大,应安放寺庙。这是我的猜测,没有依据。"

"姓顾的善男,名字有'美'的信女,活着的时候是做什么的?"

"唐白石,当时很名贵的,非一般人可采用;从浮雕佛像和线刻宝相花、缠枝莲叶的精美绝伦看,应出自雕刻高手之手;背面雕刻金刚般若波罗蜜经,书法一流。综合来看,姓顾的唐人应是信佛的富贵之人,做官的可能性极大。"

"是佛龛还是佛碑?"

"我倾向于佛龛!这尊佛龛最特异处就是雕刻金刚经。一般佛龛是没有的。但有两个圆洞,似乎是母卯,安插碑首吗?真想不明白。"

"一千多年了,想不明白很正常,有更多事情让人想不明白呢!"

"是啊,姓顾的善男、名字有'美'的信女也想不明白。你凭一枚小小的银针,他们虔心敬造的释迦牟尼造像就送到了你的家里!"

# 礼佛图

　　一大早,赶往老苏家。刚进巷子口,看见他家门口停了辆厢式小货车。奔到跟前,老苏正在搬四棱石雕,装车的架势啊!

　　坏了!

　　若去了屋檐,四棱石雕只是一桩方石,四面如刀削,棱线尖利,割手呢!有了屋檐,便有了屋檐下的生活风景。轩窗里,一宽衣博带男子半跏趺于禅榻,面色安澜,右手置左手上,已入禅定。男子面前,莲花高台上,供奉释迦牟尼,佛面慈悲,背光熠熠放彩。轩窗外,一拨女人旖旎而来。最前头一位,身量大,面丰腴,发髻富丽,双手合十,嘴唇翕动,诵经呢。贵人后是两位少女,粉面花靥,肩披锦帛,长裙曳地,眉目低垂。还有一小丫鬟,素淡衣裳,捧花盘,盘中花儿鲜嫩欲滴。这是方石的第一面儿。第二面儿,碧波垂柳,绿野平畴,农人弯腰扶犁耕作。第三面儿,山势逶迤腾浪,杂树野花,隐隐见佛塔,似有禅音悠悠飘来。第四面儿,金刚怒目,手持兵器,威风凛凛呢!

　　头回见到雕琢屋檐、线刻图画的四棱石雕。我惊叹道:"都说粗大明,明代怎么有这么精美的线刻?"

　　老苏瞪我,吼:"胡说!明代到如今才六百多年,黑又亮的墨玉石咋会泛这样的白!这是唐代货!"

　　"日头下晒,六百年足够了。"

"又胡说！日头下晒，皮壳疙疙瘩瘩，麻子一样，这么细的线条早锈不见了！保准是唐代货！"

"唐代屋檐深纵，有斗拱，不像这样陡直，也不是这样的琉璃瓦样儿。房子是明代制式，所以，四棱石雕是明代的。"

老苏愣住，火气泄了，说："明代房子我没见过，唐代的更没见过。你把我弄糊涂了。"

"再问你，四棱石雕是做啥用的？"

"我不清白。"

"画面上善男信女拜佛呢！佛的面相像何仙姑，世俗化了，这是明代风格。唐代造像肃穆，有凛然超脱尘俗之气。苏哥，不说这些了，咱说价，多钱？"

"你说明代的，出价肯定是明代的价；我说唐代的，要价肯定是唐代的价，咋说？"

"你按来价加些钱就行，何必弄得这么清楚？"

"那可不行啊！"

"那咋办？"

"凉拌！你琢磨，我也琢磨。琢磨透了，咱再说事。"

老苏是老跑家，不认清货，不出手。

我笑说："苏哥，拍几张照片，我回去琢磨。"

老苏拦挡在四棱石雕前，说："好货一眼就轧在脑子了，还用拍照？"

不让拍照是老苏自家立的规矩。

老苏说："看古董跟相女人一样，最要紧在第一眼。第一眼钻不到心里头，后头保准没戏！拍了照，发朋友圈，一线生生儿的鲜货，漾得满世界都是，谁见了都不眼馋！"

有人劝老苏说："人家花钱打广告做买卖呢！知道人多，更上价！"

老苏摇头说："卖衣裳，最怕过时了；卖古董，最不怕过时。一物等一主，靠缘分，不靠吆喝。"

我解释道："拍照是为请教师傅，绝对不发朋友圈，苏哥，相信兄弟！"

"不是不信你。你发给师傅，师傅乱发咋办？你请师傅来看实物吧！"

再说不顶事，我回城到师傅家。敲了半天门，没动静。打手机，不接。再打，还是不接。师傅年纪大了，耳朵背，急得我跺脚。正急呢，师傅回电话了。

我急忙说:"师傅,发现了一件儿古石雕,想拿下,但拿捏不准,想请您把把关。"

"在哪儿?"

"长安,杜永村,离香积寺不远。"

"农户的?"

"一线跑家的。"

"后天吧!儿子出差,我要接送孙子。明天下午他爸就回来了。"

挨到第三天早,接了师傅,一路飞奔到老苏屋。师傅看见四棱石雕,叫道:"祈福塔的塔顶!"

老苏问:"啥是祈福塔?"

师傅答道:"唐人笃信佛教,好建塔,供奉舍利、经卷或法物,用来兴教、祈福、报恩、祝祷长寿。祈福塔就是用来祈福的。"

老苏问:"四棱石雕,哦,塔顶,是唐代的吗?"

我站在老苏背后,向师傅摇手,师傅没理会,端直说:"当然是唐代的。画面是礼佛场景。唐代人出家修行,在家礼佛,是风尚……"

我插话道:"从屋檐看应是明代的。"

师傅说:"纵深的屋檐,精巧的斗拱,是殿堂的形制,民居屋檐就这样。也许,因为民居,才最珍贵。龙门石窟宾阳洞有浮雕帝后礼佛图,现藏纽约大都会博物馆,那是皇家规格;敦煌石窟有唐都督夫人礼佛图,那是官家景象;这尊石雕是大唐百姓礼佛场面,没第二个!"

老苏看看我,挑衅的口气说:"徒弟跟师傅的水平差七百年!"

师傅疑问:"怎么会差七百年?"

老苏哈哈大笑,说:"师傅一眼断定是唐代的,徒弟硬说是明代的,唐和明,不是差七百年?"

师父和我都笑。

我说:"师傅说唐代就是唐代!苏哥,给我,多钱?"

老苏说:"看你师傅面,这个数!"然后伸出三根指头。

我说:"行,三万就三万,点钱装货!"

老苏摆手,吼:"后头挂零呢!就这货,你有没?三万元,我还要呢!给旁人少不了五十!"

师傅说:"这尊石雕是出土的。出土文物买卖,会有麻烦的。"

老苏说:"出土不出土我不知道,反正不是我挖的。我是从农户收上来的。能有啥麻烦?"

师傅说:"石雕是重器,你掂量掂量吧!"

从老苏家出来,我埋怨师傅:"我打手势呢,您怎么还是告诉他是唐代的?这下难买了。如果他以为明代的,三五万就可到手。"

"人家精着呢!好久没见到这么好的东西了,哪顾得你的疙疙瘩瘩?"

"师傅,礼佛图值三十万元吗?"

"这么精彩的唐代石刻艺术品,怎么只值三十万元?三百万元是它,一千万元也是它!但是,我建议,你不要碰,那是出土的。"

一千万啊!

犹豫了三天,我放弃了师傅的建议,下定决心一定要得到礼佛图石雕,不然,吃不好饭,睡不好觉。筹措好资金,我兴冲冲地赶来,这老苏怎么装车了呢?

石雕高九十二公分,长宽四十一公分,这么一大疙瘩石头,三四百斤呢,就老苏和司机,怎么装?

老苏抓住屋檐,往怀里用力,石雕底部露了出来。老苏对司机说:"把钢板抄进来!"

钢板在手推车前部,车子是自制的,拉石雕专用。钢板抄进来,老苏往车身铺毡垫,又给石雕套了三箍皮带,缓缓用力,推动石雕。石雕挨实了车身,老苏按稳石雕,让司机压下车辕。老苏掂一块宽而厚的木板,架在车厢和地面之间,用砖头顶紧木板挨地面那一头儿,铺好毡垫;取来两节尺把长的圆钢,放到木板车厢那头儿。老苏缓缓举起小推车,石雕立于木板侧。

老苏对司机说:"我用力推石头,你取开车子。"

老苏用力,石雕落在木板上。司机取开了车子,老苏在这头抬木板,司机在车厢那头压木板。木板落在圆钢上,老苏就势轻推,石雕进入了车厢……

装好车,我说:"大把式,卖了多少钱?我加钱,朝我家拉!"

"加多少钱也没法给你了。"

"为啥?"

"博物馆征集了!"

"骗谁呀！博物馆就那么神通广大，知道你有一疙瘩老石头？"

"我报告的。"

"报告的？"

"给博物馆，钱少，心安！你以后想看，就到博物馆看。"

"我不信！博物馆给你多少钱？"

"你的一半价！你若不信，咱一块去博物馆，人家货到付款，你帮我数数，十五万以上，全是你的！"

# 石函

二大问我:"棺材要不要?"

望着一脸正色的二大,不像开玩笑呀。

我疑问:"二大,这……这号东西,我……怎么要?"

"你不是收古董么,这棺材是个老古董!"

"笑话么,谁把那么大的棺材当老古董?"

"哎,忘说了,棺材不大,跟骨灰盒差不多,刻花呢!"

"哦,这样啊,二大,你的小棺材咋来的?"

"咋说话呢,咋能是我的小棺材?二大正跟你说话呢,还没死!"

"哈,对不起,掌嘴!二大,小棺材是谁的?"

"谁知道是谁的,小常打墓打出来的!"

小常从秦岭山村跑到五陵原,在我们村做零活儿。起圈拉粪,碾场打麦,开拖拉机,从二十郎当岁的小伙子,做成了五十多岁的半大老汉,已经是老常,大人碎娃叫顺了嘴,还是"小常小常"叫来唤去,不变。还有一样儿不变,老了人,二大安排活路,每回都吩咐:"小常,打墓去!"

二大是村长,没有二大的话,户口在秦岭白云深处的小常,咋能有五陵原上的一院儿庄基?

我问:"小常从哪儿挖出来的?"

"义坟地。狗日的小常，十几年了，也不言传！小常准备给娃办婚事，装修房子，上礼拜，我去看，瞅见了小棺材，狗日的才给我说凿黑堂刨出来的。"

我请二大吃了西安最好的羊肉泡。见我付钱，二大嘟囔："要知道这么贵，才不吃呢！侄儿啊，不如镇上，肉多油旺碗大，才一半儿价。"

"二大，现在就回，回到镇上再吃两碗。"

一小时后，我跟在二大屁股后头进了小常院子。院子散摆着家具，乱，正在喷乳胶漆，空气中弥漫着让人皱眉的气味。二大喊小常，小常"哎哎"答应，从楼上跑下来，张着殷勤的笑脸，说："领导来了，楼下正喷漆，楼上坐。"

"狗日的啬皮，买的啥烂怂乳胶漆，辣眼窝！快，把小棺材取来，让我侄儿看。"

小常看我一眼，点点头，转身噔噔上楼，抱了红布包裹的棺材下楼，放在院子桌面儿上。我揭开红布，小棺材是青石的，泛白，造型挺括，四棱见线，打磨精到，盖儿线刻缠枝花卉，线条奔放，繁密流畅；正面，线刻山水画儿，悠然南山，隐见佛塔高耸；侧面，线刻一对儿大力金刚，凶神恶煞；尾，线刻金刚杵。打开棺盖，只见一节钙化骨质物什，圆形，管状，鸡骨白，三公分左右长。

我问小常："还有啥？"

"啥也没有了！十几年前里头有啥，现在里面还是啥，我没动过，一直在家里撂着。"

"棺材周围还有啥？"

"啥也没有，我想有呢！那个黑堂刨得分外宽展，就想刨出金的银的啥，费了半天劲儿，啥啥儿也没有。"

屋里有人喊小常，小常跑进屋。

二大问："要不要？"

"要！"

小常回来，二大说："我侄儿抱走了，他搞研究呢！"

小常面有不舍之色，我说："小常，开个价，我买！"

二大燥了，吼："开啥价？买谁的？这是咱普照寺村义坟地挖出来的，先人存下的，不是小常从他秦岭老家背来的，不追究他窝藏的麻达就给他脸了，开价呢，开的哪门子价！"

到了二大屋，我说："二大，你行子清，有杀伐！"

"咱本村人，大不这样吼，你多少得掏几个钱呢。侄儿，这是个啥呀？"

"我也头一回见，说不准，像是得道高僧放舍利子的，但又不见舍利子！"

"要有舍利子，那就咥大活了！法门寺的舍利子是国宝呢，价值连城！这就是个空棺材，能值多少钱？"

"我不知道，得找懂的朋友看看。"

我给西北大学考古系崔老师打了电话，一小时后在他家见。崔老师跟我年龄相仿，亦师亦友，碰到难题，我总是向他求教。

揭开包裹的红布，崔老师惊叹："好精美的石函，供奉大唐高僧舍利子的！"

"怎么不见舍利子？"

崔老师上下左右仔细看了，说："线刻很精彩，可惜没有供养人，应镌刻供养人和供养缘由等信息。"

说着，崔老师打开棺盖，惊呼："指骨舍利啊！"

我被崔老师的惊讶给惊讶了，急忙问："什么是指骨舍利？"

崔老师从抽屉取出白手套，戴上，捡起指骨舍利边仔细看边说："指骨舍利是佛陀火化后的遗物，象征'遗教不灭'，是佛门传世的圣物。供奉佛指骨舍利，如同供奉佛陀法身，法力无边啊。就学术而言，佛指骨舍利作为宗教的象征物，具有极高的研究价值。你是怎么得到的？"

"我们村子打墓挖出来的。石棺，哦，石函，怎么不见值钱的陪葬品？"

"什么金玉之物能有佛指骨舍利珍贵啊！你们村子神奇，应是佛家宝地，不然怎么会有这么伟大的佛家珍宝！"

"我们村子叫普照寺村，原有唐代寺庙。或许，这是唐代得道高僧的指骨舍利。"

"没有文字记载，只能这样推测了。按说，指骨舍利应该是供奉在寺院的，或是安放佛塔地宫，怎么会挖墓挖出来？"

"不清白啊！崔老师，石函值钱吗？"

崔老师说："值钱啊！一些做官上瘾的人，经商暴富的人，特别追捧这些稀有的精美石棺材，供奉在家里，求好彩头，棺材者，既升官又发财也。"

"这个石函值多少钱？"

"你想卖？真正的值钱不是放在自个儿家啊，是陈列在博物馆，让更多的人看到！这尊石函具有珍贵的历史、宗教、文化、绘画、雕刻等研究价值。"

"崔老师，我明白了，你是让我把这尊石函捐赠给博物馆？"

"你已经得了佛陀点化！博物馆是石函和指骨舍利最好的归宿，这样的出土文物，私下交易也是违法的。"

"我听你的，但得跟我二大商量下。捐赠给博物馆的应该是他，不是我。"

"你二大？你二大是谁？"

## 望天犼

祭过灶王爷，过罢小年，大年迫在眼前，屋里屋外，洋溢着忙碌的年味儿，做礼馍，蒸包子，炸豆腐，搓丸子……我手笨，但还往灶间凑，做出殷勤帮忙的样儿，得便品尝下刚从油锅打捞上来的滚烫年味儿。

媳妇儿颇烦，铿锵说："别做精做怪了，你出去逛吧！"

等的就是这句话！我作恋恋不舍状关上家门，直奔周公庙。奔周公庙做啥——逛古董铺子呀！

这几年，周公庙的游人多了起来，岐山、凤翔、扶风三县的一线跑家，在庙门一街两行，一家挨一家开古董铺子。柱顶石、拴马桩、老字画、老家具……各色老货，啥啥儿都有，呛着惹人念旧的乡土老味儿。隔一阵子，不到这些古董铺子逛逛，像有人挠心口呢！

一时，到了周公庙，我先进老姬家。挑开厚厚的棉门帘，散着油包子馨味儿的热浪扑扇脸颊。看见我，老姬欢喜招呼："有福人来了，油包子刚出笼，吃一个！"

老姬把算子扣下，白暄暄的包子躺在案板上，腾腾冒热气。老伴儿用白瓷盘装好五个包子，说："趁热吃，清油的，尝尝年味儿香不香？"

掰开，咬一口，清油拌和的油面馅料绵糯粘口，香得很，我连吃两个。吃罢，我说："还没拜年呢，包子就吃上了！姬哥，嫂子，有啥新货没有？"

老姬说:"你年关都不歇,还惦记着寻货呢!昨儿跑到一件儿货,紧盯了半年呢!趁年关,我煨了一把大火,闸口终于松了!"

老姬满脸得意之色。

我说:"啥嘛,看看呀!"

"刚到手,心口还没暖热,不想卖!"

"不想卖就别挠我呀!挠得我心痒痒,让我看一眼!"

老姬面色为难。

嫂子说:"大过年的,兄弟跑这么远来了,就让兄弟看看吧!"

看了一眼,就从眼里不出来了!这是屈原悲怆激昂苦苦天问吗?这是李白仰天长啸嗷嗷问天吗?这是一尊蹲狮,脖颈高耸,双眼圆睁,鬃毛飞散,胸脯凸耸,前腿挺立如剑,后腿蹲踞如弓,仰首向天,气势磅礴,震撼得我后退几步。

老姬说:"可惜是麻石的,要是富平青石,就把大活吃下了!"

"是啊!可惜是麻石。"

"别看是麻石的,你看,势多硬撑,这不是狮子,是望天犼!"

"犼是龙的儿子,天安门华表上蹲的才叫望天犼,汉白玉的。这是麻石,最差的材质,咋能是龙的儿子?再说,蹲在这么薄的底板上,没在高处,咋能望天?是狮子啊!"

"天上的龙能生犼,地上的野龙就生不了犼?许他皇家华表上蹲犼,不许咱百姓屋里有犼?朝天瞪的狮子就是犼,跟华表上的一样,就叫望天犼!"

"好,好,你说望天犼就是望天犼。它跟我有缘,让兄弟捎走!"

"不想卖呢!要不咋没摆在显亮处?别看是麻石的,雕工绝了,谁见了心尖尖儿不颤?犟模样,蹙眉眼,憋嘴唇,不知道有多少事情问老天爷呢!刚入手,我心口还没暖热,真不想卖。这儿冷,到铺子说话!"

第二锅是豆腐粉条包子,出笼了,铺子洋溢着香香的水汽。

我说:"嫂子,没你发话,姬哥不给我。大过年的,你老两口狠心让我空手回去啊!"

老姬赶忙说:"咋能让兄弟空手回去呢!铺子这么多货,随便看,随便挑,尽管张口,价好说!"

我说:"姬哥,铺子这些货,我哪一样不熟?嫂子,我跟望天犼有缘,就想把望天犼捎走！"

嫂子停下揉面，瞅老姬说："兄弟来了，好好说个价，让兄弟回去高高兴兴过大年！"

这老两口啊，双簧一绝！得了令，老姬狮子大张口，开价两万。

我说："姬哥，吃了石头了，心这么沉。这么大的麻石狮子，顶多不过三千元，依你说的，是望天犼，顶多值五千元！"

老姬说："本来不卖，你嫂子开了口才给你，咋又杀价了？杀价能成，咋杀得这么狠？"

我笑，说："天上要，地上还，大过年的，兄弟也不想杀价，你就松松手，一步到位，五千元让我捎走！"

老姬说："五千元就五千元，你寻个一模一样的，给我，我保准不打绊子！"

我笑，说："姬哥，别忘了，这是麻石，不是青石！"

老姬站起来，叫："还想青石呢！要是青石，开价下不了二十万！再说，跟青石麻石有啥关系？这个望天犼，值钱就值在了戳在了人心尖尖儿上，值在憋了满肚子话问天呢！不说了，把你面子搁住，一万八！过年呢，咱弟兄俩别抹下脸搞价了。"

老姬减，我加，减减加加一程，咬定在一万五。后备厢盛不住，两人抬着，吭哧吭哧搁在车后座。

老姬说："羞先人哩，就爱钱，说好了不卖不卖，咋又到了你车上？世下就是跑一线的，一件儿好货都存不住！你看，望天犼都笑话我呢！"

望天犼躺在后座，眼睛瞪着，慑人呢！开铺子的，都这样，出货时候，一力想成生意；生意成了，货归了旁人，心口儿却疼起来，舍不得啊！

我安慰老姬说："姬哥，别心疼，这又不是啥好货，麻石狮子么，没几个人热，不好卖，变现了安生！"

老姬掏出刚刚揣进兜里的钱，往我手里塞，说："来，来，你把这些钱装上，你跑出来这么一个望天犼，我再给你拿这么多钱！"

我哈哈大笑，上了车，朝老姬摇手，说："姬哥，三十晚夕等我微信红包！给嫂子说一声，我回了！"

幸亏这只望天犼是麻石的，如果是青石的，二十万，我买不起啊！这只望天犼只能是麻石的，唯麻石才更显沧桑，更显拙朴，更显野性，比青石更有那么一股子诘问上苍不屈不挠的犟劲儿……雕琢这只望天犼的,肯定是一位雕刻艺术大家!

到了家,我唤来堂弟,费了好大劲儿,抬进望天犼,摆设在案几上。

媳妇儿从厨房出来,吼叫:"你就不怕把他憋死,把顶棚戳透?快,拾掇到院子去,让他透透气!"

堂弟惊讶,问:"嫂,咋了?"

媳妇儿说:"人家往天上瞅呢!把它圈在屋里,他能不憋屈,能不学孙悟空,蹦起来把咱屋戳个大窟窿?"

堂弟和我都大笑。媳妇儿绷不住,跟着笑。

堂弟说:"我嫂说得对,放在院子,豁亮,狮子敞快!"

我说:"太显眼,怕谁逮走了!"

媳妇儿说:"咱家院子,谁敢逮走?"

一语成谶,大年初三就被逮走了!

大年初三是我待客的日子,还是老规矩,三桌。今年的话题,除了叙旧,就是望天犼了。进了院子,亲戚们看见望天犼,莫不停下脚步惊叹,掏出手机拍照,发朋友圈。

表弟赋打油诗一首:

"心有不平事,
把酒问苍天。
苍天不言传,
石犼戳破天。"

一时,得了上百评论和点赞。评论最多的是问这个怪兽是啥,表弟统一回复:"国宝级大神,望天犼!"

都问:"望天犼多少岁?吼了多少年?"

表弟一律回复:"一万年太久,只吼朝夕!"

席面开了,男人这一桌,三巡未过就干掉两瓶西凤酒。

表弟涨红着脸,说:"哥,望天犼让我抬走,把路虎揽胜给你留下!"

表弟年前刚换了新座驾,意气风发。他投资药厂,当股东,生意顺当,说话口满,亲戚们已经习惯。

我说:"揽胜钱能买得到,再多的钱,望天犼买不到啊!"

表弟愣了一下,说:"对!钱能买下的东西没啥意思,钱买不下的东西才有意思。冲这句话,哥,望天犼我非抈走不可了!"

我笑,说:"只要你抈得动,你就抈走!"

表弟站起来,盯着我,说:"真的?哥,说话算数?"

我笑说:"大过年的,咋能说话不算数?"

表弟往外走,说:"看我抈得走!"

堂弟说:"喝多了,两百多斤,耍二杆子呢!"

我说:"没事儿,难道他真抈走不成?"

结果真让表弟抈走了!

年前,我跟堂弟费劲巴力摞起来三只柱础,望天犼就搁在柱础顶。表弟走到跟前,扳倒望天犼,微微弯腰,扛在肩膀上,直起腰就走,出了院门,到了车跟前,一手按住望天犼,一手按住遥控器,后备厢开了,一手压,一手托,望天犼滑到了双手,抱住,双手平托,放进后备厢,再按遥控器,后备厢缓缓合上。我看得目瞪口袋,亲戚们鼓起掌来。

表弟喘着粗气说:"这算啥?咋都忘了,当年我参加过省上举重比赛,脖子上挂过奖牌呢!"

重回酒席,表弟给我敬酒,说:"哥,别心疼,你这儿古董多,少一件没啥。"

我喝下"苦酒",说:"古董再多,望天犼就这一件儿啊!"

媳妇儿过来上菜,眼光剜我!

送走客人,我对媳妇儿说:"表弟喝多了,开玩笑呢,酒醒了,脑子清白,就给咱送回来了!"

媳妇儿又剜我,吼:"想得美!"继而跺脚叹,"都怪我,亮在院子招贼啊!"

初九晚上,表弟来了,手中提着红布兜。我看一眼媳妇儿,招呼表弟坐下,说:"都走停过了,咋又提着兜兜儿走亲戚来了?"

表弟不好意思地说:"哥,给你把望天犼卖了!那天逞能呢!本来要给你送回来的,今儿却只能给你送钱来。"

我吃惊,问:"卖了?咋不给我打电话?"

媳妇儿说:"你卖药呢,谁寻你买古董?"

表弟说:"也不能全说是卖,是我大老板硬抃走了。"

我问:"你大老板咋知道望天犼?"

表弟说:"人家在朋友圈看见的,第二天就派人从我屋抃走了。过年呢,我没好意思给你说。前天上班,我看见摆在大老板办公室。大老板说,最爱的就是望天犼桀骜不驯、仰问苍天的神气儿。还说,自己像望天犼一样,也憋了一肚子话,想问天呢!"

我长叹一声,说:"东西好,震撼每个人的心,看在眼里,都拔不出来了!我跟老姬一样,不卖的东西,稀里糊涂脱手了。"

表弟说:"听我说是你的,老板非要给钱,不要都不行!"

媳妇儿问:"给了多少钱?"

表弟指着红布兜兜儿,说:"老板爱吉利数,给了八万八,够不?不知道我哥的来价,也没办法跟老板说价。"

媳妇儿吃惊,问:"多少?"

表弟说:"八万八?不够了我再添!"

媳妇儿一脸喜色,说:"够了,够了,人家老板就是老板,做事大气!"又扭头对我说,"把你的那些老古董都让兄弟拍照,请老板看!"

我说:"你懂啥呀!人家买的不是望天犼,是自己的心思啊!你知道哪一件儿对他的心思?"

## 五尊佛

来了位远路朋友，正在院子看货，手机响，见是陌生号码，我摁掉了。手机还没装进兜儿，又响了，还是那个号码，接通，传来急乎乎的吼声："快把车开过来，我收了个石头，快！"

我懵懂，没听出来是谁，问："你谁啊？"

电话那边像炸药爆了，震得手机发抖，吼："我是三运，连我的声都听不出来了！把我能急死！快，快把车开来！"

"三运，真没听出来是你。你在哪儿？"

"礼泉石潭。"

"这会儿我正忙，你就地租一辆车拉回来就是。"

"我没钱，买石头把钱花完了！"

"三运，多贵的石头，你敢买？"

"你别管，快，快把车开来！"

"你就地租车，回来我付运费。"

"哦，这样啊，说好了，运费你付，别哄我啊！"

三运收到了怎样一件儿石雕，咋咋呼呼的？

三运不是职业跑家。职业跑家有眼力，有线路，有实力。眼力是本事，线路是资源，实力是资本。一大早儿，包包儿装满票票儿，空车出门，到了晚上，包包儿瘪了，车满了！遇到好货，包包儿里的票票儿不够，打电话让老婆送来。还不够？哪怕贱卖存货，哪怕付息告贷，哪怕与人搭伙，都要收回来！跑古董，鸡零狗碎小打小闹不解馋啊，靠好货闹事呢！价太高，实在吃不动，这才卖信息，请有实力的主儿来买。

三运呢，穷汉娃，只卖眼儿不下手。

三运好来我院子，不言声，闷着头，一件儿一件儿看，只看古石雕。看得眼熟了，得了空儿，骑摩托乡里转悠寻呢！寻见了么？寻见了。三运兴冲冲地告诉我，一对青石大狮子，老得很，威风很，一米多高，咱去看。

上了坡，下了坡，跑了二十多公里，远远看见前面一片房子，三运说："就在前头！"

到了，我傻了！确实有一对青石大狮子，确实老，确实威风，只是狮子头顶高悬三个字："龙华寺"。

三运啊，二百五么！

远路客人相中了个青石小炕狮，讨价还价一番成交。送走客人，呀，三运进来了，瘸腿，身上、脸上全是土，脸色吓人，我急忙问："这是咋了？"

"叫你开车来你不来，摔了！"

"快坐下，要紧不？"

"死不了！你看看石头好着么！"

"石头在哪儿？"

"摩托上！"

摩托车后座绑了块木板，木板上捆扎了一块圆青石，像磨盘。

我上火了，叫道："为这么个不值钱的烂磨盘，非要搭条命？我不要！"

"又不要你的命！还是'石头王'呢，你瞅清，是不是磨盘？"

细瞅，不是磨盘，不知是啥。圆盘有倭角，敦实饱满，色气沧桑，泛白了，不是明清成色，年份更早哩！我放缓了口气说："不管是啥，不能蛮整呀！为啥不租车？"

"拦了辆车，人家要二百三，你不嫌贵，我嫌贵呢！去镇上租车，石头咋办？老婆子变心不卖了咋办？"

"啥老婆子？"

"谁知道是啥老婆子，反正坐在这老石头上。我骑摩托去建陵寻货，走到牧鹿村街道，一眼瞅见了这块老石头，再一眼才瞅见石头上坐了个老婆子，纳鞋底儿呢。我刹住车，到了老婆子跟前，问卖不卖？老婆子灵，听这烂石头能卖钱，要一百。我只给十块，磨了半天牙，说到了六十块。说好了，借电话给你打，你不来，租车又贵，我只好架在了后座上。"

"三运，你出门只装六十块？"

"一百块！本来够够的，谁知道后轮胎爆了，幸亏木板护着，没咋地。换轮胎钱不够，身份证压在修理铺呢！"

"三运，为这么个不值钱的石头，不值当啊！"

"咋不值当？上头有佛像呢！"

圆盘五个倭角，凸出五个楞面。侧看，楞面线刻佛像呢，线条流畅，气象不凡！各楞面佛像不同，但都气势不凡。我惊讶问三运："你咋知道的？"

"老婆子屁股底下放光呢！"

"胡说呢，到底咋知道的？"

"真的，石头放光呢！摩托车跑得那么快，要不放光，我咋能看见？不哄你。"

三运啊，二百五的病又犯啦！

我问："三运，给我，多少钱？"

"八百块！"

"三运，你吃石头了，心这么沉！便宜些。"

"便宜我就贴赔了。"

"赚了七百多，咋贴赔？"

"跑了十几天，就成了这一件儿货，八百元给我，我刚包住！"

说啥呢！我给三运一千元，他死活退回来两百元。我塞给他，说："装上！这是我掏的租车钱，快去诊所看看腿……"

雕有五尊线刻佛的青石圆盘在我院儿里住了一年。客上门看古石雕，看线刻佛成了一道固定节目。为看得更真切，湿毛巾擦一擦，纹路更清晰。客问是做啥用的，我只会说："有佛像呢！肯定是庙里的。"

开春，一位朋友领了美院老师，也是画家，姓赖，到我院子看古石雕。进了院子，赖老师惊叹一声："东西真不少啊！"

话音落地，他径直走到青石圆盘前，蹲下身，看凸出的楞面，看不真切，扭头对我说:"能不能搞点儿面粉?"

我忙进厨房舀了面粉递给他。赖老师抓一把面粉,涂抹在凸起的圆盘楞面上。嘿,抹几把,佛的影子出来了,一会儿,五尊佛的影子全出来了,一条条飘逸的白线,一尊尊肃穆的白线佛像,真美!赖老师涂抹完,把剩下的面粉递给我,退后一步,拍拍手,说:"唐人的线条无与伦比,一千多年的岁月侵蚀,丝毫撼动不了它的精彩!"

我请赖老师洗了手,问他:"唐代的?"

"当然了,只有唐代才有这么精彩的线条啊!"

"进了院子,你咋一眼就看到了线刻佛?"

"佛光普照,我自然一眼就看到。"

"怪了,三运也说放光呢!赖老师,五尊佛做啥用?"

"这是高僧圆寂塔的一部分,应该是七级,这是其中一级。"

"档次很高吗?"

"我明白你的意思。在佛面前,没有档次高低之说,佛有平等心!"

"这五尊佛是什么佛?"

"我们常说的五方佛就是这上面描绘的金刚界五佛。正中一尊,是中央世界毗卢遮那佛,也就是大日如来佛;左面第一尊,是东方世界阿閦佛,也就是不动如来佛;右面第一尊,是南方世界一宝生佛,也就是宝生如来佛;左面第二尊是西方世界阿弥陀佛;右面第二尊,是北方世界不空成就佛,也就是不空成就如来佛。"

我听得懵懵懂懂。赖老师说:"老板,有意惠让吗?"

看着一脸恳切的赖老师,我说:"可以呀,不过来价高……"

赖老师说:"我力量有限,只能出三万元,请高抬贵手!"

我惊讶得说不出话来。

见我不吭声,赖老师又说:"我会从此唐代线刻五尊金刚界佛得到灵感,画出一批佛教题材的画作,送你一幅!"

我说:"既然赖老师这么说,那我只有割爱了……"

# 心经石

苹果花儿开得正繁,甜甜的、暖暖的春天气息一浪接一浪涌入车内,醉人呢!法门寺东行半小时,到达召公镇,左拐,沿绛天路北行,二十分钟,到达天度镇,穿镇而过,经西苏、东苏两村,就是永平村。

经纪老洪就在永平村。

老洪经纪的主业是苹果。苹果买卖,走千家、进万户,看货说价定事。成了,老洪捎带打问谁家有古董老货。这是老洪经纪的副业。苹果月,可着劲儿忙苹果生意,在小本本儿上记下古董老货地址;苹果忙罢,领客上门。老洪忙,一年四季不停!

跑一线,起初是掏窝子。耀州是老窑瓷的窝子,韩城是文房的窝子,蓝田是老家具的窝子,澄城、合阳、大荔是拴马桩的窝子,富平、三原、泾阳是明清石雕的窝子,凤翔是青铜器的窝子……跑家一拨一拨铲地皮,窝子狼藉不堪,剩下些缺胳膊少腿的烂货。农户灵醒过来,有那么一件半件,张嘴即是天价!窝子掏不成了啊,那就散跑。散跑需有线人。没线人,进了村,像六月的苹果,生,涩,张嘴问谁呀!

老洪就是我的线人。

吃罢老洪端上来的红艳艳的苹果,我翻他手机照片,麻石偏头狮子、老榆木八仙桌、粉彩筷子篓、老对子、核桃木条凳、水烟袋、康熙字典……四棱石，顶端开光，浮雕坐佛，下刻文字，竖排，刻"唐欧阳询书 般若波罗蜜多心经 观自在菩萨行般若波罗蜜多时照 五蕴皆空度一切苦厄舍利子色不异"。

下张，是四棱石的另一面，顶端开光，浮雕站佛，下刻文字，竖排，内容是"空不异色色即是空空即是色受想行 亦复如是舍利子是诸法空相不生不 不垢不净不增不减是故空中无色无 想行识无眼耳鼻舌身意色声香味 法无眼界乃至无意识界无无明亦无"。书法秀逸中藏古朴，古朴处见庄严，庄严处溢喜乐，结构独异，且工且拙，笔力险峻雄浑。

再翻下张照片，却是大碾盘。

我返回"心经"照片，问老洪："这是哪儿的？"

"麟游县阁头寺乡柏家店村柏前进屋的。"

"那两面呢？"

"靠墙，没拍。这是啥吗？"

"不是欧阳询心经石刻吗？"

"欧阳询是谁？"

"哦，欧阳询是和尚，写佛经的。"

"和尚字儿不错，一笔一画，工工整整。"

"好眼力！我喜爱佛像佛经，想请四棱石呢！"

"一面一千元，柏前进要四千元呢！"

"你搞搞价，两千元咋样？事儿成了，我好好谢承你！"

"两千元不成，最少得三千元！"

"行！咱立马请回来！"

"百十公里路呢，要上山，晚夕怕赶不回来。今晚歇我这儿，明儿去？"

"现在四点半，赶到六七点，不晚！车跑呢，不要人跑，走，快去快回！"

老洪跟我上了车，不到六点，进入阁头寺乡柏家店村。老洪说："太猛了！盘山路上我头发都立起来了！你急啥？"

"急啥？"

"急了不顶啥！"

"四棱石走了！"

"啥时候走的？"

"腊月天。"

"谁?"

"不认得,像是岐山人,又像是凤翔人,弄不准,反正是我西府人。"

"姓啥?"

"没问。"

"长什么样儿?"

"墩墩个子,黑胖,大眼窝。"

"开啥车?车号多少?"

"米黄面包车,谁记人家车号呀!"

"谁领的?"

"没人领。面包车上安电喇叭,喊叫收古董呢!"

"多少钱走的?"

"那人一嘴好说辞,连说带笑,硬把三千元打开了,给了两千八。"

"还收谁家货了?"

"没,装上这疙瘩石头就走了。"

"哦,这疙瘩石头从哪儿来的?"

"挖苹果地窖出的。"

"苹果地窖?"

"苹果月,果子一满涌上来,价不赢人,存几个月再卖么。存在地窖瞎不了。"

"还挖出了啥?"

"没有啥啥儿了,就这一疙瘩石头。"

"唉,被一线跑家截和了!"

"谁呀?墩墩个子,黑胖,大眼窝。翻遍西府,非得把他翻出来!"

出了柏前进家门,老洪说:"一疙瘩石头,到不得手算了,你咋像失了魂?栽楞仰坡的,小心把人日塌了!"

柏前进突然说:"咋忘得死死的!那人留了电话号码,说再有啥老古董给他打电话呢!"

电话号码在台历上找见,我捣入手机,咦,显示名字"董小兵",拨通,小兵说:"哥好,好长时间没见了!"

"明儿一早在不在铺子?我来逛逛。"

"在呢，欢迎哥来。"

"那就九点见！"

董小兵啊，墩墩个子，黑胖，大眼窝，在岐山县城有间古董铺子，我下过他好几次货呢！

送回老洪，没停，我赶往岐山县城住下。第二天一早，八点五十到了董小兵的铺子，一线斋，还没开门呢！等了好一会儿，米黄面包车停在铺子门口，车顶安电喇叭。

小兵看见我，惊讶说："哥，估摸你从西安赶过来得十点钟呢！"

进了铺子，我搜寻一遍，货架底、柜台底都没放过，不见踪影！

董小兵问："哥，寻啥？"

"欧阳询！"

"怪不得来得这么早，撵欧阳询来了！"

"欧阳询呢？"

"哥，你的信息真准，欧阳询是兄弟跑下的，但没暖住，年前就出了。"

"出了？"

"出了，等钱过年呢！"

"为啥不给我打电话？"

"东西到手第二天，老章来逛，看见了，硬缠着买走了。"

"老章？"

"西府大耍家！"

"领我寻老章，我加钱，请他让给我！"

"老章入手八万元，你加到多少？"

"老章心重不？"

"大耍家么，能不心重？"

"给老章翻个倍，谢承你一只手。"

"你疯了？别烧手了，想好啊！"

"我最爱《心经》，跟钱没关系，你就快快领我去吧！"

老章五十开外，一脸斯文，微笑看看我，再看看小兵，向小兵说："翻倍，你觉得咋样？"

"章哥，我觉得满行了！翻个年，翻个倍，多好的生意啊！看我面子，就让给朋友吧！"

老章面向我，说："你能撵到我这儿，足见心诚！欧阳询什么价观，你该比我清白！"

"章兄，先让我拜拜欧阳询，饱饱眼福吧！"

"惭愧！出了！"

"真的？"

"不玩假。"

"小兵说你是大耍家啊，咋暖不住好东西？"

"啥大耍家，倒鸡毛哩！跟北京大耍家比起来，毛毛虫都不是。手贱，给北京发了一张照片。"

"引狼入室了！"

"咋不是呢！当晚人就到了，没得商量，非拉走不可，价钱任我开。在小兵他们眼里，我是大耍家；在北京大耍家眼里，我还不就是个跑一线的？打了十几年交道，上眼的货都给了他们。"

董小兵惊奇问："价钱任你开，章哥，你开了多少钱？"

老章微笑，不言语。

我问："章兄，是唐原刻吗？"

"是！书法、石质、造像、镌刻、包浆都到位，小兵说出自麟游，也靠谱。麟游有天下第一楷，欧阳询的九成宫醴泉铭。"

"留拓片了吗？"

"东西过手，我从来不留啥啥儿。真东西耍过，拓片还有啥耍头？"

出了老章家门，小兵眉头紧皱，不笑了，问我："北京大耍家任老章开价，老章会开多少价？"

"他想开多少就开多少，由着他啊！"

"为啥？"

"欧阳询亲笔，唐代原刻，那是国宝啊！北京大耍家任老章开价，更大的耍家任北京大耍家开价！"

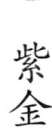

# 紫金鱼袋

跑一线的人像贼,不管走到哪儿,尤其是生疏地面,眼珠子滴溜得欢,墙角啦,后院啦,门背后啦,堆放老旧物件的旮旯,都仔细关照呢!

毛病啊!

谁没毛病?有些毛病一旦沾身,跟皮肤、血液、神经黏合,脱不了的!

我跑一线,自然有这毛病。这不,上完厕所,瞅见一截儿八棱残石,一头有公卯,一头斜着断裂,长约三尺,直径约尺半,棱线如削,一眼儿的高古老物!我抹去尘灰,看见"啰拏揭底伽诃"六个字,笔锋险劲,法度严谨!见没人,我赶快进了屋。

谁家屋呀?鬼鬼祟祟的,没做贼,像做贼!樊大伟屋,八棱残石撂在他屋院子墙角。

我跟大伟,青海野战部队三年,上下铺,关系钢坚!这关系,一截儿残石,我爱,向他张口,他能不给?

能给,但不是这个理儿啊!

第一,这不是一截儿普通石头,初步断,是唐经幢。《佛顶尊胜陀罗尼经》中说:佛告天帝,若人能书写此陀罗尼,安高幢上,或安高山,或安楼上,乃至安置窣堵波中……若有苾刍、苾刍尼、优婆塞、优婆夷、族姓男、族姓女,于幢等上或见,或与幢相近,其影映身,或风吹陀罗尼上幢等尘落在身上，彼诸众生所有罪业，应堕恶道、地狱、畜生、阎罗王界、阿修罗身恶道之苦，皆悉不受，亦不为罪垢染污……灭罪、度亡，经幢的功德，不得了啊！

第二，平常商品，手机、钢琴、白菜，不管贵贱，明码标价。古董老物却不同，价钱藏在买家卖家心底，且随着时间、地点、认知等因素变化。买家卖家实现交易，就是价格认知趋同了。交易完成，即又发生变化。快的，登时后悔，亏了啊；慢的，十年八年，捶胸顿足，连呼当年懵懂无知。这截残石，此时此地，大伟可能只觉得是块老石头，爽快给了我，以后呢？

第三，当年一人吃饱全家不饿，身外之物谁在乎？现在步入中年，两口子过日子，不是一个人说了算啊！

咋办？

进了屋，大伟说："坐么，再喝！"

"喝不动了，我回呀！"

今儿，我在乡里散跑，不知不觉跑到神坡塬，离大伟屋不远，就上门看看他。战友相聚，没旁的节目，就是豪爽喝酒，好像还在十八岁呢！

出了屋门，像刚发现，我指着墙角的残石说："大伟，你也收起古董来了？"

"我才不呢！你真不愧跑一线，眼真尖，那是唐代石头呢！"

"唐代石头咋能到你屋？我看看。"

又看见"跛帝坦姪他唵毗轮""折那阿蜜栗多毗丽吉阿诃""尼轮驮耶轮驮那伽伽那毗"等字样，是梵文音译的《佛顶尊胜陀罗尼经》。

我说："真是唐代的，上面刻着经文，练书法的人喜欢！"

"我爸就喜欢，照着练字呢！"

"难怪我叔毛笔字写得那么好，可惜……"

大伟父亲是村小老师，多年前不幸于一场惨烈的车祸。

我问："我叔咋有这疙瘩石头？"

"村里老早有座大庙，唐代传下来的，解放后荒了。前些年，村里人在老庙底摊盖房，刨出了这疙瘩老石头，没人要，乱撂呢。我爸见上面刻字，就拉回来了，照着练字呢！"

"以前来家咋没见？"

"我爸在的时候，放他屋。我爸不在以后，撂在后院杂货房。前一阵儿，杂货房塌了，搬到了前院。看见这疙瘩石头，就想起我爸练毛笔字……"

"真是的，睹物思人啊！"

"眼不见，心不乱，你帮我拾掇走！"

拾掇走？

不说价，拉回，以后好好谢承大伟？说价，多少合适？人心没深浅，多少都不合适，大伟不懂行啊！

我说："我不练字，要这疙瘩残石做啥？我爱的老石雕，要有工，要完整，比如中堂狮、拴马桩，气派啊！大伟，我给你寻个练书法的，他们爱这，给你变几个钱。"

"能变多少钱？"

"我没经手过这号石头，不清白，打问打问行家就知道了。"

拍过几张照片，我对大伟说："碰到上门收古董的，别理，那些人胡给价呢！"

"有你呢，我还理事那些人做啥？"

过了两天，我给樊大伟打电话，说："一位小书法家看上了，出价一千元，再送给一幅他的书法作品。"

"他书法值多少钱？"

"对外，五千、一万乱要呢；实际，值一两千元。"

"我要他书法做啥？掏三千元不就行了！"

价明了，事情就好办了。我想给大伟五千元，让他大大满意！

第二天，大伟打来电话，说："村里来了个收古董的，见了这疙瘩老石头，我要三千，人家愿意出三千，老战友，给不给他？"

问题复杂了！

我说："不给他！我跟一位大书法家说得差不多了，给你奔五千呢！"

"五千？靠得住么，这个收古董的三千元立马点现呢。"

"有我呢，咋能靠不住？明儿一早我带书法家到你屋！"

我给钟老师看了经幢照片。钟老师是大书法家，爱收藏，尤其金石碑拓。我们相识多年，关系热络。他仔细看过照片，说："此书风骨直追钟繇，不逊欧阳询！"

"夸张了吧？"

"你不习字，不知其中玄妙啊！一横一撇皆有来历，一勾一捺皆见章法！

这尊经幢是你新得的？"

"正在得与不得之间呢！想请老师帮忙，扮演一个角色，完成一桩节目。节目成功，我就得到了。事成之后，送老师全套拓片。"

演节目，做戏子，钟老师当然不愿意。我再三央求，他说："看在钟繇和欧阳询的面上，跟你走一遭吧！"

节目还没开演呢，问题更复杂了！我和钟老师刚进樊大伟屋，看见两人站在经幢跟前，指指点点。

大伟迎住我们，说："不好意思，昨天那个收古董的又来了，还领了一个人！"

看得出来，那俩一个是跑一线的，另一个是开古董铺子的。

我向大伟说："这样最好，开拍卖会，你独赢啊！"

钟老师埋头看经幢。

我悄悄向大伟说："这是大书法家钟老师，一幅字大几万呢！只有这些人爱这些刻字的老石头，肯出价！"

"领来的那人，出到五千元了，书法家能出多少？"

"肯出价就好，河蚌相争，你得渔翁之利！"

钟老师看完，把我拉到一边，悄悄说："这尊经幢非寻常之物，品级极高。"

"可惜残了啊！钟老师，您看多少价钱合适？"

"残和价都是小事！落款应在挨着地面那一棱，翻腾过来，我要看看是谁的手笔。"

"不敢翻腾啊！咱明白了，人家也明白了。买倒拉走，回去再研究。那俩贩子搭价五千元了！"

"既然来了，就不会让贩子得手！"

书法大家，加价手面也大。坐在老槐树下，抽着烟，喝着茶，不到十分钟，钟老师加到了一万三千元，俩贩子落荒而逃。

大伟摩挲着老石头，说："没看出，这截儿老石头值这么多钱，真不想卖了！"

劝人卖，反倒不会卖；劝人不卖，才会卖。

我说："我叔留下的东西，不想卖就不卖了！留着也是个念想。我给钟老师说说，让他不要了。"

"夹你手哩！"

"夹我手是小事儿，只是以后再没有这么好的情况了。行情我打听了，残的，三两千元；万儿八千的，得是全品呢！钟老师，不是说请就请得动弹的啊，这号大爱家，不缺钱，为钟爱舍得钱！"

"给钟老师！你说钟老师的字值大几万，能请他写一幅吗？"

问题越来越复杂了。我磕磕巴巴给钟老师讲了大伟的想法。钟老爽朗一笑，说："还没有农民朋友向我讨过字儿呢！给他写一幅大的，咋样？"

经幢装上车，钟老师趴着看，寻落款呢！出了村，钟老师说："我这个演员合格吗？"

"赛明星呢！就是演出费太高，我原本想五千元，没想到杀出个程咬金，还贴赔您一幅字儿！"

"字儿出自我手，不必介意。如果你嫌贵，转让给我，我给你翻倍，怎么样？"

"钟老师，您就别安慰我了，一万三是贵了点儿，我能接受。钱到了我战友手上，他明白我和您没占他的便宜就行。"

"谁占谁便宜？我给你五万，经幢直接送到我家，怎么样？"

我刹住车，瞅着钟老师，问："钟老师，您发现什么了？"

我跨到面包车后厢，见经文落款处镌刻："□州刺史赐紫金鱼袋上柱国张□仰书"□处模糊不清，难以辨认。

我问："啥是紫金鱼袋？"

"在唐朝，三品以上官员着紫袍，赐佩金鱼袋，是身份的象征。我说这尊经幢品级不低，果然！"

"张什么仰是谁？"

"应该是一位州刺史，也是一位非凡的书法家！详细信息，需要查阅。可惜未见年号，有年号会好查一些。一万三千元，你得到了唐代州刺史赐紫金鱼袋上柱国的书法石刻艺术品，捡大漏儿了！"

唉，大伟啊，我还是占你便宜了！

# 咸通玄宝

一堆麻钱儿，王过省从早起瞅到吃晌午饭，撂下碗，再瞅，瞅到天黑，喝过汤，对着书，瞅到后半夜……瞅了三天三夜，眼皮儿胀，眼窝酸，活动活动筋骨，从屋里推出摩托车，"呜呜"出了院门。

往哪里去呀？

秦遗址，汉城遗址，还是五陵原？王过省略微思量，一路向东，到了六村堡，看见路基外支着一架"电葫芦"，吊竹筐出土呢。王过省停在"电葫芦"旁，瞅出土的土坑。瞅了半晌，没瞅出啥名堂，王过省给吊土的小伙子递过一支烟，笑脸问："这……这是做……做啥呢？"

小伙子打量王过省，说："顶管。"

王过省又问："顶……顶管是做……做……做啥呀？"

小伙子忍住笑，说："地下顶，从马路这头顶到那头，不伤路。"

王过省看见土坑旁撂些一米多粗的水泥管子，点头说："顶……顶水泥管……管子啊，嫽……嫽！听……听你口……口音像……像是陕……陕南人。"

王过省又递给小伙子一支烟。小伙子说："你耳朵倒挺准的。"

"陕……陕南山……山清水……水秀么，我去过。"

"你还跑得挺远的。你在这儿做啥？"

"我……我是此……此地人，闲着没……没事儿，给你帮……帮忙倒……

倒土。"

这一帮就是四天。顶管需先打洞，打一节洞，顶进一节管子。打洞出来的一筐筐黄土，王过省细细扒拉，见着土疙瘩，捏碎呢。第四天后响，扒拉出两枚铜钱。王过省折了竹筐的细蔑，挑净麻钱上岩实的泥土，壮泉四十啊！再挑净另一枚上岩实的泥土，还是壮泉四十，品相更好呢！

陕南小伙子凑过来看，问："王叔，出麻钱了呀！值钱不？"

"不……不值啥……啥钱。"

"不值啥钱？汉城遗址刨出来的麻钱能不值啥钱？"

身后的问话把圪蹴着的王过省吓了一跳。王过省和小伙子都站起来。小伙子朝王过省说："我老板！"

说完跑去干活了。王过省看老板，三十多岁，黑胖，包工头儿么。

包工头儿伸手说："啥麻钱，我看看。"

王过省递过去。包工头儿掂量了掂量，问："你要这做啥？"

"不……不做啥，耍……耍呢！"

"我工地出的东西，咋能让你白耍？"

"不……不让耍就……就不……不要了，又……又不……不是啥稀……稀罕。"

"上回在南郊顶管，刨出来五枚麻钱，人家给了一千元呢。这俩麻钱，你给多少？"

"说……说不定我……我给……给你两……两千呢！人……人家碰……碰到了好……好钱，肯……肯定出……出价好……好么。这……这俩……俩钱没……没啥……啥意思，你叫……叫我咋……咋出好价？"

"你大方啊，两千都敢出！没有多，有少吧，这俩钱你撂多钱？"

"我……我给……给你几……几十元，还……还显……显得我……我啬皮，不……不如我请……请你当……当老……老板的跟……跟几个下……下苦娃咥……咥一顿，交……交个朋……朋友，你……你以后挖……挖下啥……啥好麻钱，我……我给……给你……你好价。得……得行？"

"哈哈，行么，你准备花多少钱，咥啥？"

"前……前头街……街道'小四川'不……不错，两……两百不……不行，三……三百，咋样？"

吃了一桌子川菜，喝了一捆子啤酒，包工头儿把两枚麻钱交给王过省，说："没看出，你这人还行，以后挖出麻钱我跟你联系。"

顶管又进行了四天，每一粒儿土都经了王过省的手，再没见啥啥儿。顶管结束，王过省到了西安城内化觉巷老穆家，请老穆看品相略欠的那枚。老穆戴上老花镜，又用了放大镜，看了半晌，说："东西没麻达！想多少钱？"

"不……不往多……多里想，五……五个钱，咋……咋样？"

"过省老弟，按说你没胡要。品相欠，四个钱合适。"

搞过几个回合，四个半钱成交。

从西安回到屋，王过省把四万元交给媳妇，从炕柜取出钱币夹，把品相好的壮泉四十放入。

王过省又瞅那一堆麻钱儿，从早起瞅到吃晌午饭，撂下碗，再瞅，瞅到天黑，喝过汤，对着书，瞅到后半夜……瞅了三天三夜，眼皮儿胀，眼窝酸，活动活动筋骨，从屋里推出摩托车，"呜呜"出了院门。

往哪里去呀？

泾阳的阎家，高陵的张家，还是户县的周家？王过省略微思量，一路向南，到了户县稻务村，王过省问周周：

"这……这一向跑……跑下啥……啥钱了？"

周周说："谁知道啥钱，半袋子，你挑么。"

说着从沙发底拽出条蛇皮袋子，说："你慢慢挑，挑好了咱说话。"

王过省拉过小板凳，倒出蛇皮袋子里的麻钱，一枚一枚瞅。晌午在周周屋吃罢摆汤面，再瞅。到后晌四点，瞅完了。王过省站起来，伸直腰身说："就……就挑了这……这些，咱……咱说价。"

茶几上摆了两堆钱，一堆三枚，一堆十几枚。

周周说："王哥你说么。"

"这……这三个还……还行，一个……个是汉……汉的五行大布，一个……个是唐……唐的开元三云，一个……个是王……王莽的契刀五百，一枚……枚给你六……六百元；这……这一堆是……是小……小五帝钱，顺治通宝，康熙通宝，雍正通宝，乾隆通宝跟嘉庆通宝，一枚……枚给你……你六……六……六十元，咋……咋样？"

"王哥，说起钱，你舌头咋就不打磕绊了？"

王过省"嘿嘿"笑。周周说:"王哥,剩下这些钱,一斤一百元,你一满拿走!"

半蛇皮袋子,三十八斤,回到屋,王过省倾倒出来,又瞅了一遍,归整好,赶八仙庵集卖了两天,长出了那三枚还行的麻钱和十几枚小五帝钱。回屋刚坐下,电话来了,包工头儿,说:"王哥,我在渭河北岸顶管,出了八枚麻钱,你来看。"

"渭……渭河北……北岸啥……啥地方?"

"卓所,河堤一直往东走就能找见。"

"卓……卓所,我……我知……知道,你……你等着,我……我一……一时儿就……就到。"

八枚钱,已经清理好,三枚乾元通宝,四枚开元通宝,一枚咸玄通宝。王过省说:"乾元通宝跟……跟开元通宝多……多很,没……没啥意……意思,三……三五元一……一枚,咸玄通宝还……还差不多,能……能值五……五六百元呢。"

包工头儿盯着王过省,说:"真的?"

"你……你能叫……叫我……我来,我……我咋能哄,哄你呢?兄……兄弟,咱……咱今后打……打交道时……时间还……还长啊!"

"咋能不相信王哥呢!不说了,王哥,你给一千元!"

"兄……兄弟尽……尽让哥贴……贴赔,上……上回那……那俩麻钱……不,不说了,贴……贴赔不贴……贴赔都在兄……兄弟跟前,你……你能给哥……哥打电话就……就是认……认哥呢!往……往后,有麻钱还……还给哥打……打电话,记……记住啊!"

包工头儿接过一千元,手指弹钱,说:"别看老哥说话不利朗,办起事情那真叫个利飒!"

回到屋,王过省翻开书,找见"咸玄通宝",戴上薄手套,捏着钱比对了半晌,用游标卡尺测过,长吁一口气,说:"广穿,素背,径两公分二,穿七毫半,厚一毫半,分毫不差!"

王过省翻手机,找见电话号码,拨通,说:"金……金总,你……你好!我……我是咸……咸阳的王过省,大……大前年出……出给你,你了一……一枚第布八百,你……你还……还记得不?"

"老王啊，怎么会不记得您呢！您说，什么事儿？"

"我……我刚……刚得了一——一枚咸玄通宝。"

"什么？"

"咸玄通宝。"

"我明白了，应该叫咸通玄宝，你们念作咸玄通宝。老王，东西在你手上吗？"

"在……在呢！"

"请您电话保持畅通，明天我飞过来。"

金总还带了两位专家。专家看过，金总才看。看了半晌，金总抬起头，目光向两位专家。两位专家都微微点头。金总说："老王，您开价！"

王过省不说话，举起右手，伸开五根指头。

金总说："太高了！"

"咸玄通宝没……没有价……价观，说……说多少价……价就……就是多……多少价。"

"话是这么说。再宝贵的东西都是有价的，不然怎么交易啊！"

"所……所以我……我给你开……开了五……五……五十万的价……价，价不大。"

"三十万！"

"这……这个价，价轮……轮不到……到你了，上……上海的吴……吴钱王出到了三……三十八万呢，我……我都没……没松……松口。"

"吴钱王来过了？"

"没……没来，跟……跟我通……通了电话，要……要来呢！"

"他不用来了！老王，咱们是老交情，您说，少多少？"

"你……你们三……三人从北……北京过……过来的踏……踏杂算……算我的，少……少两万。"

"成交！"

"我……我是个农……农民，一——一家老……老小过……过活都指……指望这呢！我……我要……要是有……有你这……这么大的财势，真舍……舍不得咸玄通宝呢！"

"老王，应该叫咸通玄宝。再有啥好钱，您电话啊！"

送走金总，王过省睡了三天，不吃不喝，屙过一回，尿过三回。屙过尿过，蒙头就睡。媳妇和娃瞅着被窝不敢言传。第四天，王过省爬起来，给媳妇说："给我擀……擀一老碗面。"

吃过油泼面，王过省从屋里推出摩托车，"呜呜"出了院门。

往哪里去呀？

秦遗址，汉城遗址，还是五陵原？王过省略微思量，往北行，上五陵原，见原下打桩机林立，停下，圪蹴在坑边，往基坑里瞅……

有天晚上，化觉巷老穆打来电话，说："过省老弟，问你个话。"

"啥……啥话，你……你问。"

"听说你那地方出过一枚咸通玄宝，你听说没有？"

"没……没听说。咋……咋了？"

"日本拍卖了一枚咸通玄宝，品相上乘，说是你那地方出的，我咋不知道啊！"

"我……我也不……不知道。咸通玄宝是……是啥钱？拍……拍了多……多少钱？"

"唐泉第一珍，拍了三千五百万日元！"

王过省打通金总电话，说："金……金总，你……你是不是把……把咸玄通宝出……出了？"

"是啊，您在乡下，消息倒是挺灵通的。"

"是……是不是出给日……日本人了？"

"日本人最好这个了，肯出价……"

"你……你不是钱币收……收藏家么，咋……咋只认钱？你……你出给咱……咱的人多……多少钱都……都能行，咋……咋能出给外……外国人？你……你出给外……外国也罢……罢了，咋……咋能出给小……小日本儿？"

"文化无国界，老王……"

"我……我眼瞎，没……没看出，你……你这怂原……原来不……不是个好……好种，从……从今往后，你别……别进我……我屋门！"

# 缂丝凤鸟

卫老板开砂壕、干工程、圈地皮，着实赚了几把好钱。四十岁不到，正是纵情风流的年纪，却与众不同，从不流连风月场子，偏好上字画和古董。得件儿东西，情绪亢奋，邀朋友，请专家，鉴赏一番。昨晚十一点多，他打电话给我说，得了幅名人书法，请我约靳老师，今天中午把酒欣赏。

靳老师善钻故纸堆，尤其字画。上月，卫老板得了幅老画儿，款识和印章有个"圌"字，难以辨识。卫老板搜罗遍圈里圈外高手，皆两眼墨黑。问到我，我带他求诸靳老师。

只一眼，靳老师说："圌者，盛粮之囤也；梁圌夫者，三原人，同治秀才也，善画秋树山景。"

提笔濡墨，写下秀雅圆润的小楷"圌"字，指着桌上的砚台，说："圌，读作端砚的端，平声。"

惊得卫老板瞠目结舌，连连鞠躬。出了靳老师家门，卫老板说："这老师真有两下子，约时间坐坐。"

听说有好字儿看，靳老师欣然赴约。卫老板办公室超大，办公桌超大，花梨木案子也超大，铺了毡，摆笔墨纸砚。

卫老板打开保险柜，取出名人书法，在毡布上展开，未展完，靳老师便道："不用看了吧！"说完，靳老师退后两步，欣赏起花梨木大案来。

兴冲冲的卫老板被浇了一盆凉水，脸色涨红，说："靳老师，绝对是真品，一个字一万元，四个字四万元，我看着写的。"

靳老师蹲下，抚摸案子侧面的木纹，说："没说不是真家伙。"

卫老板的脸更加涨红了，说："靳老师，你恐怕不了解这位名家，大师级别的，书法协会副主席、政协委员，还是……"

靳老师蹲下，看案子底，瓮声传过来："怀素是个光头和尚，头上没有顶戴！"

卫老板气呼呼地瘫坐在花梨木圈椅里，朝我说："书法家写'茶禅一味'四个字，龙飞凤舞，一气呵成，那个潇洒啊……"

靳老师站起来，手上多了一只画框，朝我说："这倒是一件好东西！"

见气氛尴尬，我玩笑说："靳老师，您会变戏法啊，又变出来一幅字儿。"

靳老师说："不是字儿，是缂丝！"

卫老板站起来，说："错了，是绣的，不是刻的。"

靳老师指着画框，笑看卫老板，说："哦，绣的啊，愿意送给我吗？"

卫老板不屑说："拿去吧！两个呢，已经送人一个了。"

靳老师大惊，问："还有一个？"

卫老板回答："是啊，还有一个，送镇长了。"

靳老师忙说："快点要回来！"

卫老板瞅我，像问我靳老师脑筋是否正常。我微笑。

卫老板说："泼出去的水，送出去的礼，在江湖还混不混了？"

靳老师叹口气，说："唐代的缂丝凤鸟，一对儿啊！"

我从靳老师手里拿过画框看，凤鸟头微仰，正要起飞。这是一只丰腴肥润的鸟儿，手掌大小，全身金黄羽毛，层次分明，细细的腿筋脉凸起，爪子将离未离地面。

我说："靳老师，是缂丝！但不会是唐的吧？"

靳老师说："如此准确丰腴的造型，如此精湛绝伦的工艺，非唐莫属！"

卫老板在一旁听得愣神，说："工地上说，挖开的是个不大的墓，还有几个白瓷罐罐儿，有人说是唐白瓷，怕是唐墓吧！"

靳老师惊讶问："挖出来的？在哪儿？"

卫老板说："塬上，墓不大，没敢言传。文物局知道了，活儿就干不成了。下头人把墓毁了，给我送来了这两只鸟。唐白瓷碎了，没收拾回来。靳老师，明明是绣的，你俩怎么老是说刻的？"

靳老师怒目向卫老板，愤愤说："你肯花四万元买所谓主席应付你的四个字，为什么对一千多年前的古墓葬这样野蛮？为什么对唐代高超的缂丝艺术品这么不经意？"

卫老板脸又涨红了，瞅我。

我微笑说："捺住性子，听老先生给你上一课。"

靳老师平缓语气说："收藏是赶时髦吗？藏品必须经得起时间的淬炼啊！什么大师呀、主席呀、委员呀，胡涂乱抹几笔字儿，经得起时间烈火的淬炼吗？若干年后，你的后人翻看你的藏品，说祖上眼睛咋长的，传下来的怎么全是垃圾呀！"

卫老板的脸色不是涨红，而是羞红了。他瞅我，朝我微微点头。靳老师的话这小子听进去了。

靳老师继续说："这只缂丝凤鸟，知道是谁的作品吗？无款无识，无名无姓，但丝毫不影响它的伟大。缂丝是我们国家独有的纺织工艺，是织，不是刻，是'织中之圣'！缂丝采用通经断纬的特殊工艺，产生雕琢镂刻的精美效果。一件缂丝艺术品，不但要有高超的技法，更要有好的'模子'。'模子'采用顶级艺术品——王羲之的书法、唐伯虎的绘画。这只缂丝凤鸟的'模子'就是一件顶级艺术品，可惜啊！不知出自哪位大师的手笔。"

卫老板听得痴了，恭敬说："靳老师，我不懂，我错了。下头人毁墓的事儿办得不合适。缂丝很值钱吗？"

靳老师说："比那'禅茶一味'值点钱吧！"

卫老板追问："靳老师，到底值多少钱？"

靳老师笑了，说："一寸缂丝一寸金！《康熙御用红木雕花镶嵌缂丝绢绘大屏风》以八千零五十万元成交，《乾隆缂丝梵字陀罗尼黄经衾》以七千两百零五万元成交，《乾隆钦定补刻端石兰亭图帖缂丝全卷》以三千五百七十五万元成交。这几件是清代的，这只凤鸟可是唐代的啊，还加了金线。你自己估量吧！"

卫老板抓过画框，贴在了画框玻璃上看，着急问："靳老师，咋看不出来金线在哪里？"

靳老师说："你要看出来了，还会这么随意扔在案子下面吗？"

卫老板又问："靳老师，这玩意儿真那么值钱吗？"

靳老师说："不信？那就请送给我吧，我就爱这些不值钱的老东西。值钱的名人书法你自己留着吧！"

卫老板尴尬地笑，下意识地把画框抱紧在怀里，扭头问我："我的意思是值不值得从镇长手里要回来？"

我问："镇长懂？找你要的？"

卫老板说："他懂个屁呀！我见两个凤鸟挺可爱，就让装框了。框子做好送来时候，镇长正好在我办公室，他觉着好看，想要，我就送了他一个。"

我说："缂丝历来都是御用之物，寻常百姓难得一见！靳老师说的那几幅缂丝作品，都是巨幅，江南织造，皇家工艺，代表着清代缂丝工艺的最高水准！唐代缂丝的中心在定州，那时候江南还没有缂丝呢……这两只凤鸟，别看手掌这么大，我看啊，小几百万拿不走一只！你自个儿掂量，要还是不要吧！"

卫老板站起来吼："怎么不要，怎么也得要回来啊！"

靳老师哈哈大笑，问："以后不在江湖混了？"

卫老板笑，说："镇长又不懂，我编个理由，肯定能要回来！大不了贴赔几瓶茅台几条中华。"

靳老师说："小卫，唐代墓葬既然有缂丝品，品级不低，应该还有更多好东西，不会只是几只唐白瓷罐罐吧，还有什么瞒着我？"

卫老板双眼圆睁，挥手吼："这些东西，说的就不是人话！跟写字的主席一样，哄我呢！"

# 三彩鸳鸯

鸳鸯，咋能拆伴儿呢！

得了雄的鸳，雌的鸯能到手吗？

昨儿后晌，郎老二打来电话说："有只肥突突的鸳鸯，彩色瓷，老辈传下来的，娃订媳妇儿急着上礼呢！有兴趣没？"

彩色瓷器？康熙硬彩？雍正软彩？

我问："鸳鸯咋一只？你见了没？"

"见了，就一只。"

"对路不？"

"你知道，兄弟不懂行，你得亲自看。"

郎老二被誉为"信息王"，澄城、合阳、大荔三县，谁家有古董老货，轧在郎老二脑子。张庄冒出件儿瓷器，李村藏在箱底儿的老手镯想卖，马堡子拆房拆出来一堆银圆……消息第一时间飞进郎老二的耳朵。郎老二想定吃货的主儿，翻小本本儿找电话号码。

旁人说："存在手机里多方便呀！"

郎老二不冷不热地顶一句："存在空里咋有写在纸上牢靠？"

其实呀，郎老二不会存人名儿。不会，学呀！

郎老二说:"敔疼!就像看货,啥是唐代,啥是清朝,包浆轻了重了,品相瞎了好了,我才不管呢!鼓捣清这些,敔胀得比担笼大!我只给客领路。"

敔,就是脑袋。秦腔不是被戏为"挣破敔"么!

"你估摸得多少钱?"

"彩礼重,怕过一只手呢!"

"不是他想要多少就是多少,东西自会说话,明儿早见。"

一大早,我赶到合阳县郎老二家。郎老二攥着茶杯出来,说:"朝邑!"

赶到朝邑,进入村道,路仄,左拐右拐,七拐八拐,终于在一家大红铁门停下,郎老二说:"按喇叭。"

"货不在这儿?"

"这儿是说事的老杨屋。"

老杨是郎老二的眼线呀!大红铁门开了,现出一位戴茶色石头镜、穿老式样黑衣黑裤的老者,额头宽阔,模样棱铮,刻满皱纹,一脸笑。郎老二跳下车,迎住老者,打开车门,殷勤道:"杨叔,坐前头!"

老者朝我点头,招呼道:"来了哦,进屋喝口水。"

"不了,时间紧呢!"

"那就先办事,事情办好到屋坐!直走,出了村,往北三里的村子就是。"

"老把式啊,精神头儿旺势得很!"

"我不是把式,不懂这一行,就好谝闲传,说合事情。"

谝闲传,就是闲侃;在这儿,是捏合关系、说合生意的意思。

后排的郎老二伸头说:"朝邑十里八乡,没有咱杨叔事情说合下不来的。"

我说:"今儿东西要对,杨叔,全靠您老说合。"

杨叔问:"'对'是啥意思?"

"古董行的'对',就是老,就是真,不要手脚,不哄人。"

"我以为对心思呢!这么说,今儿的事差不多,能成呢!"

"为啥?"

"我跟娃他大一辈子好!娃他大不行的时候,我说合的事。事不难说,治病落的账,葬埋的花费,老母亲跟谁过活,咋看病,咋葬埋……屋里的地跟房咋分,我一碗水端平,说得停停当当。本以为事说完了,刚喝了一口水,老婆抱出个梳妆匣子,打开,掏出用大布包裹的两块子啥,解开,咦——是一对儿鸳鸯鸟，一个红的绿的艳、一个蓝的黑的素，肥突突的！老友说话已经不连贯，交代说：'祖上传下的，别拆伴儿，谁愿意给另一个贴补些，就归谁……'

"谁愿意贴补？贴补多少？谁愿意接受贴补？接受多少才能睡着？"

"愿意贴补的，得鸳鸯，舍银钱；愿意接受贴补的，得银钱，跟鸳鸯没啥事了。问题是，弟兄俩谁都不想贴赔银钱，谁都想得到鸳鸯啊！先儿就留下这么个值钱东西呀！"

"我清白老友的心思，俩儿，手心手背都是肉，不偏老大，不向老二，话说在明处，弟兄俩谁都别积疙瘩。想得好，办起来难啊！老友咽了气，入了土，过了七七，鸳鸯的事都没说出来眉眼，弟兄俩谁都不让，拧上劲儿了。老友交代的事情，总得了结啊。过了百日，我跟老嫂子商量，鸳鸯拆伴儿，一人一个！唉，又麻缠了！鸳鸯，一个红的绿的艳、一个蓝的黑的素，不一模一样啊！弟兄俩，八只眼，哦，还有俩媳妇呢，都瞪圆了，眼珠子恨不得砸在艳的上。瓜子都知道，艳得心疼呀！"

"咋办？"

"我说：'世上事，讲究先来后到。老大在先，老大先拿。老二两口子眼光那个恨呀，像刀子，在我身上戳来戳去。我老汉把人家惹下了！没办法，事情只能这样下场。咱去看的，是老大手上那个，红的绿的艳。'"

"杨叔，鸳鸯是啥朝代的？"

"这就把我老汉难住咧，我不认得，老友也没说。反正是老货！"

"你老友咋会有鸳鸯？他爱古董？"

"没见他耍古董，也没听他提说过鸳鸯鸟。刚说了，安顿后事时，他说是祖上传下的，其他的啥，我跟你一样，啥啥儿都不知道。前头右拐，门朝南，第三家。"

这家房老，黑门青瓦，跟邻家气宇轩昂的楼房比起来，显得寒碜。主儿家热情，让客人进屋。我见阳光明媚，院子有石桌石凳，就说："不客气，就在院子吧，空气好。"

主儿家精瘦，面色焦黑，眼窝深陷。听我这样说，瞅老杨，老杨说："就在院子，又不是做啥见不得人的事。"

汉子跑到大门口，关了黑门，跑进屋抱出个老梳妆匣子。我打开，里面果然是老大布，灰蓝的，解开——嘿，肥突突的鸳鸯鸟扑棱出来！褐扁嘴，黄脚丫,头顶赭红,额和头顶翠绿,后颈暗绿,间或暗紫,头顶两侧有纯白眉纹,尾部暗褐,上胸和胸侧紫褐,下胸两侧绒黑,镶以两条纯白色横带,翅上有一对栗黄色扇状直立羽,像帆一样立于后背……哪是康熙硬彩、雍正软彩,是唐三彩啊!看古董,这样的自然光线最好,一目了然!本不需再看,我按捺住澎湃的激动,看彩看釉看底,掏出放大镜,装模作样地细看……看完,放在石桌上,后退几步远观,三彩鸳鸯高十五公分以内,长二十三公分上下,宽十八公分左右,阳光下,鲜艳华丽,泛着金属般耀眼的光泽!

郎老二拉我到一旁,悄声说:"看得上?"

"能,就看价咋样了。"

郎老二在老杨耳边嘀咕过,老杨对主儿家说:"客看上了,价合适,今儿就能成事。"

主儿家焦黑的面皮泛红了,扶起老杨进了屋。几分钟后,两人出来,老杨说:"我老汉今儿担子重,侄儿请我跟你说事儿哩!这是唐三彩,值大钱哩!来,咱叔侄俩拉拉手。"

说完,老杨拉住我的手,要手谈呢!我赶忙说:"杨叔,我年轻,不会这样,咱在门道僻静处谈吧!"

老杨拉我走到门道,说:"你给个价!"

"杨叔,古董行的规矩,谁的东西谁开价,天上要,地上还,您开价。"

"那我就提刀往肉上砍,你看俩手咋样?"

你来我往一番,七个半成交。精瘦汉子收了钱,激动得颤抖。

我用老大布包了三彩鸳鸯,问精瘦汉子:"能把梳妆匣子搭上不?"

精瘦汉子看老杨,老杨说:"咱刚说的鸳鸯,没说木梳匣子。匣子也是老货呢,你多少撂些钱,别让我侄儿吃亏。"

我掏出一百元放在石桌上。

老杨说:"如今的一百元,能做出来这么精巧个匣子?再加一百元!"

"真会替你侄儿算计!好,加就加,把杨叔话搁住。"

皆大欢喜。

到了老杨黑漆老门的家门口。郎老二先下车,扶老杨下车,使眼色让我撤。我摇头。

趁着停车空儿,郎老二说:"事成了,还在这儿做啥?谢承老杨你不管,有我呢！"

"现在就谢承老杨，加把劲儿，把老二那个素的也弄到手啊！"

进老杨屋坐下，郎老二掏出一沓钱，放在桌儿上，说："今儿事成，得亏了杨叔，这是两千元，客谢承你的。"

我又数了一千元放在桌面儿上，说："杨叔，老二那个素的还得费心，先放一千元，事成之后，再好好感谢你！"

老杨慌了，说："这个钱我可挣不了！"

郎老二说："杨叔，咋了，嫌钱扎手？"

杨叔苦笑，说："当年，我说世上事，讲究先来后到，把老二和媳妇得罪深了。这些年了，见我从来没好脸色，仇人一样。这个话我咋说？张不开嘴。"

郎老二说："真是的，这个话没法说。杨叔，老二日子咋样，卖不？"

老杨说："农民么，不都是这日子？一块子瓷疙瘩，吃不成，喝不成，再是唐三彩，也不下金蛋！碰见这么好的客，肯出这么好的价，再说，他又嫌是素的，没他哥的好，心里不美，咋能不卖？"

郎老二问："老二跟谁好？听谁的？"

"听媳妇的话，听老丈人的话！"

"他丈人家啥村？谁家？"

"新关村，姓梁，他丈人小名儿叫梁石娃。"

"杨叔，剩下的事你就不管了，我来想办法。再有啥古董冒出来，你给我打电话。"

郎老二起身，我也站了起来。老杨要退回我放在桌儿的一千元，我说："杨叔，认得了就是朋友，发现啥告诉郎老二，啥都有了。"

离开老杨屋，上了大路，郎老二说："艳的到手了，素的意思不大，值得费劲巴力不？"

"艳的是鸳，雄的；素的是鸯，雌的。单个儿，咋能是鸳鸯？鸳鸯不能拆伴儿啊！唐三彩，黄、绿、白多见，褐、蓝、黑少见，更稀欠，咋不值得费劲巴力？"

"这样啊！我下茬立势往回弄，你得多犒赏些辛苦钱啊！"

"多长时间？"

"只要东西在，一月内！怕就怕东西走了。"

"走了？"

"怕这呀！"

"你吓我做啥？要走了，肯定有风声，老杨会不言传？你不要疑神疑鬼，一刻不停，快动手往回弄！"

鸳鸯，咋能拆伴儿啊！

得了雄的鸳，雌的鸯能到手吗？

# 上官婉儿墓志铭

司魏村口，蹲守一对儿大狮子，高过一米五，瘦，瘦得硬铮，筋骨凸显，狮头高纵，像弓腰蹲踞在起跑器上的运动健将。狮子青石雕就，包浆沧桑，一眼就知——明代的！跟那肥突突的清代石狮相比，别有神韵。

我向金老师说："这么雄霸的狮子看村护院，老早就是殷实大村。这儿有我高中同学，魏钢柱，多年不见了，寻见他，请他带路，兴许能翻出谁家箱底儿的老货呢！"

周末得暇，我和金老师跑一线，没目标，凭缘分，撞上啥是啥。进村，打问魏钢柱家，抱孙子的老嫂子说："往南第二条巷子，门朝南，三层洋楼。"

一寻就得，敲开铮亮的泡钉大红钢门，开门的却是邓相如。念书时候，同学们都叫他司马相如，多年不见，相视愕然。

我说："你也跑到钢珠屋逛来了？"

相如把我和金老师请进屋，说："我住这儿。"

我惊讶问："住这儿，你屋呢？"

相如"唉"一声，说："拆迁喽，拆得光光的。安置房还得一年半才好，钢柱让我住他屋，也好给他看房子。钢柱在城里住高层。"

进了屋，大沙发、大电视、大空调，气派很。

相如说："都是钢柱的，我用现成。钢柱这些年包工程，光景好。"

背后传来金老师问话："这是谁的？"

金老师面前立一大画框，框内是一团"黑老虎"——拓片。

相如说："我的。"

我走到画框前看。画框内上下两张拓片，软片儿，展平夹在画框里。上一张，竖排三行，每行三字，篆书九个大字"大唐故昭容上官氏铭"，书法柔和圆润，秀逸绮丽。下一张是密密麻麻的楷书，字迹指甲盖大小，右至左竖排，隐见细线棋格，开头写"大唐故婕妤上官氏墓志铭并序"，书法精熟，结体舒展，严整绵密，丰腴毓秀！

我大呼："这就是传说中的上官婉儿墓志铭啊！"

相如点头道："是的，是上官婉儿墓志铭。"

金老师问："你怎么会有上官婉儿墓志铭拓片？"

相如说："考古队送我的。"

我惊奇，问："送？考古队为什么送你？"

"西咸新区开发，考古勘探的活儿多，我在考古队打工好些年了。发现唐墓的那片地，探了几天没有啥，快收工时候，旁人都拾掇家具，我又探了两铲，提起来看，土焦黑，有情况啊，赶快汇报给领导。就在这片地里，探出了上官婉儿墓。挖基坑、开墓道、清理墓室这些活儿我都干了。领导见我干活卖力，我又缠挽着要，就送了我。这张是头批拓下的，保准在墓志出世拓的前十张以内——头锅面，头笼馍，最香啊！"

细看拓片，志盖四刹线刻缠枝忍冬，线条繁密富丽，流畅飘逸。志石四侧在整体联珠纹框内减地线刻十二生肖，子鼠、丑牛、寅虎、卯兔、辰龙、巳蛇、午马、未羊、申猴、酉鸡、戌狗、亥猪，造型优美，錾刻精细，栩栩如生。

相如说："墓志铭是正方的，边长七十多公分，厚不到一扎，墨玉石的，三十二行，一行三十三字，满共九百八十二个字。"

金老师说："你快成考古专家了。听说上官婉儿的陪葬品很寒碜，是真的吗？"

相如说："开始，探出五个天井，专家和大伙儿很兴奋，唐代墓葬，天井越多，等级越高，最高等级七个天井。乾县永泰公主墓六个天井。谁承想，忙活了三四个月，除了墓志铭和几个骑马俑，啥啥儿没有，一座空墓啊！"

我说："听说李隆基发动了'有预谋、有计划、有组织'的毁墓行为，是吗？"

相如说："确实有大规模的毁墓迹象，但咱老百姓不这么想。既然是空墓，说明上官婉儿就没死。空墓是迷魂阵，金蝉脱壳，上官婉儿出家云游了。"

金老师哈哈大笑，说："大妙！这才是'巾帼宰相'参透权斗回归诗人本性的归宿。登山一长望，正遇九春初。结驷填街术，闾阎满邑居。斗雪梅先吐，惊风柳未舒。直愁斜日落，不畏酒尊虚。上官婉儿悠悠泉林，诗酒余生……"

我说："现实恐怕不这么浪漫，充满了血腥……"

金老师打断我说："你就不能眯上眼睛，心思飘游白云之上，浪漫陶醉一番吗？相如，拓片转让吗？"

我瞅相如，说："相如，金老师是书法家，爱古字，看在老同学的面上，转让给他。"

相如面有难色："我爱古画儿，照着拓片画十二属相呢！离了拓片，真不行。"

相如珍爱得很。我还是说："价钱上不亏你，请一定转让给金老师！"

相如突然拍手说："邓村村长手上有，他卖呢！"

金老师诧异，问："村长手里也有？"

相如笑了，说："上官婉儿墓地那片地是邓村的。开上官婉儿墓新闻发布会时候，考古队给来的领导每人送了一套拓片。邓村村长也是领导啊！"

我问："人家愿意卖吗？"

相如说："村长是我外甥。我给他说，他听的。"

相如领路，我和金老师见到了村长。

村长干脆，直奔主题："出多少钱？考古队啬皮，开会不管饭，不发纪念品，就给人两张墨疙瘩。"

金老师说："东西在你手上，理当你开价。"

村长看看相如，说："看在我舅面上，你把那天开会我耽搁的工夫钱给我就成。"

我惊奇问："你一天的工夫钱是多少？"

村长挥胳膊说："我两台装载机，见个日头，哪天不回来三四千块钱？三千块，这两张纸归你。"

相如说："吃石头了，心这么沉？这是我同学，不是外人。"

村长嘿嘿笑，说："我舅发话了，那就两千块！"

金老师仔细看过村长从新闻发布会手提袋里取出的拓片，付过钱，离开村长家。

送回相如，我问："墓志盖书'大唐故昭容上官氏铭'，正文却书'大唐故婕妤上官氏墓志铭并序'，一个昭容，一个婕妤，为什么？"

金老师愣了一会儿，说："唐史记载，上官婉儿被斩后，'太平公主哀伤，赙赠绢五百匹，遣使吊祭，词旨绸缪。'绢五百匹在当时是巨款，这一安排特别，说明上官婉儿和太平公主交情非同寻常。就制度而言，赙赠与遣使吊祭都应该出自皇上，一般人臣只是吊祭时赠物。太平公主之举有僭越之嫌。由此推断，上官婉儿昭容是赠官，太平公主运作的结果。赠官下达迟，这时候墓志已经刻好，来不及改，只能体现在墓志盖上。"

我说："红颜薄命啊！金老师，电视剧里的上官婉儿很漂亮，墓志铭中提到上官婉儿漂亮吗？"

金老师说："墓志铭上说，'龟龙八卦，与红颜而并销，金石五声，随白骨而俱葬。'只提到'红颜'二字，还说，'懿淑天资，贤明神助。诗书为其苑囿，捃拾得其菁华；翰墨为其机杼，组织成其锦绣。'还说'憨以坚贞……'没有美貌的描写，只说她的诗情才华。"

我感叹："美貌只一时，诗情才华才是永远……"

# 六如砚

金老师打来电话，兴奋说："一线朋友送来一方砚，当浮一大白，来吗？"

早些年，金老师好跑乡下，深入一线寻古董，一颗水果糖换来过"长乐未央"瓦当，一毛钱得过一大堆开元通宝，一百块钱收到过于右任的六尺对联……越跑，货色越贵，分量却越发轻了。

三年前，金老师不跑一线了，说："一茬一茬刮地皮，货少得像稀米汤，猛间蹦出来颗米花花，张口就是杀人的价！年纪大了，不跑了，窝在屋里耍！"

耍啥？攒下的老古董啊！耍得闷了，就给乡下一线朋友打电话。

金老师自嘲："狗改不了吃屎，人离不得老路。"

问着了，得手了，金老师必定摆酒，唤来同好共赏。

到了金老师家，他捧出一方瓦砚，澄泥的，蟹壳青，包浆厚；长约一扎，宽半扎稍欠；砚堂砚池为日月形，砚额阴刻行草字迹："天然一片瓦琢就此奇形北□□龙舞□□雨露□六如居士。"

"□"是辨识不清的字。砚池左右有两块表皮揭开。左面的厉害些，宽一公分，长约三公分；右面的小拇指大，都露白茬。瓦砚背正中，竖刻一行字："未央宫东阁瓦。"小篆字迹，古拙逸畅。

看罢，我说："金老师，一方残瓦砚，何足为奇？"

金老师说："何足为奇？此方残砚尽藏中国传统文化呢！"

我大愕。

金老师说:"天然一片瓦,琢就此奇形,北溟鱼龙舞,中华雨露生。这首五言诗乃大文豪苏轼所作,从庄子《逍遥游》中汲取的灵感。'北冥有鱼,其名为鲲。鲲之大,不知其几千里也;化而为鸟,其名为鹏。鹏之北,不知其几千里也;怒而飞,其翼若垂天之云……'"

"有道理!但款字是六如居士,不是苏轼,六如何来?"

"六如,缘于苏东坡的侍妾王朝云。毛晋所辑《东坡笔记》记载,东坡一日退朝,食罢,扪腹徐行,顾谓侍儿曰:'汝辈且道是中何物?'一婢遽曰:'都是文章'。东坡不以为然。又一人曰:'满腹都是机械。'坡亦未以为当。至朝云曰:'学士一肚皮不合入时宜。'坡捧腹大笑,赞道:'知我者,唯有朝云也'。这个朝云就是王朝云,十二岁跟随苏东坡。"

"元丰六年,二十二岁的王朝云为苏东坡产下一儿。第二年暑天,东坡易地做官,行至金陵江岸,此儿中暑不治,夭亡在王朝云怀里。苏东坡很伤心,诗云:'吾年四十九,羁旅失幼子。幼子真吾儿,眉角生已似。未期观所好,蹒跚逐书史。摇头却梨栗,似识非分耻。吾老常鲜欢,赖此一笑喜。'又诗云:'忽然遭夺去,恶业我累尔!衣薪那免俗,变灭须臾耳。归来怀抱空,老泪如泻水。'东坡哀伤近极,王朝云悲苦更甚。苏东坡理解王朝云,诗云:'我泪犹可拭,日远当日忘。母哭不可闻,欲与汝俱亡。故衣尚悬架,涨乳已流床。'十年后,苏东坡被贬往南蛮之地惠州。不幸的是,王朝云在惠州遭遇瘟疫,总难恢复,苏东坡拜佛念经,寻医煎药,祈求她康复。从小生长在杭州的朝云,乃花肌雪肠之人,最终耐不过岭南的闷热潮湿,死在苏东坡怀里,年仅三十四岁。朝云逝去后,苏东坡不胜哀伤,写了《朝云墓志铭》、《惠州荐朝云疏》,还写了《西江月·梅花》《雨中花慢》和《题栖禅院》等诗文。其中,最著名的是《西江月·梅花》,'玉骨那愁瘴雾?冰肌自有仙风,海迁时过探芳丛,倒挂绿毛么凤。素面反嫌粉涴,洗妆不褪唇红,高情已逐晓云空,不与梨花同梦。'"

"大文豪苏东坡如此用情,如此深情,令人感动啊!但令人不解的是,至死,王朝云却没有任何名分,只由侍女而为侍妾。"

"这与六如有什么关系?"

"王朝云临终,执东坡之手,诵《金刚经》四偈:'一切有为法,如梦幻泡影，如露亦如电，应作如是观。'东坡依王朝云遗愿，将她葬在惠州西湖南畔的栖禅寺松林里，亲笔为她写下《墓志铭》，铭文像四句禅谒：'浮屠是瞻，伽蓝是依。如汝宿心，唯佛是归。'"

"埋葬王朝云之后，苏东坡每晚梦见王朝云。朝云眷恋襁褓中的幼儿，衣衫湿漉漉地回家为儿喂奶。问其缘故，说是从阴间回家必涉西湖水，乃至湿了衣衫。苏东坡大为感动，世人亦大为感动。东坡遂依朝云遗言'如梦如幻如泡如影如电如露'，建'六如亭'于朝云墓旁，撰联：'不合时宜，唯有朝云能识我；独弹古调，每逢暮雨倍思卿。'世人在亭的两侧立石，镌刻对联：'如梦如幻如泡如影如电如露，不生不灭不垢不净不增不减。''六如'的来由就是这样。"

"六如居士是谁呢？"

"说出来怕吓着你！"

"不怕！此六如必是仰慕苏东坡之人，也是熟知苏东坡和王朝云情爱之人，还是一位佛教徒。"

"唐寅号六如居士！"

"哎呀！这方砚是唐伯虎所用？"

"真要乃唐寅所用，大宝啊！从做工、包浆、字迹看，这方砚应出自清中期。'六如居士'是寄托款。这种砚，大多仿苏东坡汉未央宫瓦砚而做。"

"仿的？"

"古人通常所制瓦砚，是用秦、汉、魏晋殿瓦刻制而成，著名的有未央宫瓦砚、石渠阁瓦砚、铜雀台瓦砚。这些瓦，乃是帝王兴建宫殿所用，由官府督办，用澄泥特制，加拌胡桃油，还掺入些许黄丹、锡、铅等金属烧制而成，质地坚密细润，而且常有精美纹饰。战事频仍，宫殿毁坏，埋入泥土。到唐宋时期，偶从地下挖出。文人墨客见其质地坚密耐磨，古意盎然，遂雕琢成砚。这些瓦，能完好保留下来的少之又少。物以稀为贵，瓦砚在唐宋时期就十分难得。文人雅士无不以得到一方秦汉瓦砚为快事。欧阳修、苏东坡、黄庭坚、王安石等大文豪都曾歌咏过汉铜雀台瓦砚。苏东坡有诗赞曰：'举世争称邺瓦坚，一枚不换百金质。'由于世人以秦汉瓦砚为贵，而秦汉殿瓦又难寻难觅，仿制者纷至沓来。明朝宣德年间，宁王朱权就大力仿造汉未央宫瓦砚和汉铜雀台瓦砚，制作精良，模印铭文，用以赏赐官员。仿制瓦形砚越来越多，瓦砚成为砚台中的一个类别。"

"明白了，这方砚是清中期仿制，署寄托款'六如居士'刻'未央宫东阁瓦'以抬高身价，类似现在的高仿和假冒。跟风追名人，古人也干得这么欢实。金老师，唐宋所制的瓦砚有流传下来的吗？"

"有，就是苏东坡汉未央宫瓦砚啊！苏东坡曾得西汉未央宫东阁瓦一筒，精心雕琢成砚，长近十八公分，宽近十一公分，厚近四公分，砚背镌刻'天然一片瓦，琢就此奇形。北溟鱼龙舞，中华雨露生'。款字'元祐二年修禊日，眉山苏轼'。苏轼之后，这方瓦砚不知所踪。晚清时期，日本人细川护立在北京琉璃厂偶然遇见，火眼金睛，所费不多落入囊中，成为西川家族的珍藏。细川护立的孙子细川护熙，一九九三年当选日本第七十九任首相。"

"怎么回事儿啊！我们的藏家干什么去了？"

"也许是仿品太多的缘故，怕打眼啊！我们对自家东西不敬爱，百年老屋、千年遗迹说拆就拆，说毁就毁，谁在乎一枚小小的瓦砚呢？我说中华文化尽藏此方残砚中，不仅仅是瓦砚本身……"

"真是啊！"

"还有一件奇妙事儿！"

"什么？"

"这方砚来自凤翔县，古称雍州。嘉祐六年苏东坡曾任凤翔府签书通判。在他的倡导下，修建了凤翔东湖。东湖古称'饮凤池'，相传周文王元年，瑞凤飞鸣过雍，在此饮水。嘉祐七年春，关中大旱，苏东坡奉太守之命登太白山祈雨，心诚感天，天降甘霖，而且是'一日三雨'，一下子缓解了旱情，适逢东湖新建的亭子落成，苏东坡写下了著名的散文《喜雨亭记》。注意到没有，苏东坡走到那里，都与湖有关，杭州的西湖，惠州的西湖，凤翔的东湖……"

"这方砚是凤翔仰慕苏东坡的人仿制的？"

"有可能吧！"

"从西周到明清，从有凤来仪到庄子逍遥游，从苏东坡到细川家族，从爱情到佛教……真是啊，这方砚尽藏中华传统文化呢！"

# 董其昌手札

段前进黑间到了小健屋，兴奋说："你说的那事儿有眉眼了，我哥说他运作停当，下星期专意给咱办一批。"

小健说："太好了，咱俩搭伙生意，挣下钱五五分成儿。"

小健的营生是书，收来老书旧书，拣选一番，分门别类出手。小健的西坡头村，距西安六十多公里，离咸阳三十多公里，僻背没名头，出手给谁呀？

别操心，买主多着呢！一拨一拨客从西安、咸阳赶到小健门上，还有河南、山东、江苏、浙江、广东各处的客呢！

为啥？

小健不是念书的料儿，初中没毕业就死活不进校门了。不进校门却不远离学校，在校门口摆了个"娃娃书"摊儿，五分钱、一毛钱一本，供娃娃们看。"娃娃书"咋来的？从小，小健有"攒"的毛病，再破再烂的东西舍不得撂——攒！不但攒下自家的"娃娃书"，小伙伴儿的也被他攒起来，三四百本呢！"娃娃书"摊儿摆了三年，忽然不热了，弄不清娃娃们被啥新玩意儿哄走了。没法儿，小健打算收拾摊子。这时候，来了个收书的，出价一千五百元要收他的"娃娃书"。小健惊讶，其中肯定有名堂啊！

小健问收书的："叔，你把这些书收回去咋办？"

收书的说："当饭吃么！"

"叔，书咋能当饭吃？"

"回去把书卖掉，长下钱，不就有饭吃了！"

"叔，你教我，啥样儿的书能收，我在乡里收，卖给你，行不？"

"行啊，我在八仙庵，铺子名儿叫'今古书斋'。"

一千五百元做本儿，小健开始跑一线，挨户挨村，挨村挨乡，挨乡挨县跑了八年，专收书。小健好断堆儿，出版十年八年的、"文革"的、五十年代的、民国的、线装的，不论小说、散文，还是工艺技术、兽医常识、"四书五经"、诗词歌赋，揉在一褡，称斤两。卖书，小健估摸来价，线装书翻五十倍、一百倍；民国书，翻三十倍、五十倍；五十年代的，翻二十倍、三十倍；"文革"的，翻十倍、二十倍；新版没几年的，保本就行。康熙版一套《二曲集》得了两千元，一九四四年延安版的《毛泽东自传》得了六百元，一九四八年版的《鲁迅全集》得了四百元，一九五三年版的《王叔晖连环画作品选》四册得了两百八十元……得钱多少，旁人说啥，小健不听，赚钱就行，还赚得不少，还要咋！

有天，小健送到八仙庵一堆线装书，师父挑拣了半晌。师父就是当年收小健"娃娃书"的那位，拣出一本《崇文集》，又看了半晌，问："这一堆书满共多少钱？"

"给旁人要一万，给师父要八千就成。"

"一万就一万，师父不能让你吃亏！师父年纪大了，想把铺子的存货处理完，不干了！"

"叔，干得好好的，咋不干了？"

"干到尽头了，还干啥？"

干到尽头了？小健纳闷儿了好几天，突然行内有人给他说："小健，你咋才一万元就把宋版书给了你师父？"

小健懵懂，问："啥是宋版书？"

"你是收书的，咋能不知道宋版书？宋版书是全世界最贵的书，一页宋版，一两黄金，一册宋版，价值连城啊！"

"《崇文集》是宋版书？"

"《崇文集》是张载的著作。张载是宋代思想家，关学创始人，为天地立心，为生民立命，为往圣继绝学，为万世开太平，这四句话就是张载说的。

《崇文集》不但是宋版书，而且是不得了的宋版书！"

"怪不得师父说干到尽头了！"

户县西坡村跑一线的小健收到了宋版书，在西安，在陕西，在全国行内，摔响了一颗大炸弹，小健的门上，咋能少了客？

小健寻思："书中自有黄金屋，真是啊！唉，有眼不识金镶玉，无知难奏凤求凰，认不得尿不顶！得下功夫，认得书，认准书！"

小健东家逮一句，西家听半句，今儿明白一点儿，明儿灵醒一点儿，几年过去，渐渐入了门道。这时候，小健不满足从户里收书，目光盯上了学校，小学、初中、高中、中专、大专、大学，还有文化馆、图书馆……这些地方，不但书多，还更新换代，退下来的老书旧书，正对小健胃口。

段前进是小健的初中同学，堂兄是大学图书馆副馆长。得知这层关系，小健请段前进喝了好几顿大酒。酒没白喝，段前进果然带来了好消息。大学图书馆屋顶漏水，好些线装书和民国书被淹，发霉了，不出不行。公家要了五万元，副馆长要了一万元。书到了屋，小健买来几卷凉席，在屋顶铺开，摊开晾晒。正摊晾着，书院门摆摊儿的老张进了屋，说："发大财了，这么多善本！"

小健说："啥善本？你看霉成啥了，把人害得一本本弯腰摊，腰都直不起来！"

老张笑，说："说个价，我一伙儿要了，你不用受这个累，我来！"

小健哈哈大笑，说："张哥，一伙儿走，你怕走不动呢！你看上啥，咱说价。"

小健晾晒书，老张翻拣书。老张看中一套《楚辞集注》，共五册。小健拿到手上翻看年代，书里两页纸飘落出来，老张赶忙弯腰捡起看了两眼，捏在手中，问："《楚辞集注》多少钱？"

小健说："张哥，民国二十一年版，全套，你给两千元！"

老张说："一千元！"

掰扯过几个回合，小健要一千六，老张出一千四。老张说："一千六就一千六，把书里头夹的这两张纸给我加上，咋样？"

老张说完，紧盯着小健脸色。小健要过那两张纸，仔细看了，说："那不行，这两张纸是古人写的，也值钱呢，你得加钱！"

老张说："一千六啊，我已经加了。"

小健说:"书是书的价,字是字的价,不黏。书钱是一千六,两张老纸一张一百元,总共一千八百元!"

老张说:"书,我只看到了一千元,硬是给你出到了一千四;两张纸,一张二十元差不多,我给你出到了两百元。兄弟,哥摆摊儿,你留点缝缝儿啊!"

小健说:"不说了,你给兄弟一千七就成!"

老张苦笑,指点着小健,说:"兄弟,你生意做得越来越精了!"

说完,数给小健十七张百元票子,匆匆走了。

这批书,两个多月走光了,赚了十万元。依小健的心思,货在手里,急啥?憋住,按一年时间,慢慢儿卖,赚二十万元都有可能呢!

段前进撑不住,三天两后响往来跑,说:"咋还有这么多?卖给谁呀?"

小健说:"我还嫌少呢!别着急,该是谁的,就是谁的;该啥时间是谁的,就啥时间到谁手上;该多少钱到谁手上,谁就得花这多钱。前进,卖老书旧书,不是卖白菜,一早起卖不光啊!"

过了俩月,段前进熬不住了,说:"好的挑完了,剩下的谁要啊!"

小健说:"前进,你把心揣在肚子,卖完了,来拿钱就是;要是急,十天内我处理完!"

段前进说:"你谝得美,十天能把这些书卖完?我不信!"

小健说:"你看着,明天卖完!"

小健打了电话。第二天,来了小东门玩老旧书的大买卖家,三言两语,谈定了事,点钱拉货。

段前进看得瞪圆了眼,说:"小健,我不是心急,是不懂……"

小健把五万元塞到段前进怀里,说:"这一行讲究的是手上有货,不是有钱;货没了,钱拿到手上有啥意思?"

段前进说:"这下我懂了,我给我哥说,让他想办法给咱再出一批!"

段前进还没说呢,大学纪委的人找上门来,问小健:"据反映,段前波违反有关规定,将我校报废图书低价出售给他的亲戚。你和段前波是什么关系?"

小健反问:"领导,段前波是谁?"

"我校图书馆副馆长,卖给你书的那位。"

"他啊,胖胖的、秃顶的半大老汉。我咋跟他是亲戚?我是书贩子,就想挣些钱。那半大老汉太黑了,一点儿也不通融。这些书,如果在乡下收,我花不了两万元；在他手里，我花了整整五万元啊，赔了！"

"经我校校产部门评估，这批书籍价值应在八万元。你的盈亏是你个人的事，改变不了其价值。段前波未履行相关手续，私自将该批书籍卖给个人，涉嫌严重违纪。"

"他违纪跟我有什么关系？"

"你向段前波行贿没有？"

"凭啥？我帮他处理发霉书，他得感谢我呢！"

"书呢？"

"早卖光了！"

"卖到哪里了？"

"全国各地都有，谁知道到那儿了！"

"请你按照我校校产部门评估，补足应付的八万元，也就是说，你再向我校缴纳三万元！"

"凭啥？说倒的数凭啥说加就加，早知道我才不染这批书呢，赔大了！"

"这是最简捷的处理办法，如果不这样办，下次来找你的就不是我校纪委了！"

纪委的人走了。晚夕，段前进和段前波踅摸进小健屋，段前波紧紧握着小健的手，说："兄弟，你是一条汉子！你的话说歪一句，我的麻烦就大了！"

小健嘿嘿一笑，说："我哪一句说的不是歪话？"

弟兄俩一愣，跟着嘿嘿笑了。笑后，弟兄俩留下六万元，段前波说："你把三万元补缴给学校，让事情赶紧过去吧！这事把我闹得谋乱透了！"

钱缴过，事情算是过去了。小健从大学回来，见老张坐在院子，问："张哥，今儿想要啥？"

"不要啥，看看你！"

"我好好的，看我做啥？"

"听说你被公安局逮去审了一通，我来给你压压惊！"

"胡传啥呢！大学纪委问话呢，咋变成了公安局？"

"大学纪委没问你那两张老纸的事儿？"

"哪两张老纸？"

"没问就好。走，请你喝酒！"

"你说的是《楚辞集注》里头夹的那两张老纸？"

"没问就算了，走，咱俩喝酒去！"

老张的酒量不是小健的对手，一时儿，老张有酒了。小健冷不丁问："张哥，那两张老纸是谁写的？"

"不知道就别问了！"

"不知道才问呢，张哥，你看不起兄弟！"

"咋能看不起兄弟？兄弟这几年跑一线风风火火，谁不夸！"

"既然看得起兄弟，为啥不告诉兄弟那两张老纸谁写的？写的啥？东西到了你手上，就是你的，你怕啥？"

"真想知道？"

"真想知道！"

"董其昌。董其昌的手札！"

"董其昌是谁？"

"董其昌是个写字画画的。"

"写字画画儿的？谢谢张哥指教，今儿的酒，我请！"

"你请？小健，哥请你，哥请你喝一辈子酒！"

回到屋，小健查董其昌，终于查到了，长叹一声，说："怪不得请我喝一辈子酒，半卡车书，抵不上董其昌两张纸啊！"寻思半晌，又说："董其昌的字咋能夹在民国的《楚辞集注》里？谁夹的？"

# 小案子

东柱早起这顿饭,一般人消受不起。一疙瘩生蒜、俩硬蒸馍、一壶酽茶,圪蹴在台沿儿,一口蒸馍一口生蒜,一口生蒜一盅酽茶,吃完,喝完,撮出泡软的叶子——牌子不倒,三十块一斤的茉莉花,塞进嘴里嚼烂咽下。肚子哄饱了,发动三摩,出门上路啊!

上哪一路啊?

前一阵子,跑光跑净了南路的太平、桥底、崇文和通远;这一阵子,搜罗遍了北路的口镇、陵前、淡村和庄里。今儿开进中路,先跑云阳、龙泉、鲁桥。关中是陕西的"白菜心儿",泾三高是"白菜心儿"的"心儿"。泾三高?泾阳、三原、高陵三县。东柱跑一线,只拱泾三高。白菜心儿的心儿里都拱不出名堂,哪里还能拱出货?

过了西河,进入北泉村,一户人家盖房呢!东柱加大油门开了过去。盖新房就得拆老房,拆老房就有可能拆出老古董。果然,抹灰匠人脚下踩的就是老货,小案子,老得很。东柱找见主儿家。主儿家正在拌和水泥砂浆。东柱递上烟,端直说:"乡党,咱屋有啥老石头么?我是专意收老石头的。"

主儿家不言传,撂下手中的铁锨,往屋里走,东柱跟在后头,一直走到后院。主儿家揭开墙角的草帘子,指着一对儿青石狮子门墩儿,说:"你看这得成?"

狮子门墩儿完整无缺，左右内侧有两道磨痕，架子车轮毂经年累月磨下的；门墩上的狮子玲珑，左顾右盼，乾隆工，细发很。

东柱说："六百元！"

主儿家说："一千元！"

"七百元！"

"九百元！"

三言两语，八百元成交。

东柱问："还有啥？"

主儿家揭开靠墙的彩条布，露出一合黑漆大门、四套木窗。

主儿家说："就这些，还有匠人当架板用的烂怂小案子，再掏八百元，都归你，给我腾地方。"

东柱说："我只收老石头，不收木器。我有收老木器的朋友，给你领来，看他要不要。"

主儿家说："靠住给我领来啊！"

"乡里乡党，又交了手，咋能靠不住？村里谁家屋还有老石头？"

不出货，瞎跑一天，死活出不了货；进了窝子，一出就是一窝儿货，真把北泉村没看出！东柱收到了四只柱础，一模一样，高度五十公分，直径六十公分，雕刻暗八仙，工特硬。还收到了一对儿小坐鼓，光素，型好窍好包浆好，咋看咋心疼。东柱给柱础下过定钱，三摩拉不动啊，装上门墩儿和坐鼓，赶回屋，卸了车，吃了饭——铝盆儿，满满儿一盆𰻞𰻞面。约了邻家蹦蹦车，柴油三轮，明儿一早拉货。安顿好自家事情，这才寻电话号码。电话号码是西安客留下的，记在挂历上。挂历上电话号码多，翻了两遍，才寻见一行字："西安，范，老家具。"

电话通了，东柱说："范师，乡里寻着几样木器，你要不？"

"你谁呀？"

"我是泾阳的东柱，你来过我屋，给我留的号码，不是说让我给你操心老家具吗？"

"东柱啊，不好意思，没看来电名字。啥木器？"

"一合老门，四套老窗子，还有一个小案子。主儿家盖新房，老房子淘汰下来的，一线货。"

"小案子？啥小案子？"

"长七十多，宽不到四十，高八九十，比一般案子高，四条腿上搁了张板，样子简单得很！"

"简单得很？"

"就是简单得很，老货，没问题。"

"你拍照了没？"

"我手机不行，拍不了照。"

"啥时间能去看看？"

"明儿早起就能，我还要去拉四个柱顶石呢！"

"明早见！"

第二天一早，到了北泉村，主儿家见东柱领了朋友来，高兴说：

"真没想到，你这人办事这么利朗！"

范师看踩在匠人脚下的小案子。主儿家把东柱拽到一旁，给东柱递烟，悄声说："看人家像是城市人，咱乡里乡党，人家看上了，你给咱把价做好，我谢承你。"

东柱说："肯定啊，但你也别胡开价。你别谢承我，打听谁家还有老石头告我就行。"

又看了后院的门窗，范师都看上了。主儿家开价一千五。范师没还价，朝东柱说："东柱说多少就多少！"

听了这话，主儿家把东柱拉到前院，抽了根烟，说了一程闲话，回到范师面前。

东柱说："一千二，再说不下去了。范师，你看咋样？"

范师眉头略皱，沉吟了会儿，说：

"你说多少就多少，一千二就一千二吧！"

付过钱，范师说："小案子装我面包车上，门窗装你蹦蹦车，运费我来付。"

装好货，拉到了东柱屋，范师掏出三百元，放在桌儿，说："这是给你的。"

东柱连连摆手，说："咋能给这么多？按规矩给我一百元就成。"

范师说："门窗占地方，我地方小，就卸在你这儿。有人要，你就卖，卖了钱还是你的。"

东柱吃惊，说："范师，一千五百元啊！你就买了那么个蘸满水泥点点儿的烂怂小案子?"

范师微笑。

东柱说:"门窗卖了,我把钱给你!为这么个没啥工的小案子花这么多钱,不值啊!我还以为你谋的是门窗呢,窗子工好,刻花呢,细发很!"

范师还是微笑。

东柱感叹,说:"真是的,人爱啥就往啥上头砸钱,不爱啥一分钱都舍不得。"

范师说:"闲了来西安逛,我请你吃回坊的羊肉泡。东柱,再碰见啥老家具,给我打电话。我专收老家具,你来我家看看,看看啥模样的老家具能收。"

过了俩月,东柱出了老门窗,卖了两千二,实得两千。买货的是河北的客,领路的是县上的老吴,得了两百元。老吴专事领路,一线跑家谁屋有啥,掌握得门儿清,专挣领路钱。

生意成后,姓尚的河北客人问:"你们家都是老石头啊,有没有老家具?"

东柱说:"我专务弄老石头,刚给你的木器,还是西安范师的,他有老家具。"

谝了一程,听了门窗和烂怂小案子的来历,老尚说:"能不能到范师那儿去瞧瞧?如果有好东西,我们跟北京大玩儿家是通着的,可以操作。"

咋不能去瞧瞧?范师不是说要请东柱吃羊肉泡么,还说到他家看看老家具!东柱打通了范师电话,听说东柱卖了门窗,要给钱,范师连连说不必不必,来逛倒是十分欢迎。

听说有旁人,范师的语气不像开始那样热乎了,说:"我这儿一般人不接待。"

东柱说:"不是一般人,是河北人,跟北京大玩儿家通着呢,我把看你老家具的话都给人家撂下了!"

范师笑,说:"咋不说他跟政治局通着呢!你就领过来吧!"

范师的老家具不多,除了那个烂怂的小案子——已经清理干净,样子还是那么简单,但干练了些;再有一张圆桌,心子镶嵌白色石板,四只圆凳,心子也镶嵌白色石板;再有一张实木大沙发,比一般的实木大沙发大;再有一张八仙桌,两把圈椅,藤面儿的,烂的不像样子;还有一个脸盆架子,一条腿折了,歪靠在墙上,再啥啥儿没有了。

老尚进门,一一看过,惊叹:"厉害!"

厉害?这么几样就说厉害,厉害在啥地方嘛!东柱不解。老尚围着小案子转了三圈，掏出卷尺，量了尺寸，长七十六公分，宽三十八公分，高八十五公分，掏出放大镜，趴在桌面儿，细细看了一遍；翻过来，看底，底子黑乎乎的，不见打动的痕迹。

老尚问范师："能照相吗？"

范师点头，老尚拍了底，翻回来，拍了面儿，拍了角儿，拍了腿儿，拍了楞儿，东南西北，四个方向拍了整体。鼓捣了会儿手机，向范师说："开个价吧！"

范师说："看上货再开价。"

老尚说："老板已经看上了，问价呢！"

范师说："一百八！"

东柱说："咱一千五买的，咋能卖一百八？哎呀，一百八十万啊，说耍话吧……"

范师抬掌止住东柱。

老尚按了会儿手机，说："老板问您，价钱能不能商量？"

范师说：

"能商量，但余地不大。"

老尚又按了会儿手机，说："今天就到这里。老板明天第一班飞机赶过来，他亲自和您谈。"

老尚顿了会儿，指指东柱和老吴，说：

"范老板，生意要是成了，您这边考虑我们的吗？"

范师说："给你交个底，一百五，一百五以上都是你们的。"

东柱岔铺，一晚夕睡不着，翻来覆去，满脑子都是蘸满水泥点点儿的烂怂小案子。老尚说是黄花梨，明代的。东柱想不通，黄花梨咋就这么金贵，明代的黄花梨家具咋就这么值钱，比金子还值钱！

第二天早起，宾馆供应早餐。东柱端着盘子，选来选去，选了蒜片拌黄瓜；没硬馍，将就吃了俩软馍；没茉莉花茶，将就喝了温吞吞的红茶。老尚没吃早饭，跟范师找的司机往机场接老板去了。老吴逮住不掏钱的煮鸡蛋，连吃六个。

老吴说："东柱，你冷怂搂了这么个冷货，才一千五百元，你咋不给自己买下？"

东柱说："咱长的是石头眼，好石头，咋样都溜不过我的眼！唉，在木器跟前，在黄花梨跟前，咱是瞎子眼么！"

老吴说："练么，能练出石头眼，就能练出黄花梨眼，再碰上这么一个烂怂小案子，你就大发啦！"

东柱说："就世下你这张嘴，说得轻巧！石头咱天天能经见到，黄花梨一辈子能见几回？主儿家天天守着，都弄不清小案子是黄花梨的。练呢，练狗屁！"

两人正斗嘴，北京老板来了，没歇，当即就到了范师家。老板掏出小手电，跟老尚一样，仔细看过，关了手电，张口说："大开门儿！一百一！"

范师还是一百八！不到十分钟，不几回合，价钱咬在一百六！咬定了，下楼转款。老板说：

"把脸盆架子搭上吧！"

范师说："不敢！"

老尚说："老板开口了，就搭给他吧！"

老板的车晚上赶到了，拉走了小案子和脸盆架子。晚上，范师请客，西安饭庄，老尚、老吴和东柱大吃了一顿。

范师说："脸盆架子也是黄花梨，明晚的，我只收成本，一万元。剩下的九万元你们三个分。咋分，我不管。"

东柱三万元，老尚四万，老吴两万，跟没做啥一样，两天时间，一人到手好几万元，打灯笼找不着的好事儿，谁不满意？吃饱喝足，转过账，范师留下东柱，老尚和老吴走了。

东柱问："你屋那么些家具，北京老板为啥只要了小案子？"

范师笑，说："北京老板是大内高手啊——只掐尖儿。嵌大理石圆桌和圆凳是老红木，晚晴的；你说的大沙发是罗汉榻，鸂鶒的，清中期；八仙桌是铁力木，民国的；两把圈椅不错，藤面儿，清早期，材质却是咱关中的核桃木。"

东柱说："小案子是黄花梨，明代的，我看没啥工呀！咋就闹出了这么大的世事！"

范师大笑，说："大吗？到了北京老板手里，才大呢！这个小案子是明代嘉靖年代的小书案，典型的夹头榫工艺，四条腿足在顶端出榫，与案面儿的卯眼咬合。腿足上端开口，嵌夹牙条和牙头。从外观看，腿足高出牙条和牙头之上。案面儿是独板，这么大的黄花梨料儿，罕见啊！质朴简练，雅致精美，包浆浑厚，原装原配，一点儿没打动过！我敢说，在全国、全世界都寻不出几个这样的小书案！"

东柱说："全国、全世界都寻不出来几个？让我碰着了，抓彩票中大奖了啊！"

范师说："比抓彩票中大奖还中大奖呢！东柱，你真是我的贵人，小书案得是你，出也是你，我得好好谢承谢承你！两千元门窗钱你别再提了，我给你再拿七万元，你得个浑数儿！"

东柱想，我的贵人是谁啊？是范师？照范师这么说，应该是烂怂小案子的主儿家。唉，乡党，只能心里念你的好了，不敢让你知道啊！你知道了，受得了吗？

# 画案

　　老刘是供销社的门房，守大门，扫院子，干杂活儿。杂活，就是给领导拾掇办公室。供销社日子不咋地，老刘这个临时工的工资跟县上红火单位的门房比起来，张不开口。领导心里清白，退下些日用杂品、废旧报纸，都给了老刘。

　　这天刚上班，办公室主任跑到门房，说："会议室将就不下去了，要装修，领导让你把会议室那些老古董拾掇走。"

　　"拾掇到哪儿去？"

　　"爱拾掇到那就拾掇到那儿，腾出地方就行。"

　　"此间没地方，撂了可惜，拾掇到我屋，行不？"

　　"咋不行？行！"

　　老刘屋在曹家村，不远，六里，县城边儿。到了屋门口，老刘瞅巷子东西，想寻人搭手卸下大案子。刚在会议室，装修公司的俩小伙子吭哧吭哧，抬不动呢！几个年轻人搭手才上了车。正心焦，斜对门的曹水利出了门。

　　老刘喊："水利，给叔搭帮手，把老古董卸到屋里。"

　　水利说："老古董？好我的刘叔哩，你也耍古董了。啥？我瞅瞅。"

　　"叔咋耍得起古董？供销社淘汰的会议桌。叔给人家打着垃圾哩！"

　　曹水利把着车厢看了几眼，跳上车，说："供销社真凄荒，电镀皮椅子没皮了，木头案子没色气了。刘叔，这老古董不该卸在你屋，该卸在我屋里呀！"

"为啥?"

"刘叔干了供销社的大事,咋把侄儿干的小事忘了!侄儿的营生是跑古董么!"

"咋把这一茬儿忘得死死的!水利,这烂案子烂板凳算古董?"

"算不得古董,算旧货,凑合能要。"

"水利,真能要,叔就卸在你屋,省得折腾。电镀椅子给叔留几把,皮子烂了,蒙上布套还能用。"

"椅子全是叔的,我不要!刘叔,就这烂怂案子,你给个价!"

"水利,你看!供销社一月给叔才开八百元,领导不好意思,把这些老古董给我,算是补贴。"

"刘叔,你说,给你多少补贴合适?"

"叔就不客气了,案子大,又是实木的,八百元,咋样?"

开过价,老刘定睛瞅曹水利。曹水利皱眉头,翻身上到车厢,又看大案子,说:"不赔钱就行!刘叔说话了,侄儿咋样都得听,八百元就八百元!"

老刘把十把电镀椅子和蒙在大案子上的深绿色的厚厚的桌布搬回家,水利一概不要。老刘对老伴儿说:"过年待客不用借邻家椅子了!今儿运气真好,拾了八百元。水利那瓜怂,我冒说了八百,他真给了八百!"

曹水利才不瓜呢!

摆整好大案子,曹水利给老袁打电话。老袁是水利师父。咋跑货,咋认货,咋估价,咋谈价,都是老袁所教。跟在老袁屁股后头,水利跑了两年,出师单干。头两年,跑到货,尽着老袁挑,老袁出多少价就多少,水利绝不磕绊。邪门儿,老袁像跟在水利屁股后头,瞅着他收货呢,给的价绝不让水利贴赔,却也大赚不得。这几年,老袁有了年纪,腿脚困乏,收货慢下了,水利这才张了翅膀,货走八家,渐渐立起了门户。碰到摸不清、吃不准的,水利还向老袁讨教。一日为师终身为父么,逢年过节,雷打不动,水利志定拜师父。

水利说:"叔,我跑到了一件儿硬货,大硬货,你得来看看!"

"大硬货?啥嘛?"

"画案!"

"画案?啥材质?"

"硬木,吃不准是啥硬木,得你来看!"

"我在屋,你别停,仍忽就来接我。"

仍忽就是现在。老袁住在县城,水利开上面包车,一时三刻就把老袁接到了屋。一进屋,老袁被吸住了,定睛瞅画案。瞅了一程,不言传,围着画案走一圈,弯腰,趴在画案底子瞅。瞅完,再摸,边摸边瞅,摸了瞅了面子,摸了瞅了四棱,摸了瞅了腿子,摸了瞅了裹腿罗锅枨……这么多年,水利没见过师父这样下势看货。往常,只一眼,顶多两眼。摸完,瞅完,老袁向水利鞠躬,说:"真把大硬货抬到屋里了,你是师父的师父!"

水利惊慌,上前挽住师父胳臂,说:"叔,扇徒弟脸呢!"

老袁说:"八三年跑老货跑到仍忽,三十多年了,我过手的黄花梨有十几件儿,最好的是黄花梨小官箱,完整的有五个笔筒,两座插屏,剩下的都是残件,圈椅腿,茶几面儿,衣裳架子,二胡琴杆儿……没见过这么好、这么大的黄花梨家具,没打动,原装原套,原汁原味!"

水利说:"样子简简单单,我也觉得是明代的,也朝黄花梨想,但不敢想。师父,黄花梨的皮色咋灰叽叽、白漂漂的?"

老袁瞅水利,说:"跟人一样,老了才没血色,脸皮才绌绌。这是黄花梨原始包浆,盘磨拾掇过,纹路呀,鬼脸儿呀,全都冒出来了。"

水利急切地说:"叔,咱盘一小块儿,看看到底是啥模样!"

老袁赶忙拦住,说:"千万不敢,跑一线的,要的就是生跟鲜!盘熟就把大麻烦惹下了。啥都比不过原装原套、原模原样、原汁原味!"

水利请师父进里屋喝茶,师父说:"就在这儿喝,守着大画案喝!"

喝着茶,水利问老袁:"叔,你把画案看多少钱?"

老袁反问:"你呢?"

水利说:"第一眼,我以为是核桃木,画案么,少见,能上块;抬到屋,我认是硬木,以为是鸂鶒,觉着值三五块没啥问题;叔,你确定是黄花梨,我看能上三十块!"

关中,乃至全省,古董行的话:块是万,千是毛。老袁盯着水利,问:"你说多少?"

水利说:"三十块。叔,多了还是少了?"

师傅燥了:"刚还给你行礼哩,说你是师父的师父,错!你连师父的徒弟都不是了。就这估价的水水儿,就这要价的胆色,咋能是我袁大价的徒弟!"

在县上，老袁耍古董不光资格老，眼力好，开价还狠，得了"袁大价"的名号。水利知道，从来不曾在老袁跟前露过嘴，甚至"大价"俩字都不在老袁面前提说。水利扶住老袁，安顿在椅子上，圪蹴下，仰脸说："师父就是师父，徒弟就是徒弟，我咋敢是师父的师父？叔，你给徒弟教，价定在多少合适？"

老袁端坐椅上，俯视仰脸的水利，说："你少说了个十，不是加减的十，是十倍的十！"

水利惊得跌坐在地上，说："三百万！叔，价钱上了天，谁要啊？"

老袁说："谁要？我给你领大客。记住，三百万是底，开价五百万！"

第二天晌午，老袁领了大客来。客确实大，县上最大的开发商，姓左，在市上也响当当，开了两处大楼盘。水利才起来，眼涩，眼泡胀。夜里睡不着，一会儿起来一会儿躺下，天亮时候才糟糟懂懂睡着。

左总看了画案，问水利："多少钱？"

水利说："五百万！"

左总问："你像没睡醒？"

水利不好意思，笑了，说："晚夕没睡好。"

"没睡好？做梦想钱呢吧！五百万，就这烂怂案子，五百元我都不要！真以为逮住钱多人傻的了，把我当凯子鞭？醒醒你的发财梦吧！"

撂下话，扬长而去，连领路的老袁睬都不睬！老袁脸涨红，浑身发抖，哆嗦着指头，说："这……这……这号货，暴发户……"

水利扶老袁坐下，喝下一杯水，老袁才张口说话："给我说他的最爱就是黄花梨，叫我给他操心，碰到黄花梨的老家具，一定给他留着，价钱不在乎！这号货，暴发户，以为看了电视上王世襄、马未都收藏的黄花梨，自己就懂黄花梨了，撒泡尿照照自己满脸肥肉的模样，给收藏地里去过没？也怪师父，外行是瞎子，跟外行说啥嘛！叶公好龙，真龙来了，叶公吓跑了……"

外行没法说，就请内行来。内行也是大客，王院长，有家传秘方，开着骨科医院，四层楼，天天患者盈门，挤兑得县医院骨科牙痒痒。

王院长看过画案，对老袁说："袁哥，东西老，只是没工，四条腿撑了一张板，意思不大！"

老袁说："意思不大？这是明式明做黄花梨大画案啊，还有啥家具比这好？"

王院长说："我那个嵌黄杨的顶箱柜，工多繁，形多美，这案子咋能比？"

　　老袁燥了，吼："你那个清晚顶箱柜是老红木的，咋能跟明式明做黄花梨比？柜门上镶了些彝鼎圭璋你就觉得不得了了？"

　　王院长脸色略微不悦，语气倒平静，说："同一样儿货，一人一个看法。袁哥，你有你的看法，我有我的看法。是不是黄花梨放在一边，说实话，看式样，看包浆，这张画案，我顶多看到晚晴民国，老不到那儿去。明代的家具再简单，也不能简单成这样啊！"

　　看法不一，价钱无从谈起。

　　水利问老袁："王院长说画案是晚晴民国的，是不是？"

　　老袁瞪水利，说："人家就等你这样想呢！等你认了晚晴民国，等你认了不是黄花梨，人家万儿八千弄走，你还得感谢人家呢！"

　　师父说得有道理，那就坚持住。

　　星期天，师父领来了县公安局的副局长。王局长是土生土长的本县人，在城隍庙对门的巷子有座大房子，古董老货堆得满满当当。

　　王局长看了，说："老袁，你说好一定好，我相信你，你替我说价吧！"

　　老袁说王局长是自己人，端直报了三百万。王局长咋舌，说："老袁，你咋给我这么大个馍，我吃得动吗？"

　　"谦虚啥！你把屋里货清清，咋能吃不动？"

　　"把屋里货处理完，能有三百万？"

　　"闭着眼都有了，我给你处理。"

　　"处理完买这么一张大案子？"

　　"这张画案到手，不枉你一辈子收藏！我跑一线，一辈子倒鸡毛，没存下一样儿像样货。挣下钱么，挣下了，为四个光葫芦，花得见底底儿了！要不，我就把画案搬回去，死活不卖呢！"

　　老袁四个儿子，一个个养大成婚，费了银钱和劲头。

　　王局长说："老袁，三五十万，我咬咬牙，就这回事儿了。三百万，就这么一件儿，我退了耍啥？退了，才一件儿一件儿耍我的老古董呢！"

　　三五十万，三百万，差距大，咋说呢？不说了！不说却不行，一月间，水利天天跟人说，说是不是黄花梨，说是不是明式明做，说价钱。本县的、邻县的、西安的耍家，一拨一拨登门。有不认的，有认的。不认的，看了就走；认的，探水利的底儿。老袁在，水利就报五百块的价；老袁不在，水利就报三百块。本县几个耍得好的"绑锅儿"，搭价六十块。西安客，出了八十块。水利想，给过一百就撒手，人受不了啊！耍家说对，心里畅活；耍家说不对，心里咕咚。天天晚夕安宁不了，睡不着啊！

一月后，冷清了。王院长单个来了，又把案子看了一遍，头一回来没看底，这回钻到案子底下。看完了说："水利，心沉不抵事，想吃天鹅肉对着呢，可不要把红烧肉耽搁了！八十八万，想出了给哥打电话，咱弟兄俩单独谈价。"

第二天，老袁来了，问："王院长来过没？"

"叔，你咋知道？"

"不知道就不是你师父了！师父看透了这些人，心眼贼，吃准跑一线的没路子，等着你去求他呢。求到他了，他又给你耍模样，狠杀价。这个货，在县上卖死了，不给县上这些怂了！"

"不给这些怂，那给谁呀！"

"我原本想，咱县上出了这么好的明式明做黄花梨画案，应该留在县上！跑一线的顾生活，留不住。县上的藏家应该留得住呀。仍忽看清了，浅水养不住真龙，这些怂不是真正的藏家！"

老袁挥手说："跟我去机场接人！"

"接谁？"

"真正的大藏家啊！"

不愧是大藏家，来了一个团队，五位，看过，立马谈价。按老袁教的，水利报价五百！人家张口就给了两百六，谈了一程，价钱落在三百四十八！

领头的，姓马，说："关中地面儿水深啊，不光地下埋着周秦汉唐的大宝，地面儿上的明清老货也厉害！"

老袁说："咱县是关中的白菜心儿，明清时候，朝中做大官的数不清，好东西不少呢！"

这时候，天黑了，没法转款。团队留下一位睡在水利屋，守着。其余人同老袁宿在县上。

水利又是一晚夕没安宁，咋能睡得着啊……

第二天一早，办过款，团队用带来的软绵把大画案包裹得严严实实，装上先晚雇定的厢式货车，跟老袁和水利握过手，直奔上海。看着远去的货车，水利站在门前的笨槐树下，瓷了，做梦啊！

办了这么大的事情，咋个谢承师父？

师父说："会买还得会卖，不会卖就把会买糟蹋了。咱定的底是三百块，师父不跟你客气，高过三百的给师父就行。"

水利给师父转过四十八万。

师父说："前一阵子说过，你是师父的师父，后来又说错了，今儿改过来，你就是师父的师父，比师父强！"

"叔，你又扇我脸呢！我再给你转些钱……"

"不了，师父跑一辈子一线，没跑着这么大的货，没得过这么大的财，空落了个'袁大价'的名儿！你命好，跑着了，比师父强！比师父强就是师父的师父么。水利，上海的大藏家还谢承了三十五万呢！"

"加上这三十五万和一路踏杂，大藏家的本儿摊到了近四百万，叔，他卖多少钱？"

"人家不卖！有自己的博物馆，陈列呢！我那个黄花梨小官箱就是他们收去的，还陈列着呢！"

"叔，你咋认得了大藏家？"

"咱跑一线在县里和周围几个县；大藏家也跑一线，全国、全世界跑呢；跑到了咱县上，就跟我认得了。"

"大小一个理，都得跑，不跑，那些犄角旮旯儿的老货咋能到手上？叔，假使他们卖，能卖多少钱？"

"上了拍卖会，翻两三个跟头没麻达！"

"两三千万？不可能吧！"

"不可能？你咋把三百万元装袨袨了？"

王院长赶来的时候，已经是第二天后响。进了屋，不见画案，问水利："真走了？"

"等不来你么，走了！"

王院长"唉"一声往外走。走到院子门口，看门口的笨槐，回头朝水利说："曹水利，你命好！你看，死了的笨槐发芽了！"

水利跑去看，真的，两年没见动静的笨槐，准备伐倒呢，蹦出了新芽芽儿！

一时儿，县上跑一线的大小耍家都说："命不好，啥啥儿不顶！曹水利，命好，不知道从哪儿跑着一张烂怂案子，闹出的响动比原子弹大！"

响动大，从行内传到了行外，传到了村里。村里传遍了，传到了老刘耳朵。老刘不相信。见水利开上了越野车，推倒整院子的老房，拉开了盖新房的架势，不由不信。老刘心里谋乱，天天往回跑，见不到水利，心里更谋乱。

这天擦黑，终于在门口瞅见水利。老刘装着从屋里刚出来的样子，招呼说："水利，喝汤了吗？"

水利笑迎老刘，说："刘叔，咋回来了？晚夕不值班？你看，屋里乱成这了，没地方，咋有汤喝？"

老刘走到水利跟前，贴近水利耳朵，说："水利，叔问你话呢！听人说你卖了大画案，得了上千万，得是叔给你的那个案子？"

水利哈哈大笑，说："咋不说一个亿呢！刘叔，侄儿确实挣了俩钱，但跟你那案子没关系。再别提你那烂怂案子了，山西人拉走只撂下七百元，我烧手一百元呢！"

老刘说："别哄叔，发大财是你娃的本事。真要是叔的案子，你补补叔的心。"

水利后退一步，大声说："刘叔，你咋说话呢，咋能说侄儿哄你？你去问问供销社领导，人家眼没瞎，咋会把上千万的画案给你发补贴！"

# 老树根

老韩眼头毒,绕一头牛转一圈,这头牛出多少肉,多少骨,多少皮,前腱、后腱肉,前胸、正胸、后胸肉,里脊、外脊肉……不论哪块肉的斤两,当即就能报上数儿来。拉回,宰倒,分割停当,准得很!问诀窍,老韩"嘿嘿"一笑,说:"卖油翁耍手,我耍眼,唯眼熟尔么!"

老韩挨门进户、走村过乡收牛三十多年,过眼的黑牛黄牛、公牛母牛过了万,眼头不毒,早赔得精沟子撵狼了!老韩眼毒,心眼儿却不毒,不在秤杆上耍把戏,不在价钱上胡来。市面价好,劝人赶紧出栏;市面价冷,劝人再熬一熬。烟泉村的老阮养牛三十多年,没一头牛给旁人,全给老韩吆走了。

这天,老韩到了老阮牛场,老阮招呼老韩坐定,说:"晌午别走了,咱老弟兄俩喝几盅!"

老韩瞅老阮脸色,不过年,不过节,喝的啥酒嘛!老韩问:"阮哥,有啥好事儿?"

"有好事儿能喝酒,没事儿就不能喝酒了?老了,腰疼,干不动,不想干了。你不来,我就要寻你去呢。你今儿来了,把这十几头牛一伙吆走!"

"操了一辈子心,下了一辈子苦,该歇下享享福了!"

喝过酒,吃罢饭,老韩电话叫的拉牛车到了。老弟兄俩搭伙把牛吆喝上车,车走了,牛场一下子空了,没了牛吃草的生气,没了牛哞哞叫的热闹。老阮模样戚戚，瞅牛场，像要把牛场轧在眼窝。老韩跟着老阮的眼光瞅，瞅到老树根，说："就剩下这老货了。"

"你拉走！"

"我不要！要那做啥？"

"拴牛啊！这老货出力了，第一头牛就拴在这老货身上！现在没牛拴，不能把这老货撇在寥天地。兄弟，你还有牛，你拉走，今儿就拉走……"

老阮说得激动，老韩却哭笑不得。侍弄了一辈子牛，老阮对牛场有感情，能理解。可竟然对这个老树根牵肠挂肚，咋说嘛！

当年，老阮在自家后院养牛，效益好，后院盛不下，在自家承包的坡地开建养牛场。钱紧，老韩支持了一万元。老树根是建牛场刨出来的。先刨不动，以为是钻到地心的大树根，围着老树根挖开了大坑，想把树根锯掉，不碍打立柱。挖了一米多深，摇一摇，树根竟然动弹了，往下掏，没根啊，只是死树根！做活的匠人要跟废料一起倒掉，老阮见树根上有个圆孔，舍不得，留下拴牛了。圆孔在树根顶端，拳头大，穿系牛绳再妙不过。老韩看见了，指老阮道："这么细发过日子，别说养牛，养牛虻都能发！"

烂烂老树根，拉回去有啥用？还不是撇在廖天地里！老阮瞅老韩，眼光热热烫烫的。

老韩受不了，说："阮哥，你说拉走我就拉走，我伺候这老货。"

老阮喜了，喊人抬。牛场散了，哪有人？老阮打电话喊来村里预制场的叉车和俩壮小伙儿，费了好一程劲儿，才把老树根装进老韩的皮卡。

回到屋，老韩按喇叭，儿子从屋里出来，见车厢的老树根，惊呼："爸，你给咱把啥拉回来了？"

老韩笑，说："把宝贝拉回来咧！"

卸在哪儿呀？儿子听了树根来由，说："直接进垃圾壕，就当给我阮伯拾掇垃圾哩！"

老韩说："胡说，你阮伯细发，到咱屋来逛，见不着，咋办？爸脸上不好看。"

商量来商量去，决定卸在门口的花圃里。为啥？儿子说老树根像山子，高高低低，有调调儿呢！儿子在美院念书，学画画儿，研究生，回屋歇暑假。啥是山子？老韩不清白。

"咕咚"一声，几个邻家搭手，老树根落入花圃。邻家帮着摆好，一个个热得浑身淌汗。老韩散出去两包烟，谢了邻家，洗把脸，坐在门道摇扇子。

儿子在花圃大喊："爸，你真把宝贝拉回来了。"

老韩瞪儿子，说："笑话老子呢！"

儿子跳出花圃，奔到老韩跟前，脸色兴奋，认真说："我咋敢笑话我爸呢！爸，真是宝贝，你快来看嘛！"

老韩不动。儿子拽老韩进了花圃，指着老树根，说："爸，你看，这是啥？"

圆洞下方，砸得实实的泥土不见了，露出半截塔，一尺多高……老韩惊得张口说不出话，愣了好一会儿，才说："这……这是啥嘛？"

儿子又指圆孔右下方，那是老树根右边楞，蹲了一只狮子，抬头挺胸，怒视前方。老韩又惊得张口说不出话，愣了好一会儿，才说："这……这是啥，是啥嘛？"

儿子说："这是一件大型木雕，古代的，具体啥年代，没清完，还不能断定。从塔和狮子看，年代不会晚。"

老韩瞅儿子，像不认得儿子，瞅了好一会儿，问："你的眼咋长的，咋知道树根雕的啥？"

儿子被老子瞅得不好意思，用手背抹抹额头的汗，说："卸车时候，老树根从车上推下来，落在地上，受了震动，窟窿、罅隙的泥土松散了，我刨了两下，就冒出了塔和狮子。"

出了花圃，父子俩坐在门道，老韩给儿子扇凉，问："你说是古代的大型木雕，值钱不？"

儿子说："这么大的老木雕我从来没见过，在书上也没见过，应该值钱吧！具体值多少钱，得清理完以后，请专家来评估。"

老韩皱起眉头，说："专家评估？那得请你阮伯来，这不是咱的东西啊！"

儿子说："阮伯是从地里刨出来的，也不是他的呀！"

老韩燥了，说："咋说话呢！你阮伯刨出来的就是你阮伯的，还能是咱的不成？"

儿子脸红了，嘟囔："我又没说是咱的。"

老韩觉得自己语气过了火，儿子大了，又是研究生，不能由着老脾气说话了。老韩放缓语气，说："不管是谁的，咱先弄清是个啥。你抓紧清，我给你阮伯打电话，请他明儿来，看看老树根到底是个啥！"

老子的话在理，儿子模样顺溜了，说："爸，我想请我的雕塑老师来看看，老师是专家。"

老韩笑了，说："请，快请！今晚夕老树根不敢停在花圃了，得再请邻家帮忙，用大绳箍住，拽到门道里头！"

老树根拽到了门道，儿子找来小钢钎和棕刷，开始清，清到半夜，燃了三盘蚊香，还是被蚊子叮得疙疙瘩瘩。

老韩说："你撑得住，爸撑不住了，睡！明儿再清。"

儿子不听，硬被老韩拽着到床上。这时，清出了高耸的庙宇禅院、盘旋的山径，繁茂的松柏，蹲在山崖的独角兽……

第二天，儿子起来早，扑到老根根上清。晌午，老阮进门，看见亭台楼榭、小桥流水，看见放眼观景的官人、背着香囊的善男信女、摇橹的船夫、砍柴的樵夫……愣住了！眼珠子一动不动。楞了半晌，问老韩："这，这是咱那个老树根？"

老韩哈哈大笑，说："好，我的哥哩，不是咱的老树根还能是啥？"

儿子手机响。儿子说："爸，老师快到了，我去高速口接。"

老阮绕着木雕仔细看了一圈，说："在我牛场撂了三十多年，就是一个老树根，到了你老韩屋，一夜工夫，咋就成了，成了……"

老韩哈哈大笑。

老师进门，仔细看了，说："这是一件明代大型关中风格木雕，选用核桃木壮硕树根，借其盘根错节之势，巧妙布局，把山色风光、渔樵人家和敬香礼佛等画面惟妙惟肖地表现出来，雕工老辣，非一般匠师所能为。"

听完老师鉴定，老阮问："明代的？离今多少年？"

老韩说："五六百年。"

老阮说："木头易朽，埋到地下五六百年，早孽成渣渣了！"

老师说："从包浆看，埋于地下时间不长，二三十年，土壤干燥，木雕封过蜡，几乎没有朽孽。"

老阮说："我牛场就建在坡坡地，干燥得很！按你说的二三十年，应该是五六十年代埋下的。"

老韩说："有人想保住这个木雕，埋下了，想等风头过去，再刨出来。结果，人殁了，根留下了。"

老阮说："我烟泉村没有大户呀！这是大户才有的东西。跟前几个村也没有大户，会是谁家埋下去的？"

老师说："五六百年了，世态沧桑，多少人和事都埋没了，谁记得清？两位老者，这尊木雕你们打算怎么办？"

怎么办？老阮瞅老韩，老韩瞅老阮。老师说："我们学院计划建艺术馆，面向全社会征集艺术品。这件明代木雕艺术品符合征集条件。如果愿意，征集到艺术馆，我们会给你们些征集费。"

征集？征集费？老阮瞅老韩，老韩瞅老阮。

儿子说："爸，阮伯，你们考虑下，老师的建议挺好，让更多的人看到这件艺术品。"

老阮说："老师说的是道理，让老韩考虑下。"

老韩说："是道理，让老阮考虑下。"

一夜之间，变戏法一样，老树根变成了明代大型木雕，全县摇铃了！男女老少、大人碎娃一拨一拨涌到老阮的空牛场，扑了空，又涌到老韩屋，老韩屋拥实了人，挤不进去……乱了一阵儿，刚消停，村支书领了几个知识分子模样的人进了老阮屋，朝老阮说："事闹大了，县上博物馆的同志看你来了。"

博物馆的同志很客气，一一跟老阮握手。不待博物馆同志发话，老阮说："东西在龙嘴村老韩屋，没在我这儿。"

博物馆的同志拉了老阮，直奔老韩屋。到了老韩屋，看过木雕，博物馆领头的，桥馆长，连连惊叹，说："想不到咱县上有这么精彩的木雕，谁家的呀！"

站在桥馆长旁边的副馆长，跟着说："咋弄得清是谁家的？出在咱县上，就是咱县上的。"

桥馆长正了脸色，面向老阮和老韩，说："老阮同志，你为县上保管了一件好文物，老韩同志，你为县上发现了一件好文物，我代表县博物馆感谢你们！根据有关法规，我们决定依法对这件明代木雕予以征集，陈列到县博物馆，让全县人民和社会各界朋友都能欣赏到这件艺术品。经研究，县博物馆给予老阮同志一千元征集费，给予老韩同志六百元征集费，并给二位同志颁发纪念证书，通报全县……"

老阮瞅老韩，老韩瞅老阮，都不言传。

儿子跟着老师回了美院，半月后回来，不见木雕，大叫："我答应了老师，一定征集到艺术馆，爸，咋回事儿呀！"

老韩脸上难看，在儿子面前说话没了底气，说："县上要，不敢不给呀，人家说依法……"

儿子吼："依法？我们学院也依法，老师说，征集费愿意出到三万元，如果不行，还可以商量呢！"

老韩说："已经这样了，有啥办法？你阮伯说，就当还是那个拴牛的老树根，就当没经过咱的手，就当你那一夜没变过戏法！"

半年后，一位姓刘的大明星，川妹儿，拍戏路过县上，参观县博物馆，看中了明代木雕，说："雕得真好，越看越像我家乡的山水，亭台楼阁，寺院禅堂，小桥流水，没有一处不像啊！可以转让给我吗？我出一百万！"

桥馆长瞅副馆长，副馆长瞅桥馆长，都不言传。

# 面条柜

开了春，堂弟兴冲冲告诉我："送你件儿老古董，要不要？"

看着堂弟热腾腾的笑脸，我问："怎样一件儿老古董？"

"老柜子，老得很！做木匠活儿二十年了，没见过这么稀样儿的柜子！"

"雕刻的花纹精美？"

"没有一点儿花纹，上窄下宽，样子顺溜，窍好型美，活儿精到，我说不出来，反正稀样儿！"

"几扇柜门？"

"两扇。"

"柜门一通到底，还是两层？"

"一通到底，圆腿着地，见了你就知道了！要不要？"

"多少钱？"

"要啥钱嘛，送给你的，咱拉回来就是！"

"谁的柜子？人家又不傻，让你白拉！"

"尘平的呀！"

尘平是堂弟的表哥，模样方正，大脸大眼，面皮黝黑；个儿高，衣裳周周正正；走路抬头挺胸，雄赳赳的，有猛劲儿；唉，就是木讷寡言，傻乎乎的。

小时候，尘平来走亲戚，二娘就要抹眼泪，说："尘平本来是个灵灵娃，发烧，烧瞎了脑子！外面儿上像好人，里头塞实了，没心窍！"

我问堂弟："好些年不见尘平了，他过得咋样？他怎么会有这么个老柜子？"

"尘平凄惶啊！年前大雪，我舅留下的三间老瓦房塌了，尘平没处住！亲戚们搭伙，有钱出钱，有力出力，帮衬尘平盖三间楼板房！柜子是这几天拆房，从阁楼冒出来的。谁知道我舅还有这么个老古董，我妈都不记得呢。走，给你拉回来！"

一个多小时后，我见到了尘平和他那一对儿老柜子。尘平佝偻着腰，满身灰土，正在归整老房拆下的椽子。堂弟朝我努嘴，一对儿老柜子蒙着塑料纸，孤零零地站在空荡荡的院子。

堂弟唤过尘平，说："尘平哥，不认得我哥了？！"

尘平眼神呆滞，看看我，略微笑笑，转身又去搬椽子。我说："记得尘平跟我年龄差不多，不到五十呀，头发白完了，咋像七十岁老汉？"

堂弟说："我舅在的时候，尘平靠我舅呢！我舅把他娃拾掇得像个人。我舅殁了以后，他自己过活，啥也干不了，啥也干不成。看，就是这货！"

堂弟揭去蒙着的塑料纸，老柜子亮了出来，我脱口道："面条柜啊！"

"面条柜，放面条的柜子？"

"放面条就是面条柜，放羊肉就是羊肉柜？面条柜是明式家具中圆角柜的一种，下大上小，上窄下宽，南方人称它'大小头'；不少外国人爱它特别，称它'A字柜'。我理解，它窄而长，像面条儿，所以叫面条柜。"

我掏出卷尺测量，上九十厘米，下九十三点五厘米，宽四十五厘米，高一百五十一厘米；两开门，一通到底，微微撇开，上至下微微变阔；柜帽前伸，转角处削去方棱，琢成圆角，方便门轴及臼窝；牙头和压条，弯度自然，舒服得体，稀样儿啊！

一般面条柜，都是原木，不上漆。普通的，核桃木，水楠木；好一些的，鸡翅木，酸枝木；再要好，那就紫檀花梨，到顶了！眼前的面条柜却特别，施了大漆，红褐色，漆水匀称，还有亮光呢！锁是黄铜的，锁鼻完好，包浆厚腻，可惜没有锁芯。我打开柜子，空空如也。柜内也施了大漆，红褐色。合住柜门，察看背板，哦，好讲究，也施了大漆！我示意堂弟抬抬，不轻呢！

我说："典型的明式做工，典型的明代漆水，铜锁也是明代式样，就是弄不清楚什么材质。"

"关中老家具核桃木多。"

"掂分量，觉着比核桃木重啊！"

"硬木的？"

"不可能！如果是硬木，为什么要上大漆？明代文人喜爱面条柜，用作书橱。柜门采用原木独版，为的显示木材本来的精美花纹和天然色泽，得其天趣！上了大漆，画蛇添足啊！"

"哥，你拉回去慢慢琢磨。我去安排下盖房的事儿，等等啊！"

我看柜门上有几处色泽深重一些，掏出湿巾擦拭，哎呀，有字！用力擦拭，字迹显露出来，银白色金属镶嵌的字，啊，嵌银啊！

什么字儿？

擦拭掉四五百年的脏污真费力气，一时，我浑身冒汗，终于擦出四个字："抚琴养性。"字儿一掌大，行楷，行笔圆润，饱满流畅，端庄规矩，上下排列，居柜门中偏上处。很快，我又擦出另一柜门上的四个嵌银字："读画怡神。"揭开另一只面条柜上的塑料纸，擦出八个字："种竹藏云，移松引月。"合在一起，是："种竹藏云，移松引月。抚琴养性，读画怡神！"

谁的手笔？

没有款识！柜前柜后，柜左柜右都看了，还是没有！我抓起一把泥土，把嵌银字迹涂抹了！

堂弟终于忙完，拽了尘平到我跟前，说："这对儿老柜子，你没用处了，让我哥拉走。他爱这些老物件儿！"

我赶忙说："尘平，房子盖好了，我给你送一套新柜子来！"

堂弟说："旧的不去，新的不来啊！过来几个人，帮忙把柜子往车上抬！"

尘平突然冲到柜子跟前，护住柜子，满脸生犟冷倔之色，吼道："拉不成！"

我愣住了，扭脸看堂弟，堂弟也愣住了。尘平表情激烈，喘着粗气，像要爆发。

堂弟说："尘平哥，我哥拉走，不是旁人拉走，你别担心，有我呢，一定给你一套新柜子！"

尘平眼睛冒火，吼道："谁也拉不成！"

堂弟不知所措，看着我。我后退几步，堂弟跟过来，我悄声说："乡里这号事儿多，不奇怪，不给钱别想拉走！尘平正是用钱时候，再破烂的东西在他眼里都是金疙瘩。越是亲戚越要把事情说清楚。"

堂弟说:"谁知道尘平是这号货,为他盖房我出了三万元呢!哥,咋办?"

我说:"不急,事缓则圆,尘平脑子缺根筋,要顺着他来,别惹毛了他!"说完,我向堂弟伸出三根指头。

堂弟扭身走到尘平跟前,说:"尘平哥,我哥现在就把钱给你,三千元!"

尘平后退一步,双臂往后扩开,像要抱住柜子,吼道:"我不要钱!我不要钱!"

我上前拽过堂弟,悄声叫道:"一万元!悄悄说,盖房事大,三千元不顶事,打动不了他的心!"

堂弟不情愿,说:"三千元,够够的呀!除了你,谁还要这烂家具?"

"就当帮尘平一把,一万就一万,免得别人说咱弟兄俩占瓜瓜娃儿的便宜呢!"

堂弟走到尘平跟前,贴住尘平耳朵,悄声说话。未说几句,尘平又炸窝了,吼叫:"一百万我也不卖,一千万我也不卖!"

堂弟败下阵来,灰头土脸向着我。我见周围人围拢看热闹,示意堂弟撤。身后尘平大吼:"先人传下的柜子,打死我也不卖!一百万我也不卖,一千万我也不卖……"

尘平先人是谁呀?

堂弟说:"我舅是农民,当过村上的会计。舅爷也是农民。再往上,我就不知道,我妈没说过。"

我说:"你舅家可能出过大文人,不然不会有这么个面条柜!"

堂弟一脸茫然,说:"你的意思说尘平哥和我身上淌着大文人的血?我俩粗毛大骨头,可能吗?得先想想办法,让尘平安宁下来,在我舅家门口,咱弟兄俩不能丢人啊!哥,你先避开。"

我离开"是非之地",晃悠到另外一条巷子。见一银发苍苍的老者坐在门口品旱烟,喝酽茶,我上前搭讪道:"老叔,享福呢!"

老者高兴,招呼我说:"看你不像是本乡人!坐么,喝酽茶。"

"老叔,好眼力,让你一眼就看穿了,我不是本乡人。咱官道村,有多少年头了?"

"明朝万历皇帝的时候,咱祖上出了大官,给皇上写文章呢,官道修到了村上，就叫了官道村。算起来，怕四五百年了！"

"老叔，咱祖上，哦，您老人家贵姓？"

"哈哈，咱跟祖上还能两姓？满村一个姓，双口吕，吕洞宾的吕。"

跟老者谝了一程，我回到尘平屋。"是非"已经平息。尘平消停了，又归整老屋拆下来的椽子。面条柜站在那儿，在初春的寒风里，瑟瑟发抖。

看见我，堂弟走过来，不待他开口，我问："尘平姓啥？"

"姓吕呀！我妈不是姓吕吗？哥，你咋了？"

我扑哧笑了，说："好个面条柜，把我整晕了，二娘姓吕都忘记了！"

"怎么了？"

"面条柜必须拿下，一万不行，两万！尘平到底怎么回事？"

"电路搭错，短路了！喊叫了会儿，没人理，他自己掂椽去了。"

"哪项电搭错了？"

"尘平脑子死渠渠，认死理！我舅说过先人传下的东西不能卖，他就不卖！他刚拉住我说，不光柜子，拆下的椽、梁、檩、砖、瓦……先人传下的东西，一件儿也不卖！尘平啊，笨怂、瓜怂、犟怂一个！"

"尘平认死理，得想个办法啊！"

"都是我舅惯下的！尘平只认我舅，我舅说东是东，说西是西！"

"解铃还须系铃人，可惜你舅殁了……谁指挥得动你舅这个宝贝儿子？"

"只有我妈假传圣旨了。我舅殁了，我妈的话他还听得进去，试试？"

"我去拉二娘！面条柜不能脱离你视线，这可不是一般的面条柜，明代大文人的，上头有嵌银的字儿呢！"

"啥字？字在哪儿？"

# 石画

这座村庄的名儿有意思,官道凸。

领路的老昝说:"这儿地势高,凸起来个大包,村子就建在大包上。估摸老早跟前有官道吧!走,咱进村,老雷在屋里候着呢!"

老雷让人吃惊,头发银白,须眉却黑,判不准他的年龄。他说:"六十三了,一辈子啥啥儿事没成,头发倒早早儿熬白了。"说完忙着倒水沏茶。

老昝说:"不忙活这些迎客的套套儿了,客急着看货呢!"

老雷还是沏好了茶,递给每人一个纸杯,说:"客大老远来了,喝咱屋一口水。"

所谓客,就是我和老康。老康爱文房件儿,他说:"'下了司马坡,秀才比驴多',说的是韩城做贡生、中举人、中进士的达一千多人;'朝半陕,陕半韩,韩半解卫',说的是在朝做官的陕西人占了一半,其中有韩城人一半,韩城人中解家卫家占了一半。头一句告诉我们韩城遗散的文房件儿数量大,第二句告诉我们其中不乏精品。"

我说:"别以为你精,出进士的地方,傻子都比你精呢!一线跑家刮地皮不知道多少遍了,油花花儿能留给你?"

"不排除有漏网之鱼啊!咱就当逛呢,跑一趟吧,我寻人领路。"

跟着老雷进了左边一间屋。屋不大,沿墙摆一圈货架,中间摆张老八仙桌，四把老仕出头椅，都是老榆木的。货架高高低低，木制的，钢焊的，铝合金的，皆"老货"。货架上摆三样——砚台、砚滴和墨碇。

老昝说："老雷收货一顺顺，只收三样，砚台一百多方，砚滴两百多个，老墨五百多块。爱文房的掉进文房窝子了，你俩慢慢挑。"

老康却不到货架跟前，到北墙根，蹲下看老蓝布包裹的东西。东西高过五十公分，宽约四十公分，不厚，约莫五公分，被细麻绳捆得死死的。

老康问："能解开看么？"

老雷说："肯定能么，才收回来，没顾得打动呢！"

老昝抓起桌上的剪子，上去就铰。老雷弯腰扶住，说："慢！弄不好就散伙了。"

铰断麻绳，揭开老蓝布，原来是一座插屏。屏面是石板，黑乎乎，脏兮兮，油腻腻，像烟熏火燎了几百年；边框是硬木，刻作挺秀的竹节；底座秀雅，浮雕一丛疏淡竹叶；边框和底座松散了。

老雷说："卯榫的，拆下来，防顾石板倒。"

老昝拆开边框，压住底座，老雷使劲儿往上提，石板从凹槽挣脱出来。大屏后面还蹲着个小屏，白石板，毛笔字，红印章，硬木边框，底座精巧。老雷把石板轻轻放在桌面，招呼老昝出门洗手。

见两人出了门，老康贴住我耳朵，指着石板说："今儿就是它了！"

"石板么，意思不大呀！"

"就是它了！"

"好吧，你说了算，就是它了！"

说话间，老雷和老昝回到屋。我问老昝："你说老雷收货一顺顺，咋收了这两个屏呢？"

老昝没张嘴，老雷说："小屏是砚屏，主儿家不单卖，跟砚一单卖了；大屏是插屏，主儿家有一方好砚，怕卖了砚插屏不好卖，不愿意拆开，我就搭伙收回来了。"

老康问："砚呢？"

老雷说："插屏搭伙的砚，前几天出了；砚屏搭伙的还在。"

说着，老雷打开木货架底层柜门的锁。原来摆在明面儿的都是普货，好货锁在柜子呢！老雷取出一方抄手砚，长度超二十五公分，宽约十五公分，厚度近八公分，长，窄，厚，四棱见线，挺括大气，一眼的水坑歙石、明早官造。老雷把砚台放在石板旁，老康把砚屏放在砚台后。

老昝问："砚屏做什么使？"

老雷指着砚台和砚屏，说："古人就这么摆，既好看，又挡风，墨水不容易干，还遮光护眼呢！"

老昝又问："插屏做什么使？"

老雷说："摆着好看呢！"

我问老雷："跟插屏搭伙收来的是一方什么砚？"

老雷说："端砚，品好，型好，字好！"

老康问："有字？"

老雷说："背面刻诗呢，我认不得。好货存不住，到屋就走了。"

老康追问："给谁了？"

老雷说："朋友领来的，按规矩，咱不能问。看架势听口音像是你们西安人。"

老康和我不再多问，不约而同打开开了锁的木柜门，却空空如也。

老雷歉然一笑，说："给你说了么，好货存不住。"

挑拣半晌，我相中了两只砚滴，一只青花山水，嘉庆的；一只耀州青瓷，南宋的。老康选中了一方洮河石砚板，绿莹莹，包浆浑朴，不大，可掌上把玩。

老康朝老雷说："抄手歙砚，洮河砚板，两只砚滴，老雷，头回打交道，价钱合适些。"

抄手歙砚价格不菲，一万五千元，不比市面低；别的几样价钱还行。

老康拉开包准备付钱，我说："砚有了，不能把砚屏落下啊！"

老昝附和："捎上，捎上，配套么！"

老康像突然明白过来，说："咋把砚屏忘了，是得捎上。老雷，你开价我没还价，砚屏就赠送吧！"

老雷连连摆手，说："不敢，不敢呀！跑一件儿货不容易呢，你不知道受了多少罪。砚是砚的价，屏是屏的价。若单说屏，得两千元呢；你夒要，算一千五百元。"

我朝老康说："老雷跑货不容易，一千五就一千五，以后有啥好货，给咱通个气，松松手，啥都有了！小屏要了，大屏也要了吧！"

老昝附和："捎上，捎上么！"

老康蹙眉说:"捎是能捎,只是散架了……"

老雷急忙道:"卯榫的,不缺件儿,装好不难的。"

老昝说:"老雷,价给客合适些!上哪儿寻这么好的客,不谈嫌价。"

老康把玩耀州青瓷砚滴。我掏出手机看时间。

老雷说:"底座和边框是红木的,石板也浑全,五千元,咋样?"

老康眉头蹙得更紧了,说:"捎不起!"

老昝把老雷拉到门外,咬了会儿耳朵,回来说:"老雷犟,我给说了,见你们头一回上门,四千元。"

老康说:"我顶多看到两千元。"

我说:"老雷,老康,你俩都痛快点,取个中,三千元,我把这事儿拿了。要不然,今儿啥生意都成不了!"

老昝急了,拍着老雷肩膀说:"老雷,让生意成!我啥啥儿不要。"

按规矩,老昝领了客来,客按照成交额的一成付给老昝"领路钱"。老雷也有表示,多少随心。老昝说啥啥儿不要,就是不要老雷的。

听了这话,老雷说:"三千元就三千元吧!日后有了啥好货我让老昝捎话。"

离开官道凸,来到韩城市区,请老昝吃了饭,付了"领路钱",他满意而去。

老康说:"真有漏网之鱼呢!今晚歇在韩城,明天拜拜司马迁,打道回府。"

"石板到底是啥嘛?"

"你配合有功,下周六请你到我家吃饭,到时候你就知道了。"

"一块石板么,神秘兮兮的,又不是翠,不是玉。"

老康只"嘿嘿"笑。

周六,到了老康家,老康拉我直奔书房,指着书案上的插屏激动地说:"咋个样?"

屏面是一幅画儿啊!山石嶙峋,水流潺潺,云彩缭绕,杂树茂密,像张大千的泼绿山水,氤氲苍茫,意态万千。

老康拽我到屏后,说:"有款识呢!"

屏左下角有线刻的字,字迹纤细,草书:"天平山上白云泉,云自无心水自闲。何必奔冲山下去,更添波浪向人间。偶得天作之画,卫执薄珍藏。"

"卫执薄是谁?"

"韩城一代史圣司马迁;两朝状元,金代郝鼎臣、清代王杰;三朝宰相,宋代张升、明代薛国观、清代王杰；四代世家，薛氏家族；五子登科，一门三进士一举人一贡生，解经雅、解经傅、解经邦、解经达、解经铉；父子御史，卫桢国、卫执薄……卫执薄进士出身，康熙年间御史。"

"那天你就看出来了？"

"那天只感觉是一方好石板。底座和边框是紫檀的，能镶一块普通石板吗？"

"老雷不是说红木吗？"

"老雷要知道是紫檀的，到不了咱手上啊。我怕惊了他，开始时没敢多说话。如果一开始就冲着它去，不是挨大价，就是买不到。他们精着呢，自己不懂的东西，见客人热，就不卖了，怕卖贱了啊！"

"到底是啥吗？"

"这是一方绿端石画！这么大的水坑绿端，哪里找得到？比翠呀玉呀珍贵！"

"绿端石画？"

"石画又叫石板画，古玩行里称"老石片儿"。自古文人爱石。石画自然天成，格外为文人雅士所喜爱。石画一般由石屏来表现，石屏有插屏、挂屏和立屏等。挂屏有四联、两联和天圆地方等形制；立屏有作为屏风使用的围屏，还有摆放在居室分隔空间的。插屏则是专门陈设在几案或博古架上供观赏的，有圆形、方形和长方形。无论哪种石屏都是以突出石画为主，所选石画图案精美，镶嵌十分讲究。特别是题写了诗词和书法的老石片儿，文人笔墨与天然石画相互映衬，艺术价值更高。石画的材质有大理石、祁阳石、苴却石、歙石、洮河石。这么大个头的绿端，罕见啊！加上紫檀的竹叶底座，竹节边框，卫执薄题白居易的诗，这座插屏是一件天人合一的艺术品！"

"为啥还跟老雷搞价？"

"砚台、砚滴跟他不搞价，因为他精于此道，跟他搞，下不来多少；石画之所以搞价，是让他死心塌地卖给咱啊，不就是一块石板么，价高了人家不要了……你的配合打得挺好，今儿多喝两盅。"

"下周咱再去韩城！"

"好啊，想办法打听那一方刻诗端砚的下落，估计啊，那不是凡品呢！"

# 小碗

耍古董，见不得假。吃了假，明白过来，犹如咽下蝇蛆，要吐呢。见旁人黏着假，犹如见碗沿儿爬着蝇蛆，忍不住挥手打死扇远呢！

在清渭楼古董集上，我见一小伙儿抓着只缠枝莲青花玉壶春瓶，圪蹴在摊儿前，说："叔，一千元给我吧，我只有一千元……"

摊主儿说："康熙窑精品，少不了六千……"

一眼儿，那玉壶春瓶乃低仿。我装作避让对面挤来的人流，侧背偎住小伙子，勾起脚后跟点了两下。小伙儿"呼"地站起来，吼："胡踢啥？"

我转身，眨巴着眼睛说："对不起，对不起……"

小伙儿灵醒，训道："集上人多，走路操心些！"

摊主儿没觉察？小伙儿背对着他。他心眼儿再贼，也想不到一蹲一站间有名堂。我继续逛。不大会儿，小伙儿出现在我面前，问："叔，那玉壶春瓶有问题？"

我笑而不语。

小伙儿追问："得是有问题？"

"还不死心啊！衩衩的票票儿往外溢，你就去把学费给人家。"

"我打工呢，衩衩里头不宽展。我爱老瓷器，攒下点儿钱，想买件好货。老哥，看你像行家，你帮我参谋参谋！"

"我不是行家，帮你买不了好货，买烂货倒是能成。"

果然买了件儿烂货，嘉庆青花双龙盘，烂成三瓣儿，锔全活了，老锔，锔钉儿包浆凛凛。摊主儿要两百元，搞价半晌，八十元拿下。

我说："这是你的书，一遍一遍读，读得青花渗到心里头，轧到眼窝里，再下手。"

读瓷片儿小半年，手痒，小伙儿开始下手。买对了，高兴得半晚夕睡不下；买错了，难过得半晚夕睡不下。

他问我："师父，把这假货咋办呀？"

小伙儿嘴乖，记不得啥时候叫我师父了。

我说："砸，砸碎了，砸疼了，就灵醒了！这一行，缴学费正常；不缴学费，神仙也学不出来。"

小伙儿姓杨，蓝田人，三年过去，渐渐上道，见我跑来上眼的瓷器，下手买，跟我搞价哩。

有天晚上，小杨匆匆到我家，说："我姐夫胡整呢，八万元买了个小碗，只有半扎大！"边说边戳达。

我问："你姐夫是行家？"

"他要是行家，全世界人都是行家了。"

"你这个娃他舅对娃他爸有意见哩。咋？"

"咋能没意见？一年到头，除了过年消停半个月，剩下三百五十天，跟我姐，吃不上一顿安生饭，过不上一天整端日子，跑得不停点点儿。辛辛苦苦挣下些钱，就这样撇了，就为个小碗！"

"你姐夫跑啥呢？"

"赶集撵会卖衣裳！一四七赶马庄集，二五八赶云阳集，三六九赶故市集……武功的姜嫄庙会，岐山的周公庙会，凤翔的灵山庙会，楼观台的老子庙会，白水的仓颉庙会，耀县的药王庙会，三原的城隍庙会……挨个儿赶，挨个儿撵！"

"有意思！这买卖跟我跑一线正相反。我从乡里往出买呢，他朝乡里卖呢！好端端赶集撵会卖衣裳，咋买起瓷器来了，受你影响了？"

"咋能受我影响？我要瓷我姐和姐夫压根儿不知道。他们知道了，非骂我糟蹋钱不可。谁知道我姐夫哪根筋搭错向了，胡整哩！"

"你见小碗了吗?"

"没见,我姐电话上说的。我姐不情愿,但又没办法。她啥事儿都由着我姐夫。"

"你该帮你姐掌掌眼,兴许是好东西呢!"

"才不信我呢!在他们眼里,我屁都不懂。师父,我来,就是想请你帮我姐掌眼呢,你乐意不?"

我当然乐意了。与其说乐意帮忙,不如说乐意见到那个小碗呀!跑一线,听闻好东西,非见不可。见了,心头才释然,哪怕见到的是一节儿朽木,一块烂砖。

小碗庄重圆润,玲珑俊秀;圆形,侈口窄足,口径十三点六公分;外壁饰青花葡萄纹,葡萄叶恣肆繁茂,葡萄饱满欲滴;内饰双圈纹,圈内一束葡萄,枝叶蜿蜒,三颗葡萄缀于枝叶间;圈足内为双线方框,楷书款字:"大明成化年制。"

看字,"大字尖圆头非高,成字撇硬直到腰,化字人匕平微头,制字衣横少越刀,明字窄平年应悟,成字一点头肩腰。"看画,小笔触,双线勾勒,线条纤细,流畅自如;看底胎,细腻纯净,如脂似玉,胎薄体轻,修胎仔细,挖足整齐,足壁较薄,内墙直立,底足有跳刀痕;看釉,肥厚细腻,平滑光润,白釉微闪虾青色,有小而密集的气泡;看钴料,陂塘青,淡雅青亮,晕散不凝结。

我惊叹:"小杨,你姐夫是个深藏不露的高手啊!"

"师父,你看好,真是大明成化的?"

我把小碗递给小杨,说:"东西会说话。"

小杨双手接过小碗。小杨姐夫小郑,敦实汉子,三十多岁,方脸,模样朴厚,眼神纯净。

我说:"你本事真大,这么稀欠的东西,啥地方收来的?"

"不是我的。"

"不是你的?咋在你手上?"

"唉,我同学少鹏的小子得了白血病,才九岁,花了几十万,不见好。我没多少钱,把攒下的钱一满给了少鹏。少鹏把这个小碗给了我。我不要,他非给不可。"

"少鹏咋有这么个小碗?"

"你知道旬邑唐家大院吗？"

"当然知道。早年没人管时候，我从唐家大院买到过砖雕呢，五福捧寿，精美绝伦！"

"我和少鹏就是唐家大院那个唐家村的，我俩光屁股一搭耍大。少鹏是唐家后人。这个小碗是唐家祖传的，我小时候就见过。那时候只觉得好看，不觉得啥啥儿。"

"不觉得啥啥儿？八万元啊！"

"我才不管它几万呢！少鹏不给我这个小碗，我还要把八万元给他呢！不给他，心里咋得能成啊！少鹏的娃就是我的娃，娃叫我干爸呢！"

这时，小杨姐姐举着灰T恤衫喊："这个色，三加。"

小郑钻进面包车翻拣衣裳。车前是摊位，小杨姐姐卖衣裳呢。

小杨看着小碗款字，问我："师父，值八万不？"

我的目光从小郑身上收回来，说："小杨，见过明青花官窑器吗？"

"清官窑器都没见过。"

"这个小碗是明代官窑真品，不但是真品，而且是珍品，珍贵的珍啊！珍品不是用个位数来打发的，是看在个位数后面加几个零呢！"

"几十万？几百万？"

见周围人看，小杨吐了吐舌头，把小碗塞进胳肢窝。

我说："小器大作啊！"

小杨指着小郑的背影，说："原以为我姐夫胡整哩，没想到胡整到向上了！"

T恤衫卖掉，小郑过来说："集上乱，没个坐的地方，我买几瓶水去。"

我赶忙拦住他，说："先把小碗收好，东西珍贵，真不该让你带到集上来看，操心啊！"

小郑把小碗塞到装衣裳的大纸箱深处，回身说："不就是个小碗嘛，没人觑估。忙得不停点儿，只能在集上见见，麻烦你跑一趟。这碗值多少钱？"

我说："二三十万没问题。卖不？"

小郑说："不是我的，我咋能卖？"

小杨说："八万元都给了，咋不是你的？"

小郑瞪一眼小杨，说："你不懂，少说话。"

小杨气呼呼地去他姐那边了。

我对小郑说："唐家财大势大，汇兑中华十三省，包捐知府道台衔，马走外省不吃人家草，人行千里不歇旁家店。少鹏手里可能还有其他好东西。如果他卖，我给他好价钱。你知道他手里还有啥？"

"再没啥啥儿了！民国以后，唐家败落了，后人散在全国各地，村上只少鹏这一支。以前，少鹏屋里还有些老货，七七八八的运动，被拾掇精光了。这个碗小，没人觑估，才传下来了。"

"就像这个小碗，没人觑估的小玩意儿，还有啥？"

"我跟少鹏好得一个人一样，他的啥啥儿我不知道？我的啥啥儿他不知道？真没有！"

我说："这个小碗你别卖，珍藏好！"

小郑笑，说："再多钱也不卖，少鹏的东西，我肯定给他经管好！"

不卖的话音还在耳边，两个多月后，小杨给我打电话，说："小碗要卖呢！我姐夫不通这一行，问你要不要？"

我惊讶，问："不是说不卖吗？"

"我姐夫在这个事上胡来呢！买的时候，跟我姐不商量；卖的时候，还跟我姐不商量。我姐爱上了这个小碗。"

"多少钱？"

"没说。师父，你真想要，咱马上去。听我姐夫的口气，急着呢。"

"好吧，你约时间地点。"

这次见面在西安康复路的一个老旧小区，小郑两口儿租住的地方，距服装批发市场不远，既住人，又当仓库。见了面，小郑说："今儿专意在屋等你，本来撵药王山的庙会呢！"

"咋又想卖了？"

"少鹏娃做骨髓移植，得三十万呢！少鹏腰包干干儿的了。没办法，卖这个小碗！"

"想多少钱？"

"你不是说值二三十万么，那就三十万。得快，时间耽搁不起，少鹏跟娃等着呢！"

"行，但愿小碗能救命……"

# 艾叶绿

得了一方印章,印纽是太师少师,打电话向老师报告:"长四公分,宽二公分二,高六公分,绿石头,油润水滑,小狮子趴在老狮子背上,生动有神,可惜印文磨掉了……"

老师很在意,问:"怎么样的绿?怎么样的油润水滑?硬度多大?包浆怎么样?"

"深绿,光亮,像打了蜡;指甲划不动,刀子轻轻一划有印;旮旯缝用放大镜看了,包浆重……"

"胡闹!怎么可以用刀子划呢?"

"只划了一点点。"

"一点点都不行!你呀,不知道爱惜东西,要是大宝贝怎么办?拿过来看看吧!"

会是大宝贝吗?我摩挲着印章,半梦半醒胡思乱想了一夜。

第二天,我兴冲冲地赶到老师家,还没坐下,老师说:"看东西吧!"

老师比我还着急呢!我赶忙打开皮包,取出小布袋,剥开缠裹的棉纸,露出印章。

老师看了一眼,并不上手,摊开双手解嘲说:"我以为是艾叶绿呢!原来是这么个玩意儿,包了吧!"

我脸红了，问："怎么？"

老师按住我肩膀，让我坐下，说："如果真像你说的那样，应该是艾叶绿，那就不得了啊！"

艾叶绿？

艾叶绿与田黄、白芙蓉并称"寿山石三宝"，产于福建、浙江、辽宁等地，色若艾叶，细腻油润，脂凝通灵，乃是神品，明代人推崇为印石第一。乾隆皇帝宠爱田黄，艾叶绿屈居第二了。现今田黄石尚有，艾叶绿矿已绝——田黄可得，艾叶绿不可得了！

听了老师一番讲解，我指着昨晚心爱、现在如同"寇仇"的印章，问："这是什么玩意儿？"

"这是湖北产的一种石头，叫作楚石，不通透。艾叶绿是通透的，也叫'艾叶冻'，或者'艾叶晶'。好在章子有些年份，民国的。"

"都是绿石头，一个天上，一个地下啊！唉，空欢喜。"

"估计你也没花费多少银两，不要紧！学费谁也免不了的，艾叶绿岂是随随便便可以得到的！"

"听您的口气，一定有艾叶绿了！让我欣赏欣赏吧！"

老师弯腰在床底摸索了一会儿，拖出一只小木箱。木箱积满了灰尘，我擦抹干净，不错啊，老红木的！老师把箱子放到床上，小心打开，里面全都是印章，白的、红的、黑的、绿的；大的、小的、狮子纽的、老虎纽的、大象纽的……老师取出一枚印章递给我。色呈浓绿，两面深，两面浅，油腻温润，又沧桑沉郁；无雕饰，方柱型；印体顶端不知道是破坏了，还是原本就是这样，塌陷了一块儿；印体下方有磕碰，未伤及印文；印文大篆气象，小篆写法，拙朴敦厚，老辣劲健。辨认了好一会儿，只识得一个"廷"字，另一字辨认不出，我抬头来向老师求教。

老师说："廷贤。"

"廷贤是谁？"

"疑是明代医学家龚廷贤。"

老师拿过印章，指点着说："此印高八公分二，宽三公分五，四方柱形。艾叶绿无脉可寻，大者尤难，像精灵，飘忽无踪，偶尔在矿石中出现这样一点儿。这方印硕大，是艾叶绿中的大品。顶端塌陷的这一块儿，是主人珍惜，随石琢之，毫不损失艾叶绿。古人言艾叶绿色绿通明，底渐至深碧，独其往处，则艾叶背矣。稍白。这方印绿呈深浅，证明了这一点。此印章制式是明代的，篆书是明代写法，刀法老辣，也是明代风格，且有江南气象，想必是明代江南治印大师的作品。"他盘磨着印章，继续说，"至于廷贤，从文献资料推测为龚廷贤。龚廷贤生于一五二二年，卒于一六一九年，江西金溪人，良医济世，功同良相，著有《济世全书》《寿世保元》《万病回春》等专著。他著述的《小儿推拿秘旨》是我国医学史上最早一部儿科推拿著作。龚廷贤很了不起的，配得上用艾叶绿！"

"为什么疑是呢？"

"要有'龚'字，就基本可以断定了。只有'廷贤'两字，不可妄断，取名'廷贤'的明代人不是一个啊！"

"假如是龚廷贤的话，一个江西人的印章怎么会流落到陕西？龚廷贤来过陕西吗？"

"龚廷贤是大名医，全国游走的可能性极大，有可能来过，但不能确定。"

"您是从哪儿得到的？"

"说来也巧，藏此印的也是一位中医，家在富平，世代行医，不过不姓龚。我猜想这位老中医祖上与龚廷贤是朋友，廷贤赠予友人的。不过也讲不通，谁会赠朋友自己的印章呢？"

"一枚印章这么曲里拐弯啊！"

"这枚印章已经很幸运了，还容我们曲里拐弯探究呢！多少印章连同主人消逝得无踪无影啊！品鉴古董，就是与古人对话，有时信号畅通，古人如在眼前，侃侃而谈；有时陷入迷雾，似乎看见了，却隔着奔流的江水，你在此岸，他在彼岸。那江水就是时间，不可回流。"

我说："可以溯流而上啊！"

"勇气可嘉！那就得时光倒流了。我们只有探寻，依据古人留下的遗存和线索。犹同此理，我们现在有意无意留下的痕迹，若干年后，也是后人找寻我们的线索。"

"探寻得到艾叶绿印章的主人吗？"

老师说："需要运气，不知道运气还会给我们什么样的线索啊！需要等待，等待运气降临……"

# 贾员外门墩狮

刚进桑镇地面,前头是岔路口,我盘算去宋庄还是三解村。电话响了,陌生号码,本地的,接通,对方说:"你得是北马村收老货的?"

我回答:"是呀!你是?"

"我是油郭村卖菜的老贾……"

老贾的模样和门墩狮闪在眼前,我截断老贾的话,说:"贾哥,是你呀!"

"三年时间到了,咱屋那货你还要不?"

"要啊!兄弟说啥耍啥,说倒的事,绝不捩话,肯定要!"

"啥时间来?我不卖菜了,卖了三摩,你得雇车。"

"贾哥,我正没事呢,叫辆蹦蹦车一时儿就来,你等着我啊!"

"我等你,你快些!"

我调转车头,直奔油郭村,一路瞅蹦蹦车。

三年前,同一时节,树叶子开始落了。我吃罢早饭,发动面包车,刚出门,游村转乡卖菜的老贾,骑三摩停在我车前,我摇下车窗玻璃,伸头说:"我出门呀,不买菜!"

"跟你说个话。"

"说个话"就是有正事谈。我纳闷,卖菜的老贾跟我谈啥正事呀?虽是邻村,老贾五十多了,跟我不是一茬子人,没打过交道。

我说:"你说!"

老贾凑到我跟前,四下瞽瞽,压低声音说:"你得是收老货呢?"

"是呀!"

"石头门墩要不要?"

"好的要,烂的不要。"

"我的那个好!"

"好不好不是你说了算,得我看!"

"你忙不?今儿菜快活,卖完了,咱这就去看?"

满乡满县旮旮旯旯没日没夜寻呢,送上门的货还能不去看?看了,真想扇自己两耳光,整天胡跑胡窜啥嘛,眼皮底下这么精的货竟然不知道一点点儿声息!我硬硬儿把心里头的翻江倒海压下去,脸定平说:"能要,就看价咋样了。"

"菜价我心里一本账,老古董我不清白。你是内行,你说!"

"咱连畔种地的乡党,我给你交实底。我给西安老板收货呢。老板出价高,水涨船高,我收货价跟着高;老板给价低,我跟着低。我在中间挣点儿下苦钱。咱低头不见抬头见,我不挣你的钱。老板出多少钱我给你多少钱。"

"你看这门墩老板能出多少钱?"

"门墩这号货,老板一般出千把块,你这个好些,一千五百块。"

"两千元都给不了?"

"笨蛮石头,跟金呀银呀那些值钱货咋比?我给你加三百元,老板咋都会给我三百元面子!咋样?"

"真连两千元都给不了?别看我卖菜呢,我祖上可是大员外呢!咱这儿有名的贾员外,你知道不?"

咋能不知道!老辈人说,一乡的田地都是贾员外的家业,一乡的人家都是贾员外佃户。西安、兰州、太原,都有大字号,世代出大官,官做到了皇上跟前呢!知道归知道,但我不应他,不给他搬价的说辞。

我说:"没听过。"

老贾一脸失望,说:"年轻娃呀!你要是知道贾员外的势,就知道我这一对儿门墩的好。"

"不知道贾员外，我看你这对儿门墩也不错，要不然不敢拿老板的事，出这么高的价啊。贾哥，这样好不好，两千元，用你三摩送到我屋，我就不用给旁人付运费了。"

"行！"

说完，老贾打量门墩狮跟三摩，说："门墩大，车厢碎，装不下呀！"

"我面包车拉一只，你三摩拉一只，不就成了？"

我付给老贾两千元。老贾数了两遍，装进旧中山装内兜，说："兄弟，这个事咱俩知道就行，不要让旁人知道。"

"肯定么！不过，这么重的石头疙瘩，咱俩搬不动呀，得俩人搭手呢！"

"我不想叫本村人。"

"你不管，我叫两个人过来帮忙。"

"别叫你村人，隔不了夜，风就刮过来了，闲话就起来了……"

"拉不成啊！"

身后传来女人声音。扭头看，女人面色苍白，病恹恹的，头发散乱，像刚睡起来。

老贾问："咋了？"又向我说，"你嫂子。"

我点头招呼嫂子。

嫂子说："不能瞎讲究！大人不过三年，大人遗下的啥都不能卖；卖了，不孝不敬，招灾呢！大人才过百日呀！"

在秦言里，"瞎"是"坏"的意思，发音"哈"。大人就是父亲，"大"发音"舵"。我心里一咕咚，女人这时间杀出来，哪是为孝啊敬啊的虚套，分明想搬价啊！

我说："嫂子，你真是个孝顺媳妇！这些都是老皇历，现在谁还讲究？钱逮在手上比啥都实惠。"

嫂子说："过了三年，大人走远了，看不着，听不着了，你再拉走。"

我瞅老贾。老贾瞅媳妇。

我说："贾哥，事说倒了，钱揣了，不能让事瞎啊！"

老贾不说话，瞅媳妇。唉，怕老婆的货！

嫂子说："事还在，大人三年过了，你再来拉！"

"嫂子，嫌钱少？兄弟搂圆了劲，这可是出的最高价！"

"不是价的事！"

媳妇模样坚定。老贾从旧中山装内兜掏出那沓还没暖热的钱，还给我。我不要，嫂子瞪老贾。老贾硬是塞到我手里。

我说："事还在，过了三年我来拉，贾哥，钱你先装上。"

"老板没见到货，咋能给你钱？我不要你的钱！"

"贾哥，留下五百元定金。"

老贾瞅媳妇。

嫂子说："不留定金，人前一句话么，要定金做啥？"

我说："嫂子，可说好了啊，别给了旁人。"

"咋能给旁人？是你的货，到时候你来拉！"

走村串乡这号事我经得多。有的是真不卖了，家里意见分歧，有一个想变钱，有一个舍不得；有的是试价哩，本就不想卖；有的是想卖，但心里没底儿，怕卖少了……一般货，一风吹就过了，谁能一弹弓打一只鸟？老贾这一对儿门墩狮可不一样啊，是高品，甚或是神品呢！老贾只想两千元，白送呀！

我叫老贾找笔，给他留电话号码。找了半天，找来一截儿铅笔头，没纸，写在糊炕围子的旧报纸上。老贾恓惶啊，这号土炕、这号炕围子谁家还用！

出了头门，我才看到门上糊白纸，贴黑对子，扯烂了，在风里噗噗啦啦……

时间快得没影儿。老贾不打来电话，真忘了三年过去了。我看见前头一辆五轮蹦蹦车，撵上逼停。

司机吼："不想活了，哪有你这样开车的？"

听有生意，司机模样顺眼了，嘟囔："再急也不能这样急，要命呢！货在哪儿？"

待我说了装货、卸货的地方，司机犯难了，说："就三四里地，给你咋算钱？多了你不高兴，少了我划不来。"

"就按我不高兴、你高兴的价来！"

"三百元咋样？"

"三百元就三百元！"

平时，两百元是好价。司机不迭点头。我打电话叫了俩铁杆儿，在油郭村口等着。

为啥这么急？人起了卖货的心，就那一阵儿，非卖不可；那一阵儿过了，心思生变，死活都不卖了。跑一线，收不收得下货，就那一刹那。

进了老贾屋，老贾说："牙长一节儿路，咋走了这么长时间？"

"你打电话的时候，村里的车都出去做活了，好不容易在路上拦挡了一辆，又找来俩装卸工，没停点点儿。"

我点了两千元给老贾，说："贾哥，你数数！"

老贾接了钱，数了一遍，说："三摩卖了，给你拉不成，原来说的一千八……"

我早忘了这一茬，说："两千就两千，贾哥，三年了，你说啥要啥，冲这，我给老板说说，两百元算啥？"

一时儿，装好了车。司机发动五轮蹦蹦车，出了门。俩铁杆儿骑摩托车跟在后头。

我这才问老贾："咋不见嫂子呢？"

老贾模样变了，脖子拧向一边，哽咽说："你嫂子刚过了百日！"

"嫂子咋……咋走了？"

"瞎瞎病……"

"瞎瞎病"就是不治之症。我掏出一沓钱，塞到老贾手里，说："咱就离三四里路，我咋一点儿不知道？贾哥，这点心意你拿着……"

老贾推辞，我扭身跑出院子。发动面包车，我这才看见头门上糊白纸，贴黑对子，扯烂了，在风里噗噗啦啦，跟三年前……赶到屋，车厢已经打开。

我说："不给这儿卸了，卸到范村。"范村是我丈人家。

司机说："十几里路……"

"给你加五十块油钱！"

为啥要卸在我丈人家？

东西在眼皮底下，不觉得啥；东西走了，一下子空了，心里头少了啥，难受，想往回要呢！果然，过了几天，大清早，我还没出门，老贾来了，进了院子瞅东瞅西，瞅前院，瞅后院，我装糊涂，问："贾哥，把啥掉在我屋了？"

老贾咧嘴苦笑，眉眼难看，说："没掉啥，没掉啥，咋不见我屋的门墩呢？"

"拉回来第二天就上路了。"

"上路了呀，咋这么快就上路了呀……"

这是啥时候的事儿？

闹非典的后一年，十四年前了。

贾员外的门墩狮上路到哪儿了？

还在我丈人家。

为啥？

舍不得！

为啥舍不得？

不是说了么，贾员外这一对儿门墩狮是高品，甚或是神品呢！

凭啥？

没法给你形容。最近，电视上放电视剧《那年开花月正圆》，演的是安吴寡妇的事儿。慈禧太后跑到西安，安吴寡妇贡了慈禧太后十万两银子，还有一套楠木屏风。慈禧认了安吴寡妇做干女子，封了一品夫人。安吴寡妇姓周，娘家在三原鲁桥孟店村。周家世代经商做官，铺子开遍几个省，官做到了刑部员外郎。周家祖宅，原本十七院子，一院子比一院子盖得美，现只剩下一院子，叫周家大院，省上重点文物保护单位呢。周家大院头门的门墩狮号称"关中第一"！我去看了，跟贾员外的比，还差一截子呢！

卖不？

不卖，你说我虚；卖，你说我心沉。咋卖？

咋个沉？给个价呀！

五百万，一分钱不打动！

## 翘鼓门墩

鱼儿姓于，促溜得快，像鱼儿，便得了这个名儿。鱼儿促溜到信义乡南焦村，见一户人家正在挖磉。挖磉就挖磉么，咋一堆人挤在一疙瘩喊号子？鱼儿凑到近前，一堆人哄地后退散开，磉坑立起一幢青石疙瘩！定睛瞅，一尊翘鼓门墩，近乎一人高，鼓身卧狮子，狮头右偏，狮背骑人，威风凛凛……鱼儿发动摩托车快奔，初春的风划着呢，嗖嗖的，像刀子，一刀一刀割脸。

到了我屋，鱼儿喊："出大货了！"唾沫星子飞溅，比说来比说去。

我说："说啥嘛，看去呀！"

一堆人挤在一疙瘩，还喊号子呢！我和鱼儿凑到近前，一堆人哄地后退散开，磉坑立起一幢青石疙瘩！定睛瞅，一尊翘鼓门墩，近乎一人高，鼓身卧狮子，狮头左偏，狮背骑人，威风凛凛……

鱼儿咬我耳朵，说："又出一个，一对儿啊！"

我不往翘鼓门墩跟前去，拧身走向巷子里。走过十几家门户，见一白发苍苍的老婆婆抃玉米秆，我招呼说："姨，问个话！"

老婆婆的脸埋在干透的玉米秆儿里，说："等下！"

老婆婆进屋放下玉米秆，出来笑问："咋？"

"姨，真是个勤谨人，这么大年纪还抱柴呢！问下姨，东头儿门朝南挖磉盖房的是谁家？"

"焦家啊！"

"哪个焦家？"

"南焦村都是焦家啊，那是焦大。"

"焦大做啥呢？"

"农民么，还能做啥？你问这做啥？"

"我是卖楼板的，打问下。"

"你快去，价钱合适，他咋不要？"

焦大却不要，说："楼板房有啥好，冬天像跌进冰窖，夏天像塞进火炉！我盖大瓦房，冬暖夏凉！"

楼板换翘鼓门墩的设想落空了！我指着沾满泥土的翘鼓门墩，说："焦哥，石头卖不？"

"咋不卖？盖房是盖钱呢，钱出够就卖！"

"我要！你开个价！"

焦大打量我，不相信："你要这做啥？"

"好看么。"

"好看？得万搭万才能好看！"

"就两疙瘩石头，三千元！"

"要是两疙瘩石头，我跟你不要钱，你也不会理事我！先人算计到我盖房难肠，给我预备下的啊。下了万，咱俩没话！"

"五千！"

"就当咱俩没说啥，各走各路，各忙各事！"

"六千！"

"一屋人正忙呢，没闲工夫跟你说这事。"

"八千！"

"别挡路，小心把你磕碰了。"

"九千！"

"下了万，都是闲话。"

"九千！"

"咋样都得个浑数儿。"

"九千！"

"多少加几个，就是你的了。"

"九千！"

"点钱！"

钱在哪儿呀！本想用楼板换，楼板厂是老同学东明开的，卖了楼板，拖几个月款不成问题。

我说："钱没问题！焦哥，出门销楼板呢，谁想到今儿碰上你这个门墩子，得回去取……"

"谁背这么多钱乱跑？明儿这时间点钱拉货！见面事成，不见面拉倒，谁没拿谁啥么。"

这时间是后晌四点半。我心里咕咚。

鱼儿说："卖中堂狮！"

前儿收上来的，黑青石，张嘴开裆翘臀，惹眼得很，摊了两千八，指望上万呢！

我说："人撵货，能上价；货撵人，不上价。明儿没客咋办？我寻东明和我三舅借。"

"咱两条腿走，你去借；我叫故市的曹峰来看货。曹峰跑了块老玉牌子，摊了不到一千元，出了四万呢！"

出了村，夕阳像蛋黄，颤悠悠地坠在天边，麦地像抹上了一层油，黄亮亮的。

鱼儿指右手方向，说："那是啥？"

麦地矗立一座牌坊，夕阳下，分外显眼。我和鱼儿奔过去，哎呀，在路上看着不大，到跟前，雄伟高耸，得仰头呢！

牌坊坐西向东，四柱三联，青石的，跟木构老房一样，叠檐挑角，高八九米，宽六七米，三层六组斗拱。一二层中间刻"鱼化龙"，最上层叠檐之上，有一小顶阁，竖刻"圣旨"二字。其下一横匾，刻"凤诰荣颁"；一横梁，刻"皇清诰授中宪大夫焕卿焦公德配恭人节孝坊"；一对短柱，刻"贞松不老，皓月长明"；最下，是"工"字形基座大门，门联竖刻："冰霜自励千秋志，铁石常怀一片心。"四周刻福寿万字纹。柱枋浮雕十八罗汉，脚踏祥云，神气十足。额板上浮雕刀法精绝的人物、楼阁、山水、花卉。

我说："怪不得焦大屋出这么好的翘鼓门墩，原来他祖上不得了，当中宪大夫的官。"

"中宪大夫是多大的官？"

"皇上跟前的官！他女人封诰命恭人，官能小？"

"凭啥说焦大的翘鼓门墩是中宪大夫的？"

"你看，中宪大夫叫焦焕卿，肯定是焦大先人。不是中宪大夫，咋够格用这么好的翘鼓门墩？"

"这个门墩了不得啊，咱一定得逮到手！"

"刚出世的鲜货，没行家知道呢，无论咋样都要逮到手！"

想得美，办起来却不顺！

东明说，楼板尽管拉，钱啊，比螺丝还紧，一分都腾挪不出来！

三舅养了百十头猪，一次出栏三十多头，有钱，却不接借钱的话茬，脸定平说："舅只会务弄正经营生，挣一分是一分，攒一毛是一毛，不会飞着吃！凡事看得见，摸得着，实实在在干，晚夕才睡得着！"

就这俩说得上话的有钱人，一个比一个把口袋扎得紧。我半晚夕回到屋，在炕上烙饼。一分钱难倒英雄汉，难道翘鼓门墩就这样错过了？跑一线这几年，没见过这么好的货色，腰里银子要是硬，焦大开口十万，不还他一分！

第二天早起，我左等右等，等得冒火，将近十二点，鱼儿才领曹峰进门。

看过中堂狮，曹峰伸出三根手指头，说："这个数，点钱装货。"

我上火，但服曹峰眼毒，不愧是跑一线的，价出在肋子骨上。我说："钱是你的钱，货是我的货，成不了生意。"

"杨哥，你的货，本该你开价，兄弟性子直。你说多少合适？"

"不瞒兄弟，跟旁人，没低过两块。你是鱼儿领来的，自己人，一块，咋样？"

行内规矩，块是万，毛是千，一块就是一万，一毛就是一千。在古董面前，钱的分量似乎变轻了！

曹峰说："杨哥，顶多加一毛。"

"少了一块钱，哥真不敢卖，赔本呢！"

"不说了，看哥实心卖，兄弟再加一毛，成，点钱拉货；不成，弟兄们情义在。"

再说，费唾沫，不顶事，价钉在五毛上。

鱼儿说:"曹峰,你看这样行不行,五毛就五毛!但你今儿给杨哥一块,杨哥用一个月,还给你五毛,咋样?"

曹峰一字一句把鱼儿的话嚼了,说:"鱼儿哥,你的意思是杨哥借我五千元,用一个月,是不是?"

鱼儿说:"话这么说,理儿要掰清。本来杨哥要卖一块钱,你帮衬他五千元,用一个月,他才五毛钱让给你,那五毛钱是人情和利息。"

曹峰说:"兄弟钱也紧,怕不行。"

我瞅日头,一点过了。

鱼儿拽我到一旁说:"咋办?"

我不吭声。

鱼儿说:"一时半会儿逮不住个有钱人,眼看着到时间了。今儿不买出来,焦大变了心,以后就难买出来了。"

我还不吭声。

鱼儿说:"唉,都怪那一对儿迎宾狮,要不然咱弟兄俩咋受这样的难肠!"

前一阵儿,我和鱼儿打了眼,五万元买回一对儿迎宾狮,看准是明代的,却是酸咬的,咬得好,三岁的皮子像五百岁苍老。这一跤跌得重,弟兄俩忙着填坑呢,缓不过来。

鱼儿说:"要不咱拉曹峰合伙?"

"合伙?曹峰人咋样?"

"都是跑一线的,人活道,没听说跟人胡来!"

"我看这怂贼。"

我下不了决心。

鱼儿说:"两点了,再不下决心,就黄了!买不出来,一分钱的利也得不着!杨哥,我去跟曹峰说。"

说成了!我和鱼儿一股,股本是中堂狮,折价五千元,由曹峰出现金;曹峰一股,股本是五千元现金。九千元买货,一千元支应杂费。中堂狮子放我家,翘鼓门墩放曹峰家。一月内,三人请客上门看货议价,以所议最高价成交。利润按股份比例分配。

咋回事啊,忙活一月,客来客往,最高出价只三块六!

我吼:"这么阔气的中宪大夫翘鼓门墩只三块六,这伙儿眼都瞎了?"

鱼儿说："杨哥，咱俩领的都是县上的耍家，眼窄，得找大耍家，腰粗，钱硬！"

"你不是说曹峰认得大耍家么，咋不见他请？"

"就是，不知道他心里咋想的。走，问他去，也到说事的时候了！"

曹峰说："不是我不请腰包硬的大客，我的客爱老玉、老铜、杂项，没人爱老石头。城市人地方碎，谁有大地方摆这么大的石雕？"

我和鱼儿没了言语。

曹峰说："俩哥，一个月时间到了，咋办？"

我和鱼儿不吭声。鱼儿模样绌着。

曹峰说："咋了，一镢头想挖个井？三块六，刨去一块的本儿，一月时间，大赚两万六，这么好的生意，还要咋？"

我说："这么阔的货三块六让人抃走，糟蹋啊！"

"杨哥，多少钱不糟蹋这么好的货？"

"说轻一点，十块，说重一点，二十块！这是现在说。我第一眼见时候，说轻，三十块，说重，五十块！"

"杨哥，这一行，各是各的眼，各是各的说辞，掏钱才是真，虚泡泡不顶啥。"

"莫不是咱的底儿漏了，上门这些耍家故意不出价，等拾便宜呢。"

"你不卖，他咋拾？"

"一个月时间到了呀。"

"俩哥，你们说，咋办？"

我瞅鱼儿。

鱼儿说："说啥耍啥，出三块六的老姚背着钱等着拉货呢！"

曹峰说："俩哥嫌价低，我介绍个客，比三块六出价高，行不？"

鱼儿说："行啊！"

我说："行啊！"

曹峰说："我！我出四块！"

我瞅鱼儿，鱼儿瞅我。

半晌，鱼儿说："你？你自己要？"

曹峰说："我不能要？"

我说:"我也介绍个客,这个客就是我,我出四块二!"

曹峰笑了,说:"俩哥,四万元我现时就搁在桌儿上,不放空炮!杨哥想要,我不争,紧着杨哥来。今儿话赶话,赶到这儿了。杨哥肯定没备钱,明儿能备好钱吗?"

我不言语。

鱼儿说:"四万二不是小数目,一天咋能备好?至少得三天!"

曹峰微笑,说:"三天就三天!"

出了曹峰屋,我向鱼儿说:"砸锅卖铁也得把翘鼓门墩买回来!"

"我……"

鱼儿凄荒,老婆身子不好,下不得炕。鱼儿拿了两千元本儿和促溜快的本事,跟我跑,利润分半。

我说:"钱不要你管,我来想办法!"

"你想啥办法?"

"信用社贷!"

"要抵押,你用啥抵?"

"房!"

一辈子没有一院儿像样的房,在村里抬不起头,扎不起势。我的房,是我的骄傲,三间两层,角柱、立柱,三道圈梁,现浇屋面,防盗门,塑钢窗,三百六十平方,砸进我半辈子心血。

鱼儿大惊,吼:"杨哥,日子不过了?"

"舍不得娃套不住狼!咱弟兄俩费劲巴力寻下的货,做成的价,咋能让曹峰吃现成?"

"按说人家曹峰没胡来,你别赌气!"

"赌气?我才不跟他赌气呢,我赌的是中宪大夫翘鼓门墩!"

我跑到信用社,信贷员说:"没有房产证,没办法评估,没有评估报告,没办法贷款。如果有存单或是别的有价证券,可以贷。"

我骂:"要有存单,我还贷锤子款!"

抵押不成,那就卖!卖了房、住哪儿呀,老婆抹眼泪。我说:"赁房!"

卖多少钱?我跟鱼儿商量。

鱼儿说:"照本卖,没人要;赔钱多,划不来;赔钱少,卖得慢!"

我说:"盖房花了三十二万,庄基按一万算,总共三十三万,咱二十三万卖,不信卖不快!"

鱼儿惊得脸上失了血色,吼:"胡整!照这样,翘鼓门墩的价搅上十万了,天价啊!"

"房子没了,咱重盖;门墩抹脱了,你能再寻一对儿出来?"

吆喝了三天,吆喝到了县里,莫说二十三万,就是二十万、十五万,没人搭价啊,都摇头:"神经病么,卖房呢,村里的房谁要那做啥呀!"

我的四万二沦为虚泡泡,没脸登曹峰门。鱼儿单个儿去了,揣回来一万五千元和一句话:"中堂狮子再加一毛!"

我狠狠说:"加一块,加十块,砸了也不给他!"

鱼儿说:"曹峰两万五得了翘鼓门墩,杨哥,你估摸他多价出手?"

我吼:"说这话做啥?跟咱有啥关系?你引狼入室!"

鱼儿笑,说:"没这条狼,哪有这一万五千元?"

我吼:"我要手头宽展,在乎这一万五?我不卖,坚决不卖!给三十万、五十万也不卖!"

三十万、五十万不卖,六十万卖不卖?

曹峰卖,开价六十万元!鼓楼饭店的白总绕着中宪大夫翘鼓门墩转了一圈,说:"三十万!"

曹峰说:"白总,喝茶!我媳妇正擀面,晌午就在咱屋吃。生意不成,交个朋友!"

白总又绕着中宪大夫翘鼓门墩转了一圈,说:"四十万!"

曹峰说:"白总,听说鼓楼饭店阔气很,住一晚夕一千多元呢。门墩在我屋住了三百年,不多算,黑白一天算十元,住宿费过了一百万呢!"

白总再绕着中宪大夫翘鼓门墩转了一圈,说:"五十万!"

曹峰说:"白总,再说料和工。料是富平墨玉,工是官家精工。"

白总打断他的话,说:"五十万,立马点现!"

白总摆眼色,随从打开黑皮箱,亮出一捆一捆没拆封的票子。

曹峰说:"面擀好了,不谈生意,吃饭。"

"你别后悔,给你三分钟考虑,五十万,点钱装货!"

"白总,吃饭,吃饭……"

"不吃饭！我走了，五十万，想通了给我打电话！"

"咋能不吃饭呢！嫌咱乡里饭不好？到了饭点儿，吃了饭呀，跑了这么远！"

"生意成，我留下吃饭；不成，我不吃饭。"

"白总，这顿饭十万元，我请不起你！"

过了三天，白总又来了，进门就嚷："六十万就六十万，点钱装货！"

曹峰弯腰拱手说："白总，实在不好意思，六十万不成了！昨儿渭河建设的戴总出价到六十八，我都没松口，现价是九十。"

"九十万？"

"没错，九十万！"

"做生意不能这样胡来啊，你给我报的是六十万！"

"我报六十万，你出五十万，没定事呀！白总，别见怪，古董行，当时说当时的话，过了这村儿没这店儿。"

"谁出到了六十八万？"

"白总，不信？这是渭河建设戴总的名片，你给他打电话！"

"我加五万，七十三万！"

"白总，这么精的翘鼓门墩，你能找见麦颗颗大一丁点磕碰不？七十三，八十四，阎王不叫自己去，你不嫌数字不吉利，我还嫌呢！实心要，少两万，八十八，咋样？"

"小曹，你个贼把式！那就七十五。"

"不是我贼，是货值这个价！一疙瘩烂石头我敢跟你要这个价不？白总，这对翘鼓门墩是关中道第一，藏下，时间越长越值钱！"

"你咋不藏？"

"我要是跟你一样的大老板，肯定藏下不撒手！一家老小指望这个吃饭呢！"

"七十五！"

"八十八！"

"生铁越磨越热，娃牛牛越逗越硬，跟你不说了，晾凉！卖不了，给我打电话。"

曹峰没打电话。过了十天，白总坐不住，又进了曹峰屋门，曹峰迎住，不等白总开口，说："白总，八十八你不下手，关中建设的牛总，出价到了一百三十八，现价一百五了！"

惊得白总后退一步，连呼："疯了，疯了，一个个咋都疯了！"

白总绕着中宪大夫翘鼓门墩转了三圈，说："个头和工艺，是不是关中第一，不知道，价钱肯定飙到第一了！"

白总一步一回头，又是空手而回。东西好，模样心疼，就像在心里拴上了铁勾，使劲儿拽人呢！过了一个礼拜，白总又进了曹峰屋。

曹峰没在，媳妇说："货走了。"

"走了？走哪儿去了？"

"渭南。"

"渭南？做啥的老板？"

"搞开发的，世事大，没二话，生意就成了，我掌柜的后悔开价低了。"

"多价走的？"

"掌柜的事情，我不清白！"

平地起惊雷啊！中宪大夫翘鼓门墩炸雷了，炸得一个个一线跑家目瞪口呆！

鱼儿说："杨哥，一百六十八万啊，怪不得你要卖房……"

我"唉"一声。

半响，我瞪鱼儿说："曹峰说没大客，到了他手上，咋有这么大的客上门？"

"人家娃把门墩照片发到了网上，招来了四处的客！"

"网？啥网？"

"我也弄不清，只知道在电脑上……"

十五年后的冬天，鱼儿促溜到我屋，说："那门墩要出手！"

我围着炉子烤馍，说："房地产走下坡，再好的门墩也别接。老板们日子不好过，不好好吃货了！"

"我说的是中宪大夫翘鼓门墩！"

"哦，出世了？"

"出世了，老板憋不住了。"

"他也有憋不住的时候。"

"你知道要多钱？"

"唉，人家卖人家的货，跟咱有啥关系？咱只能听个数儿。"

"你猜猜！"

"我不猜，猜那顶啥用！"

"一千六百八十八万！"

"啊！你咋知道？"

"网上看的，中宪大夫震撼遗存，关中道第一翘鼓门墩，绝世珍品……杨哥，咱弟兄俩当年搂住这一对门墩，啥都不做，就把大活咥下了！"

炉子上的馍烤得焦黄，我翻腾，烫，到不得手上……

# 吴记中堂狮

每回到西安送货，总要抽空儿到市场转悠一番。

西安是大堡子，水深，三秦、陕南、陕北、关中，七八十个县，好货都流到西安了。今儿，赶早给甜水巷送了一张八仙桌、一对儿仕出头。八仙桌，核桃木的，三弯腿，瘿子面儿，花纹斑斓，原装老货，一点儿没打动；仕出头，也是核桃木，活儿细，线脚明快利落，步步高赶枨。买家喜得非要拉我去老马家吃羊肉。怕耽搁时间，我硬推辞了，开上五菱客货两用，三步一挪，五步一停，捱挤在车流，到了大唐西市古玩城。

转悠么，一是养眼，二是询价。养了眼，轧在脑子，运气来了，希冀撞上这么一件儿；询价为的下手，真撞上了，价钱不清白咋办？见一家门头高悬"秦石阁"黑底金字招牌，我推门进入。店堂正中，一青石鱼缸，消防缸大，缸壁高浮雕二龙戏珠，一片儿一片儿龙鳞，一丝儿一丝儿龙须，活的一般，绝了！东墙，一对儿石鼓门墩，高度近一米五，鼓上一对儿玲珑狮子，左右顾盼，祥瑞喜气，左鼓面浮雕渔樵耕读，右鼓面浮雕五子登科，精彩啊！北墙，站一溜儿中堂狮，器宇轩昂。中堂狮，关中道特产，富平墨玉雕就，讲究张嘴、开裆、翘沟子。张嘴，吃四方；开裆，脚步不黏，扬爪腾飞；沟子翘起，后运不凡！墨玉，色重质腻，黑亮如漆，李世民的昭陵六骏、武则天的无字碑，在关中，凡上大台面、见大世面的石雕，莫不采用墨玉。

有人问:"中堂狮咋不成对?"

问这个话的,肯定外行了。中堂狮皆单只,直头雄视前方。所谓直头,不是一条线儿的笔直,狮头微微左偏,微微,不注意看,察觉不了。为啥?狮子凶煞,与人笔直对视,伤人呢。老早的匠人,不光手艺了得,还揣了暖和人的心啊!正中一只,蹲踞青石底座,最为威猛。咋这么眼熟呢?

哎呀,是槐里吴记中堂狮啊!

槐里吴记中堂狮,是我跑一线撞到的头一个好货,高九十五公分,似有位居九五之意,宽四十一公分,长八十九公分,浑身上下,没有一点儿毛病,麦粒儿大的磕碰都没有!张嘴开裆翘臀,头大如斗,微微偏左,高耸蜗牛纹,口衔宝珠,飘纵绶带。狮身前纵,遍布螺纹疙瘩,像有使不完的劲儿。尾巴后翻,仰起,像火炬。石质乃上好墨玉,乾隆工,打磨精到,揣摩得油亮!特别之处是底座后刻了楷书"槐里吴记"四字。主儿家要价六千元,我出三千元。主儿家不少,我不加,憋劲儿拉锯哩!搁现在,哪敢磨牙啊,立马点钱装车走人了。

那时候,二〇〇〇年前了,我二十郎当岁,爱老物,瞎转悠,在村里六十元收到了一只小炕狮,县上一个老板见了,端直就给了八百元。我琢磨,这是门儿营生呀,就跑乡里专门收。跑了不到一个月,大赚三千元。跟我关系最铁的正军,我同学,见我跑得美,说他们北吴村有个大狮子要卖,卖不出去,主儿家正急着呢。我自行车骑得飞一样,到了北吴村。

主儿家说:"兄弟,别看哥现在日子不咋地,祖上可是兴平大户哩!你看,狮座上刻着吴家印记。槐里是啥?槐里就是咱兴平县啊,古时候叫槐里。真想要,六千元,一分不少!"

我说:"老哥哩,不就是一疙瘩石头么,三千元不少了。"

以我一个月的跑货经验,收货得搞价,使劲搞!老货没价观,由人掂量,主儿家心重,价大,心轻,价低。要靠说辞让主儿家的心变得不重。主儿家要三百元,搞得好,三十元可能到手了呢。六千元,是我经的最大要价。磨牙到快吃晌午饭了,没进展。

正军说:"咱借钱吧!"

我说:"别急,再磨,他急着卖,就得服咱的价……"

话音没落地,院外传来汽车喇叭响。一时儿,进来一男一女。男的,咱乡里人模样;女的,城里人,个儿不高,富态,白脸,短头发,烫小卷卷,走过来一阵风，飘香呢！

男的说："老吴，给你把客领来了。"

说着，打着"请"的手势招呼城里女人看中堂狮。女人走到中堂狮跟前，摸着狮子头问："多少钱？"

老吴说："俩年轻娃也想要呢！不服价，只出三千元，我不卖！给他们开价六千元，给你一样价！"

城里女人瞥我和正军一眼，向老吴说："真不少？"

老吴说："真的，少不成！"

女人拉开提在手上的皮包，取出一沓钱，递给同来的男的，说："吴哥，你数出来六千！"

吴哥一五一十数了，说还差三百，女人取出一沓钱，数了六张，哦，那时候是五十元票面，递给吴哥。

吴哥点完，递给主儿家。城里女人又取了一沓钱，点了，递给吴哥，说："这是六百元，你的领路钱。"

吴哥接过。

女人又点了一沓钱，递给吴哥，说："这是三百元，你，或是请主儿家找车，送到我家，装卸费都在里面。"

吴哥接过。

女人又点了两张钱，递给吴哥，说："这是饭钱，装好车，请主儿家、司机和帮忙的人吃顿羊肉泡。我还忙，你经管好！"

说完，朝老吴点点头，走了，留下身后的香气。

门口传来引擎发动的轰鸣声，我从目瞪口呆中清醒过来，做梦一样，不到三分钟，槐里吴记中堂狮归了这个城里女人。我瞅正军，正军瞅我。

正军咬牙切齿说："有钱就是好！"

十几年过去了，竟然在"秦石阁"重逢槐里吴记中堂狮，我问坐店的小伙子："这个大中堂狮是不是从兴平来的？"

小伙子面皮白净，戴眼镜，神色腼腆，像书生，说："我不清楚。"

我接着问："多少钱？"

小伙子脸红了，说："我也不清楚，学校放假，我帮我妈看店，稍等，我问下。"

小伙子打电话，说了两句，挂了电话，说："稍等一下，我妈一会儿就到，您先喝水。"

我说："能不能往前挪一挪，我看看底座后面。"底座贴着墙，不挪，没法看见那四个字。

小伙子说："太重了，不好挪！我妈马上就到，您喝水，等会儿。"

说话间，有人进店，真是那个城里女人！更显富态了，还是短头发，烫小卷卷，走过来一阵风，还飘香呢！女人向我微笑，对儿子说："给客人倒水了吗？"

儿子指了我身旁的纸杯，女人向我说："天热，多喝点水。"

我问："老板，最大的中堂狮子是从兴平收回来的吗？"

女人来了兴趣，盯着我，问："你怎么知道？"

我又问："底座后面是不是刻了槐里吴记四个字？"

女人惊奇了，瞪大了眼睛，问："你是兴平吴家人？还是乡里一线跑货的？"

我笑了，说："我是一线跑货的，本来这个中堂狮是我的，被你抢走了！"

女人笑了，说："我抢你了吗？我是从农户手里收来的，不是抢的啊！"

我说："你下手时候我正谈价呢！"

女人低头回忆，抬头笑了，说："想起来了，是有两个年轻人要买。这么好的中堂狮，你们到得早，为什么不下手？搞什么价呀！"

我窘了，说："没来得及买，你就买了。今儿在你这儿又碰见了，吴记中堂狮跟我有缘，我想买回兴平！"

女人说："不卖给你！你跑一线，碰见好石雕，我买你的，给你好价！"

我说："为什么？我给你出好价！"

女人微笑看我，说："你能出到什么好价？"

我咬咬牙，说："给你翻十倍，六万元咋样？不行，还可以加点，十万元总可以了吧！"

女人哈哈大笑，说："槐里吴记中堂狮名列关中道中堂狮前三，值这么点儿钱呀！如果你是房地产大老板，我开价不低于六百万！你是一线朋友，又知根知底，三百万，怎么样？"

唉，槐里吴记中堂狮再也回不到兴平地面了！

# 紫砂挂釉

有客上门，眼光挑剔，就着满院子满屋七七八八的古董老货，挑得眼花，叹："寻一件儿对心思的玩意儿咋这么难啊！"

我说："你钻到货堆堆都寻不下，我跑一线的咋办？"

客笑，说："真是的，比寻媳妇都难，谁知道自己的媳妇藏在哪儿呢！"

是啊，跑一线寻古董，特别是想寻到精到的"梢子货"，真像寻找意中人，不知道意中人藏在哪里，扯开嗓子一村一村往过喊。一月一年喊不出来，那就五年十年喊；五年十年喊不出来，那就一辈子喊。某天，喊对了点儿，天时地利人和都对卯了，意中人就冒出来啦！

把紫砂挂釉壶喊出来，是我跑一线的第二十一个年头，地方在高陵县东白村。

跑一线，谁能一上手就"拔梢子"？寻媳妇，有几人能把国姿天香的"仙女"娶回家？瞅瞅，满村满街满县的男男女女，普普通通，谁都没剩下！寻古董老货也是这样，别怕普通，别嫌磕碜，只要老，只要真，耽搁不到手上，早晚会有意中人下钱抱走的。我认这个理，凡老，凡真，价合适，一满要！当然，"梢子货"更是不曾怠慢，时时留神呢！

紫砂挂釉壶是东白村一位老婆婆捧出来的。十米开外，我看见，一眼儿啊。待捧在手上，却犯难了。这把壶到底是啥？是瓷器吧，霁蓝釉不那么鲜润，釉色厚重，哑光。壶身，画枯枝梅花，古铜色枯枝上梅花点点盛开，花瓣儿白中含青，花蕊鹅黄，花心金黄。壶盖儿，如壶身一样，一弯枯枝，盛开数点梅花。梅花古艳独绝，枯枝古逸奇纵，沉郁苍古。瓷器表达不出这股子味儿啊。不是瓷器吧，却着釉。我打开壶盖儿，哦，原来不是瓷胎，是紫砂胎啊！

我问老婆婆："婶儿，这个壶想要多少钱？"

"你看多少钱合适？"

报多了，老婆婆觉得这把壶很值钱，不卖了；报少了，老婆婆觉得亏，也不卖了。

我说："婶儿，你的壶你开价！"

"你看一千元……"

正说着，冒出一位五十多岁的汉子，嗔怪道："妈，卖这做啥呢？咱不卖，咱回！"

汉子从我手中夺走紫砂壶，扶着老婆婆走了。我呆愣愣地看着母子俩进了栽大椿树的门户——唉，肥肉刚到嘴边，没张口咬呢，没了！见巷子口碌碡旁圪蹴着几位老者，我走到跟前，招呼说："几位老叔，歇着呢，问问门口栽大椿树的是谁家？"

几位老者异口同声说："白家啊！"

我说："白家祖上是不是大户？"

一位噙铜旱烟锅子的老者，说："白玉道屋不是大户，谁屋还能是大户？"

我凑到老者跟前，给老者敬烟。

老者摇头，说："纸烟没劲儿，咂不来味儿。"

我说："老叔，原来这就是白玉道家啊，没想到他屋这个样儿！"

老者看我一眼，说："眼下势倒了，当年白玉道的世事大啊！中了举人中进士，中了进士入翰林，入了翰林当主考，当了主考当甘肃提督参赞，当了参赞当甘凉兵备道，当了兵备道当甘肃盐道，当了两年盐道，咳，大清朝完蛋了，白玉道回到村里写书，写了一摞摞，九十岁撒下笔，睡进自己早已箍下的墓……白玉道文武双全，是我村出的头号本事人！这些你都知道？"

我说："还是你老人家知道得全活，还说得这么嫽！"

老者微微一笑，说："说得嫽顶啥？再大的世事，再强的本事，临了，还不是一把黄土？"

我说："叔，你把世事看透了。白玉道后人做啥呢？"

老者说:"看透能咋,看不透又能咋?人么,一茬是一茬的过活!白玉道后人跟我老汉一样,面朝黄土背朝天修理地球呢!"

我说:"到那儿说那儿话,一人一命!叔,咱屋有啥古董老货么?"

老者指指青石大碌碡,说:"咱是贫下中农,老古董就是这大硬货,你要不?叔不跟你要钱,你拉走!"

我哈哈大笑,告别了老者。之后,每隔一月,我跑一线一定要到东白村,一定要到白玉道家门口,扯开嗓子喊:"收古董喽,收老货喽,收古董老货喽……"

第二年,有三个月,到了白家门口,我没喊。白家门上糊了丧纸,老婆婆殁了。见了一身孝服的白家汉子,我说:"我婶儿是好人,让我给我婶儿上炷香!"

我上了香,磕了三个头,作了三个揖……第三年春,刚过完年,我在白家门口刚喊了两声"收古董喽",门里出来一位年轻小伙子,冲我喊:"收古董的,到我屋来。"

进了门户,白家汉子坐在门道。看见我,站起来招呼说:"来了,坐。"

我坐在他面前的小板凳上,问:"咋?"

白家汉子没说话,朝年轻小伙子努努嘴,小伙子关了门户。汉子进屋,一会儿,一手端那壶,一手拿着件儿红布包裹的小物什出来。汉子先把那壶递给我。

我说:"这个壶我婶儿在的时候见过,可惜我婶啊……"

我把壶放在地上。汉子把红布包裹的小物什递到我手里,我打开,是一枚手镯,红翡的,红色斑斓,包浆莹润。

汉子问:"要不?"

我说:"要!"

汉子接着说:"这两样,两万要不要?"

"咋这么大的价?"

"要不要?"

"只是一把喝茶的壶,只是一枚红玉的手镯,两万,价太大……"

"要不要?"

我猛然醒悟,汉子是白玉道的后人啊,这两样东西是白玉道传下的,应该有名堂。

我咬了牙说:"没见过你这样卖货的,把人逼得没办法还价,豁出去了,我要！"

汉子瞅一眼小伙子，说："娃买装载机差两万元，唉，真不想踢踏先人留下的东西，手镯在你婶儿腕子上戴了一辈子……"

汉子眼潮，擤鼻子，擤完了，说："卖给谁都是两万，念你给你婶儿磕了三个头，就给你……"

两样东西到家，我盘玩了半晚夕。那壶被我盘磨得起了一层油光，霁蓝釉亮活起来，白嫩的梅花分外娇艳。我兴头正浓，拿起小刷子，清壶内的积垢。壶盖儿内黑乎乎的，像茶垢，刚清了会儿，突然见有字，看不清，用放大镜看，看清了，两个隶书字："大亨！"

大亨是谁？

第二天一早，我赶到了西安，找到专玩紫砂壶的利川老师，请他鉴定。我收到过好几把老紫砂壶，都让给了他。利川老师看见"大亨"两个字，眉棱骨跳，脱口说："大亨？邵大亨？"

有戏！我装作知道邵大亨，问："你看大亨这把壶做得咋样？"

利川老师擎壶在手，前后左右看过，说："精绝！大亨款紫砂挂釉壶我是头一次见到。"

"紫砂挂釉？"

"紫砂挂釉器物始于宋代，盛于明清。这是一种特殊工艺，巧妙地把紫砂和瓷器两种经典工艺结合起来，赋予紫砂器物雍容华贵之美。可惜啊，这种工艺已经死了。"

"邵大亨年代这种工艺还活着吗？"

"活着呢！邵大亨是道光咸丰年间人。那时候，紫砂挂釉工艺很兴盛呢！这把壶是不是邵大亨珍品，我不敢断啊！"

"为啥？"

"你跑一线跑得口气越来越大了，说得多轻巧！断定紫砂挂油壶出自邵大亨之手，这是一件了不得的大事，我一个小小的紫砂壶民间小玩家咋敢信口雌黄？"

"壶大的事儿啊！把你吓的。"

"壶大个事儿？如果断定这把壶是邵大亨的作品,价值应该在一千万以上！"

我瓷了，半响才说："邵大亨这么厉害？"

"顾景舟对邵大亨顶礼膜拜，推崇备至，说'大亨壶各式传器堪称集砂艺之大成,刷一代纤巧靡繁之风'。据传,邵大亨所制之壶,'贮佳茗,经年嗅味不变。此皆前人所未逮者。'道光、咸丰年间,大亨壶已被珍若拱璧,深受藏家珍爱,有'一壶千金,几不可得'之说!"

"邵大亨再厉害,你也得敢鉴定呀,怕什么?"

"不是不敢鉴定,是无法鉴定。邵大亨的作品我只在博物馆看过,没有上过手。没上过手,就没有切实见识,咋鉴定?你得找对邵大亨作品了如指掌的大行家、大机构来鉴定!"

"撇开鉴定,就看这把壶,利川老师,你认为做得咋样?"

"刚才不是说了么,精绝!做工、画工、手感、包浆都到位。这把壶是蛋包壶,邵大亨最拿手的款型之一。"

还说啥?我回到屋,把紫砂挂釉壶包得严严实实,放进箱子,坚决不卖了!跑了半辈子一线,好不容易得了件儿压箱底儿的"梢子货",得留给儿孙啊!锁好箱子,我突然想:留给儿孙?白玉道不是留给了儿孙么,儿孙两万元就踢踏了!买装载机,买屁呀,多少装载机呀!

不能学白玉道!

不学白玉道,咋办?找大行家、大机构鉴定,上大拍卖会拍,拍上一千多万,享福啊!我拿了那红翡镯子赶到小东门古玩城,玩老翠的老刘出了三万元。搞了一程价,搞到了三万三。三万三,跑北京上海的花销足够了。回到屋,我打开箱子,捧出紫砂挂釉壶,准备装包。装以前,又盘玩了一程,看着一朵朵娇艳的白嫩梅花,又想:跑了半辈子,只这么一件儿"梢子货",就像意中人,终于搂在了怀里!说卖就卖了?卖了享福吗?没了意中人,还有啥福可享?

犹豫了那么一刹那,就耽搁到现在。不信?紫砂挂釉壶还压在箱子底儿呢,你看看,是不是邵大亨的紫砂挂釉……

# 八棱瓶

　　那时青春年少,毕业了,安顿不了,没有可心的单位零敲碎打做些零活儿,不稳定。母亲心焦上火,却也无法。那一晚,圆月高挂,清辉如银,我仰望明月,真想飞上天去,过上不忧衣食的逍遥日子。回到家,母亲和老舅正说话呢。

　　母亲瞪我,说:"过节不早些回来,你舅给你有话呢!"

　　我回过神来,今儿中秋夜啊!愣神间,舅说话了。他的战友——同一天穿上军装,坐同一辆军车,新兵连同一个班的——熬出来了,现在人事上,安排工作的事儿寻他准成!

　　舅走后,母亲拽我坐下,说:"这么大的事情,用什么寻人家?"

　　我一愣,说:"用什么?用我舅就行了呗!"

　　母亲说:"好我的傻蛋蛋儿啊,这么大的事情,空手不行的,礼要重!"

　　母亲打开衣柜,摸出个绣花的小布袋儿,掏出一沓钱来,塞到我手里。我眼泪流出来了,说:"妈,我自己想办法,您莫管!"

　　母亲非要给我。

　　我说:"妈,您说礼要重,我有重礼呢,您看!"

　　瓶高近尺,呈八棱形,直口,短颈,斜肩,圆上腹,腹下壁斜收,壁下内凹圈足;胎质坚细致密,绝好的"糯米胎";瓶身画山水人物,淡远超逸。相比圆瓶,八棱瓶制作难度大,八片胎须拼接得天衣无缝,烧制中须不出丝毫差错。有道是"一方顶三圆，三方顶八棱"，一尊八棱瓶顶一堆圆瓶呢！礼够重了。

母亲听得欢喜，摸着瓶儿，忽又瞪我，问："你从哪儿得来的？"

我笑了。上月，我在"狗市"——买卖花鸟虫鱼猫狗和日用杂货的跳蚤市场，周日沿街出摊——游逛，想淘旧书老画儿，忽然看见一小伙儿抱着八棱瓶，蹲在街边。我挤到小伙儿面前，蹲下，要过瓶看。一眼货，乾隆的！

我按捺住激动，闷声问："多少钱？"

"五百元！"

小伙儿语气豪迈。听得出来，五百元在他嘴里不是小数目。"狗市"的交易大都仨核桃俩枣，上了百是大买卖了。我明白，机会来了！可悲的是，兜里只有广告公司给的三百五十元画图酬劳。那就使劲儿砍价，砍到能力所及。砍得口干舌燥，倾去所有，终于如愿！

小伙儿说："要不是家里有事急着用钱，不卖呢！"

我讲完，母亲说："三百五十元的瓶子，能算重礼么？"

我笑了，指着瓶子说："这是大户人家摆设的赏瓶，几百元一棱也买不到的！"

我指点着画面，对母亲讲说。花树夹岸，渔船行进的画面是"武陵人捕鱼为业。缘溪行，忘路之远近……"青山石洞的画面是"山有小口，仿佛若有光……"竹林茅舍的画面是"屋舍俨然，有良田美池桑竹之属……"男女街巷的画面是"其中往来种作，男女衣着，悉如外人……"八棱面儿，画就了陶渊明的《桃花源记》。

母亲欢喜了，说："该是一件重礼呢！"

第二天一早，我跟在舅后头，进了机关大门。门卫看我，我把蓝布包的八棱瓶抱紧了。局长早上忙，各色人进进出出，得等呢。没处坐，我在走廊尽头蹲下，把八棱瓶放到地上。舅皱眉，站得离我远了。快吃中午饭了，有了一声喊。我抱起瓶子，紧跟着舅进了局长办公室。

"老苏，你太忙了，要注意身体哩！"

舅招呼过苏局长，给我眼色。我忙抱紧瓶子，走到大办公桌前，揭掉蓝布，小心放好八棱瓶，说："这尊乾隆八棱山水人物瓶，请……"

"笑纳"俩字还没出口，苏局长说："我以为是茅台酒呢，原来是个烂瓶子……"

我脸涨得通红，嗫嚅道："八棱……青花……三圆顶……三方顶……"

苏局长不听我的话，也不看我，对我舅说："这样的老瓶瓶儿咱老家多得是，过时没用了……"

舅不帮我说话，只说些战友张王李赵的根根筋筋。我低头站着，脑袋嗡嗡。不知过了多久，苏局长说去喝酒，舅向我努嘴。

我说："我不去……"

母亲戳我的脑壳，流眼泪；舅说我不会来事儿，书念到哪儿去了。我说什么？只可惜八棱青花山水人物赏瓶了。

我告别母亲，南下深圳闯荡去了。

今年秋天，我回到家乡。母亲老了，得多陪陪她。中秋节，我弄了一桌好饭，开了茅台酒，请了舅和妗子，团团圆圆过节。母亲很高兴。吃饭间，我忽然想起了苏局长，问舅："苏局长退下来了吧？"

舅愣了一下，说："退了。"

我说："当官的台上热闹，下台了冷清，苏局长肯定风光不再了！"

"才不呢！老苏忙乎得很，风光着呢！"妗子插话说。

我吃惊问："他能忙什么？"

"忙收藏呢！"

我更吃惊了，瞅妗子。

妗子说："前些年，老苏一只八棱瓶卖了十六万！从那时候开始迷上了收藏，现在啊，屋里瓶瓶罐罐堆得插不进脚……"

我看舅，舅面色尴尬。吃完饭，母亲逗弄跑来跑去的孙子，我的儿子。我沏了茶，请舅喝。

舅说："八棱瓶的确卖了十六万，南方客商买走的。前些年招商引资，招来的南方客商。客商在老苏办公室见了八棱瓶，非要买。老苏说一个瓶子么，不值几个钱，送你了。客商说不占领导便宜，请老苏找专家估价。估价后，老苏激动得拍大腿，专家说是乾隆民窑精品，十万挡不住呢。客商撂下十六万抱走了……"

舅叹口气，又说："八棱瓶的事儿机关院子传遍了，谁不知道啊！老苏见我绕道走，怕我寻他要钱呢！战友啊战友！唉，舅亏了你。"

我摆手，说："舅，我只亏了三百五十元钱；要说亏，是那个三百五十元卖给我的小伙子。谁知道他咋有这么个好东西？他家里还有急事呢！"

# 卖妻契

　　口镇岳家庄人岳仁贵因手中空乏，难以度日，出其无奈，情愿出结发妻张氏于吊庄村人王德发，言明身价大洋壹拾三元整，其洋当日交清，并不短少，恐后无凭，立此字据，永不追悔。说合人岳宣三、李印盛、尉建德、岳宝来，执笔人李印盛，民国十八年二月二十七日王德发、岳仁贵特立此据。

　　老程看完这张老契，长叹一声，说："只听说过卖婆娘卖娃哩，没见过真凭实据，今儿开眼了！"

　　我问："程老兄，岳仁贵是咱岳家庄谁家？王德发是吊庄村谁家？"

　　"上三辈的人了，我咋对得上？我早早儿出门工作，村上的根根筋筋刨不清。"

　　"是刨不清，哪一家的枝枝蔓蔓扯得不野？先人眼一闭殁了，没留下话，后人能知道啥？啥啥儿都刨不清！"

　　"你咋刨出来这么一张老契？"

　　"跑一线么！程老兄，跑一线啥都能碰上。在张阁村，咋想能碰上岳家庄卖老婆的契？我本不收老契，见稀罕，又是咱邻村的事情，专意买了下来！"

　　"我碰见也买下来呢！花了多少钱？"

"契上把价定好了，十三元整！主儿家要五十，我说，卖个大活人才十三元，你一张纸就要五十元啊！"

"捡漏儿了，这张纸不一般呢！按说卖老婆是悲事，咋写在红纸上？"

"一家悲，一家喜啊！"

"一家悲一家喜啊！天不早了，我回呀！"

老程是我程家庄乡党，程家庄与岳家庄、吊庄村各踞三角形的顶点，连畔种地呢。小时候，三个村的娃娃在一所学校念书，热络欢熟。老程念书好，上了中专，毕业后分配在县上，当上了县文化馆馆长，退休好几年了。我呢？农民一个，跑一线，挨门挨户搜罗古董老货，让给县上、市上的耍家和藏家。跑了二十多年，老了，在县上买了地方，搬到县上住。老程钟爱老古董，日子悠闲，常到我这儿坐坐，看看这个，摸摸那个，就是不下手。

老程说："买下咋办？儿女不爱么，怕日后乱糟蹋呢！看看，饱饱眼福，心里辗活就行啦！"

乡党见乡党，两眼泪汪汪。买不买，没事儿，能常来坐一坐，谝一谝，也是快活事儿！

第二天一早，我准备出门跑一线，刚下楼，碰见老程。他拦住我说："就怕你出门了！你老嫂子要看卖婆娘的老契呢！"

我诧异问："我嫂子？她爱老古董？"

"她咋会爱老古董？昨晚听我讲了卖婆娘的老契，死活要看，当时就要我来取。天晚了，我怕打扰你休息，硬没来。"

"嫂子咋没来？"

"脚崴了，行动不方便。"

"我上楼取，你让嫂子看。后晌回来我去看看嫂子。"

"不看，不看！她看看老契就行了。怪了，她咋对卖婆娘的老契这么上心，我又不卖她呀！"

我和老程都哈哈大笑。我出发跑一线。大半天，转了三座村庄，得了四本民国老课本，半蛇皮袋子麻钱，一只官斗，镌刻"光绪二年富平县公允局置，校准官斗"。我觉得时间差不多了，回到县上，称了三斤牛骨髓油茶，去看嫂子。

进门，觉得气氛不对，老程模样不展妥；老嫂子歪在沙发上，眼睛红肿，像哭过。

我说:"程老兄,老夫老妻,拌嘴拌热闹,咋拌出火星子来了?"

老程拉我坐下,说:"咋能拌嘴呢?都是你那老契惹的。"

"咋怪到我头上了?老契咋了?"

"蔓扯得长,弯弯儿多,你容我慢慢讲来……"

嫂子吼:"别讲!"

老程说:"怕啥?那年月,哪一家不是疙疙瘩瘩、哭哭啼啼的?又不是你做下的丢人事。"

嫂子歪过头。

老程说:"唉,岳仁贵是你嫂子的爷,卖掉的婆娘是你嫂子的婆,就是老契上写的张氏!张氏卖给王德发的时候,还带了个一岁的小男娃,小男娃就是你嫂子他爸!"

我张大嘴,合不拢。

过了半晌,我才问:"岳仁贵为什么卖老婆?已经有儿子了啊!"

"你看看契上的日子,民国十八年啊,遭了大年馑!两百多万人活活饿死,两百多万人流离失所,八百多万人靠树皮、草根、观音土赖活……屋漏偏遇连阴雨,旱灾发生的同时,又有风灾、雹灾、虫灾、瘟灾、水灾、火灾、匪灾,赤野千里,尸骨遍地,有的地方人相食……"

"民国十八年年馑,我知道。岳仁贵养不活老婆娃,卖给了王德发。王德发是地主?"

"是这样。王德发是小地主,刚死了婆娘,收纳了张氏母子。岳仁贵难受,当晚夕悄悄守在王德发屋门口,想进去,没脸皮;不进去,心不甘。绕到王德发后院墙根,不知是冻饿而死,还是翻墙不小心摔死,第二天在后墙根发现,人已经硬硬的了!"

屋里寂静,嫂子啜泣声响亮。嫂子啜泣声渐渐小了,我问老程:"我记得嫂子是寺底河村的么,咋扯到了岳家庄、吊庄村?"

寺底河村在白王乡,距离岳家庄、吊庄村三十多里路呢!

老程说:"岳仁贵的小男娃在王德发家长大,解放那年娶亲,五三年有了你嫂子。长到九岁,六二年困难时期来了。这时候,小男娃已经是六个娃娃的父亲,养不活这么多娃啊!你嫂子他大舅屋缺女子,就把你嫂子给了她大舅。她大舅是寺底河村人。到了寺底河村,人家都说她是岳家庄的女子,她不明白。长大一些，影影绰绰听大人说些零零碎碎，心里疑惑，不相信，但一直埋在心里！昨晚回来，我提说起卖妻契，你嫂子一晚夕没睡着……"

"咋这么巧？"

"就是这么巧。岳仁贵这个名字你嫂子听她婆——就是张氏——说过，轧在了心里！"

"张氏哪一年不在的？"

"张氏跟王德发生养了两男一女，六五年不在的。王德发同一年下世。俩人过得好，熬过七灾八难，虽然苦，但得了善终！"

"老契怎么会到了太平镇的张阁村呢？岳家、王家跟张阁村有啥瓜葛？"

"不明白，这么一张隐秘的老纸咋飘到张阁村呢？你收来的那户人家咋说的？"

"一块收来的还有几本老医书，当时我也觉得怪，岳家庄、吊庄村的老契怎么会在这儿啊！问主儿家，主儿家只说是家传的，其余一概不知！"

嫂子不再啜泣。

老程说："你嫂子想把这张老契买回来，你开个价！"

"咋开价？这张纸没价观啊！"

老程瞅我，嫂子也扭头瞅我。

我说："对不相干的人，就是一张老纸；对其中的人，就不是一张薄薄的纸了。咋能有价观？既然没价观，我就送给嫂子了！"

# 路遥手稿

  秦老师爱琢磨老字儿，见了当今所谓书法家的"墨宝"，"哼"那么两声，揉揉鼻子，好像那"墨宝"散发的不是墨香，而是其他不应该有的味道。秦老师退而不休，爱跑的地方是古董店、古旧书店、旧书摊，但鲜有斩获。这些地儿的老字儿价高得让秦老师愤怒，卖了老骨头也买不起！那就上手看看吧！这些混账小老板啊，长着一样的眼睛，用一样的眼神看秦老师，用一样的口气说："可远观而不可亵玩，老先生，不下钱不上手。"

  正生气呢，有人招呼秦老师："老先生，您看看这个。"

  招呼秦老师的是个小个子，大衣裳，手里拿着个皱巴巴的牛皮纸档案袋。

  秦老师问："啥？"

  小个子打开档案袋，取出一沓稿本。

  秦老师看也不看，摇手说："我寻老字画呢，看这个做啥？"

  小个子不罢休，说："看您老像知识分子，看看，看看又不要钱，怕啥？"

  秦老师接手看，只一眼，劈头问小个子："你咋有这个？"

  "收来的。"

  "从哪儿收来的？"

  "西安电影制片。"

  "你是做啥的？"

"收破烂儿的。"

"你知道这是啥吗？"

"《人生》。"

"知道谁写的不？"

"路遥么，谁不知道。电视上正演《平凡的世界》呢，还是路遥写的。"

秦老师缓口气，不慌不忙说："小伙子，你只知其一，不知其二。《平凡的世界》小说是路遥写的，但电视剧是另外一帮人改编的。路遥死了二十多年了，他能爬出来改编电视剧？一个理儿，《人生》小说是路遥写的，但电影是另外一帮人改编的。你拿的是《人生》电影剧本，出自某个编剧之手。"

小个子恍然大悟，说："我就说么，真要是路遥亲笔，电影厂能当破烂儿卖给我？老先生说得有道理。你要不？卖给你！"

秦老师看看小个子巴结讨好的笑脸，低头翻阅稿本。稿本是灰黑方格那种，右上角印"第　页"，左下角印"15×20"，右下角印"中国作家协会西安分会"，不是一沓，而是分作三沓。第一沓86页，第二沓87页至185页，第三沓188页至273页，第二沓与第三沓间少了186、187两页。前20页字迹工整，钢笔书写，像是誊抄呢，认认真真。第二、第三沓蓝灰圆珠笔书写，字迹潦草，能想见书写时候运笔如飞。这两沓改动多，有用圆珠笔涂掉的，有用红蘸笔圈划的，有在格子外加写、用红箭头插入的。字儿不错，有着惯常书写者的自然流畅，潇洒奔放。第一页标题"人生"两个字大一些，右边是"<上、下集>"，第二行是"（电影文学剧本）"。弯曲的箭头把"（电影文学剧本）"指向"<上、下集>"的"上"之前。标题应该是《人生　电影文学剧本　上、下集》。标题下没有署名，最后一页也没有署名。

翻阅罢，秦老师说："如果是路遥亲笔，一定要署名的。"

小个子的笑脸更加巴结讨好，问："老先生，就这货，你要不？"

"多少钱？"

小个子不说话，伸出五个手指头。

"五十？"

"我的老先生哩，你咋把你们知识分子看得这么不值钱？好赖也是《人生》的电影剧本，就算不是路遥亲笔写的，能改编电影的人也不是吃素的，没有金刚钻，他敢揽这瓷器活？你看看这纸，你看看这字，有好几十岁年龄了，五十块钱咋能打发！你真把我收破烂儿的当成破烂儿了。这是好东西啊，不是破烂儿！"

秦老师看着小个子唾沫星儿飞溅，往后退了一步。问："你想要多少钱？"

"五百块。"

"五百块你得收多少废纸啊？别忘了，你是按废纸收来的。"

"我多钱来的你管不着，反正你要就得五百块。"

"这样吧，一沓五十，三沓一百五。"

"不可能，我顶多让你五十，四百五十块。"

"好啦，好啦，一沓一百，三百，多一分再也不出了。"

"知识分子就是抠门儿，好吧，看你老先生面善，咱就成一回生意，掏钱吧！"

没寻见想要的毛笔字儿，却被人缠着买了三沓子硬笔字，秦老师哑然失笑。好在喜欢路遥，看过电影《人生》，闲了没事儿，倒可以琢磨琢磨小说咋样改编成电影。再者，小个子答应要是收到了老字画，不给别人，先给秦老师。三百块培养个眼线，值得的。

傍晚，秦老师正在灯下琢磨《人生 电影文学剧本上、下集》，老学生屈航进来了，见老师伏案用功，哈哈笑了说："老骥伏枥，志在千里，不得了。"

屈航是小老板，啥生意都鼓捣。所谓老学生，是三十年前的学生，也有些年龄了。屈航也爱老字儿，常来走动，请老师喝几盅酒，品几碗茶，赏几幅字。

秦老师站起来："二十里就不错了，千里岂不累死老夫？快坐。"

屈航却不坐，走到灯下拿起稿本看，看了一眼，就惊呼："老师，您改行了？玩起名人手迹了？路遥的，不得了。"

"哪是名人手迹呀，是电影剧本，不知道谁改编的。"

"电影剧本呀。也不错，我想要！"

"你要它干什么？"

"老师，您忘了，我当年是文学青年啊，路遥是我的偶像，《人生》是我人生的指路明灯，与路遥有关的一切我都喜欢。您就让给我吧！"

"刚到手，正看呢，看完了再说。"

"今天让我撞上了，就得给我。您要看，我复印一套。"

"到手有些贵呢！"

"多贵？"

"三千呢！"

"哎呀，不便宜！这样吧，不能让您老贴赔，我给您五千，别嫌少。"

秦老师没答话，像点头了，又像没有点头。屈航转身出了门。没十分钟，气喘吁吁进了屋，把一沓钱放在书桌上，说："五千块，ATM 吐的，您数数。"说罢就拿稿本，见桌上有档案袋，小个子那个，装好，抱在怀里。他看着发愣的秦老师说："谢谢老师！复印件明天给您送来。改天请您喝酒啊！"

学生就是学生，不食言，第二天复印件送来了，半个月内连请老师喝了两回酒。过了一向，秦老师浏览《华商报》，这是他每天午饭后的必修课。突然，一行大标题蹦入眼帘：

古城惊现路遥亲笔文稿——《人生》电影文学剧本

秦老师心头震颤，忙往下看：

随着电视连续剧《平凡的世界》的极大升温，关于路遥创作过程的那些故事也被钩沉，引起强烈反响。4月1日，记者在我市路遥铁杆粉丝屈航先生处见到了路遥《人生》电影文学剧本（上下集）手稿，经专家认定为路遥亲笔。

这部路遥的"触电"之作是三沓方格稿纸，已经泛黄，七万多字两百余页，前十几页为钢笔字，后全是圆珠笔书写。纸张系"中国作家协会西安分会"，前二十页字迹工整俊秀，用笔细致，而后开始洒脱起来，到五十页后，洋洋洒洒，一泻千里，文稿中有多处修改、编辑的痕迹，文稿最后似乎还未结尾，不知文稿遗失，还是路遥先生就此停笔。

整个文稿有少量缺页，其中186、187页遗失，甚为遗憾，但从字里行间仍清晰可见路遥创作历程的点滴，以及他对文学创作的执着和自信。

为了证实文稿的真实性，屈航先生和笔迹鉴定专家，将路遥给作家程海的书信做了笔迹比对，得出两者笔体一致，为同一人所写。

后与延安大学文学院院长、路遥文学馆馆长、《路遥传》作者、国内研究路遥权威专家厚夫教授进行了联系，厚夫看后一眼认定，确系路遥亲笔，并坦言，能留下这样弥足珍贵的亲笔手稿，实为不易，全国在当下对路遥有如此大的关注、关爱，他表示欣慰和感谢。

作为路遥文学拥趸者，屈航先生与路遥的一些粉丝做了大量细致的比对工作,他们认为,所拿的文稿与《人生》拍摄定稿剧本有较大区别,手中的文稿小说色彩较浓,定稿无上下集之分,更加简洁,矛盾冲突也更加十分紧凑,镜头感更强,一致判断,此文稿为《人生》电影剧本的第一稿。

还有配图呢,分明是秦老师过手的稿本。秦老师头晕,在沙发上坐下来,大口喘气,哆嗦着摸出手机,哆嗦着手指按下摁键,拨通了,声音颤抖说:"那个手稿是路遥写的?"

"是啊,《人生》电影是路遥亲自改编的。"

"屈航,我不卖了。"

"老师,咋了?"

"我不想卖了,自己留着。"

"老师,卖出去的东西,泼出去的水,您不是教我们覆水难收吗?"

"屈航,还没轮到你教老师呢,快给我送过来!"

"老师,实在对不起,稿子已经不在我手上了。我就是想给您送过去也没办法了。"

"卖了?"

"没卖。"

"咋?"

"委托给拍卖行了。"

"不拍了,给我要回来!"

"下月八号在杭州开拍,您真想要啊,可以参加竞拍……"

# 对点儿

陈平均面前的红毯子上摆了六样货,一只清早期黄铜手炉、一枚汉桃云纹瓦当、一件明代道家"鬼魂急驱"法器,这三样都真。一只青花釉里红缠枝莲纹荸荠瓶,如果对,当出自雍正官窑;一面青铜团龙镜,如果对,当出自盛唐;一个白玉鼻烟壶,皮雕山水人物,如果对,当出自爱新觉罗宫廷。地摊儿么,半真半假。

一位干部模样的人圪蹴在红毯子前,抓起白玉鼻烟壶,看了又看,看罢,又看陈平均。陈平均瘦,脸皴黑,没棱没角,一疙瘩硬肉;穿着过时的蓝色T恤,洗得泛白;灰蓝裤子,皱皱巴巴;赤脚塞在黑条绒面儿的千层底儿布鞋里。陈平均眼神黏在手里捧着的书上。干部模样的人歪头看书名,看见"瓦当留真"四个隶书字,问:"乡党,鼻烟壶咋说呢?"

陈平均的眼神儿从书中回来,看一眼鼻烟壶,并不看对方,心思还浸在书上,继续看,说:"一千六。"

干部模样的人说:"八百元,咋样?"

陈平均这才抬起头看对方,说:"实心要,别让我赔钱。我从户里一千一百元收来的,你咋样都得让我挣两百吧?"

干部模样的人说:"不让你贴赔,少挣一百元咋样?"

陈平均看着干部攥在手里的鼻烟壶,咬牙说:"一千二就一千二,你是头一个买主，不为挣钱，就为开张。"

干部模样的人又抓起青铜团龙镜，看了一程，问："镜子咋说？"

陈平均的眼神儿从书中拨出来，说："这个贵，唐的，少不了三千五！"

干部模样的人说："不过来过去搞价了，你直接报底价吧，合适了我就要。"

陈平均说："这是我从村南沙壕收来的，花了两千整，说实话，想挣一千元呢！"

干部模样的人问："你是哪个村的？"

陈平均说："五陵原上陈家沟，离汉阳陵不远。"

干部模样的人说："陈家沟，汉阳陵西南方向？你叫啥？"

陈平均说："哎呀，你知道我村，你认得谁？我叫陈平均。"

干部模样的人不回答认得谁，却问："是哪俩字？"

"平均分配的平均，还能有哪俩字？"

干部模样的人笑了，说："咱俩名字一模一样，我叫王平均。"

陈平均也笑了，说："咱俩对点儿！"

王平均问："啥是对点儿？"

陈平均说："在乡里，名字一模一样的就叫对点儿。"

王平均大笑，说："对点儿！这个说法好，真是对上点儿了。"

陈平均说："既然是对点儿，有缘分，我少挣些，两千六百元，咋样？"

王平均说："对点儿说话了，两千六就两千六！"

付过了钱，王平均问："对点儿，你屋里还有啥值钱的好东西没？"

陈平均左右望望，压低声音问："你想要啥值钱的货？"

王平均并无顾忌，说："就像这面唐镜，沙壕挖出来的，土里刨出来的更……"

陈平均打断王平均的话，说："小声些，你要啥，我知道。坑货操心得很，三倒两倒，倒不好容易出事……"

王平均打断陈平均的话，说："出不了事，我不倒卖，收藏呢。你有没有？"

陈平均低头思量了半晌说："你真要？"

"难道还能假？看我像哄人的人不？"

陈平均咬牙，下定决心的样子，说："一般人我不交手。我屋里有一条玉带板，娃他舅平地从墓子得的。"

王平均说:"还有啥?"

"好货就这一件儿,还能有多少?"

"多少钱?"

陈平均笑了,说:"没见货,不知道你看得上不,咋说价?"

两小时后,王平均见到了玉带板,满眼看上。爱古董的人听见有好货,就像挠在了心坎坎儿上,痒得不行,非立马见到不可。王平均听有玉带板,立马让陈平均拾掇摊子,带他去看。

陈平均犹豫,王平均说:"东西在你手上,瞎不了,下一集再摆么。"

陈平均还犹豫,王平均说:"能耽搁你挣多少钱?我给你补上!"

话说到这个份儿上,还说啥?陈平均跟着王平均出了八仙庵鬼市儿,坐上他的小车,出了西安城,一路到了陈家沟。跟村里大多数人家比起来,陈平均家寒俭。老青砖门楼,门楼上砖雕"勤俭持家"。门前两棵大椿树,一抱抱不住,左右各一,枝叶繁茂,赢了些生气。屋里,三间大房,左手一排厦子房,皆老椽老檩老样子。虽然老旧,但门外、屋里收拾得一尘不染。

王平均说:"对点儿,我感受到了最正宗的关中乡下老味道。"

陈平均说:"日子过不到人头里去,盖不起新房,惹你笑话呢!"

"笑话啥?多安宁啊!"

玉带板共十三块,正方形的四块,半圆形的九块,直径均在四公分半至五公分半之间。玉带板的正面,浅浮雕加饰阴线,琢不同形态和姿态的兽纹,有立有卧,有跑有跳,却没有结缀玉板的革带。

陈平均说:"汉墓出的,带子早朽孽了,用金链子穿起来才漂亮呢!"

王平均哈哈大笑,说:"是的,那就金玉满身了。"

说到价钱,陈平均说:"见过手,给了二十六万,没舍得卖,想三十九万哩!咱俩对点儿,你给三十六万,咋样?"

两人拉锯,你来我往,最终价位落在二十八万上。王平均出门到车上取来黑皮包包,拉开,取出两沓钱,撂在桌儿上,又掏出一张名片递给陈平均,说:"今儿礼拜天,银行下班早,来不及办款,东西我先拿走,剩下的下一集见面给你。如果不放心,明天下午到我办公室来取。"

古董这一行,一手付款,一手交货,没有赊欠一说。不是怕事后赖账,怕的是买家回去找人鉴定,有说真的,有说假的,买家乱了主意,要退货呢!再者，虽然对点儿，但毕竟生，头回交道么。

陈平均看罢名片，说："咱俩对点儿，命却不一样。你坐办公室，蟒袍玉带，玉带板是给你世下的。行，东西你拿走，咱下一集见。"

王平均嘿嘿一笑，说："我芝麻官都算不上，也是下苦呢！"说着，指着桌儿上的玉带板说，"东西不会有问题吧！"

陈平均抓起桌儿上的两沓钱，塞到王平均手上，说："就当今儿啥事没有，谁没拿谁啥，你走你的阳关道，我走我的独木桥！"说着，摆开手势，请王平均出门。

王平均先是脸色涨红，随即很快褪去，哈哈大笑，说："对点儿脾气这么直，玩笑都开不起！"说着把两沓钱放回桌儿上。

陈平均说："你这话谁受得了？一眼儿的坑货，汉阳陵南边崖上出的，谁哄你？二十八万不是小数字，我一辈子没见过这么多钱，敢哄你？"说着，又要抓桌儿上的两沓钱。

王平均按住陈平均的手，说："遇见对点儿是缘分，遇见玉带板也是缘分，我给你赔不是！"

陈平均吁气说："唉，你真把人箍住了！"

第二天一早，陈平均七点半就赶到名片上写的地址。站在背人处，陈平均看见王平均下了小车，进了办公楼，返身回家，熬过六天，到了下一集，礼拜天，陈平均早早儿摆好摊子，抱着《中国青铜器》看。

熬到九点多，王平均来了，说："对点儿，看书呢，摊子操心让人卷包了。"

陈平均的眼神儿从书中拔出，"嘿嘿"一笑，说："老王，你来了，这几天我在一线又跑了几样，你看看。"

除了上一集剩下的那几样，多了一只长颈式红釉瓶和白寿山石雕刻的观音。

王平均抓起观音看，说："不像是玉呀！"

"眼力真好，不是玉，是寿山石。"

"走，去银行，给你把款办了！"

办了款，王平均请陈平均吃羊肉泡，专意给陈平均点了优质的，肉多油旺。陈平均吃得满头大汗。

吃罢，喝着羊肉清汤，王平均说："今后跑到啥好货、硬货，值大钱的货，给我送来。"

陈平均点头，说："好货不容易碰上，尤其是坑货。"说完四下看看，怕旁人听见了"坑货"二字。

王平均说："铜和玉，就这两样，你要特别操心。你在乡里，腿脚长，东西能打听到。"

陈平均弯腰从袋子里摸出清早黄铜手炉，递给王平均，说："这个就是铜，送给你！今儿的羊肉泡是我吃过最美的一顿。"

王平均把手炉推过来，说："这个铜有啥意思！我说的是青铜器和古玉，跟玉带板一样的古玉。"

王平均点头，说："你把话点透，我啥啥儿都明白了。我在一线踏实跑，跑到了给你打电话。"

三个多月后，陈平均才给王平均打电话，送过来一尊鸟兽纹青铜壶，高三十二公分。壶盖和壶颈有两个带环铜耳，壶颈为鸟形纹，壶身为兽形纹。

撂下青铜壶，陈平均说："才出坑，挖家要六万，我还到了四万二。王局长，这尊壶值多少钱我也不知道，你看着办！"说完，急乎乎走了。

过了一星期，王平均给陈平均打电话，两人见了面。

王平均说："对点儿，壶还行。给你六万二，咋样？"

陈平均说："给六万就尽行了，还带个二做啥？弄这号事紧张很，我心里直突突。"

王平均笑，说："我又不倒卖，啥事也出不了，你把心稳稳儿揣在肚子里！"

# 念佛是谁

武功镇，地方小，说头大。后稷生母姜嫄埋葬在这儿；一代雄主李世民诞生在这儿。镇东头儿，一孔颓败的窑洞里，我认识了老李。呵呵，天知道他是不是李世民的后人呢！

老李爱瓷，桌上摆着龙泉墨瓶，康熙青花盘子，磁州窑枕，尧头窑黑瓷罐……他捧着耀州窑观音像，小心翼翼的，语气却放纵夸耀："宋的呢，刻得多细，衣褶子飘呢！我收来十几年了……"

忽闻檀香气息，我问："焚香了？"

老李说："敬着佛爷呢！"

拉开蓝布帘子，窑洞深处是佛堂。佛堂简陋。窑壁贴彩印的佛像，镶一圈彩色小灯泡儿，明明灭灭闪着；像下布条案，案上摆香炉，炉里飘出袅袅香烟。

老李说："我敬的是唐佛！"

老李朝佛像施礼，从香炉后捧出一块石头。石头残破，呈不规则三角形，白中泛黄，粘着疙疙瘩瘩的土粒儿。老李蘸了清水，手指在石头上抹了，递给我，说："仔细看！"

石面有线刻，却辨不清所刻为何。我左右上下翻转，调整角度，一尊佛呈现眼前，雍容庄严，颔首闭目，双手合十；袈裟飘逸，似有清风徐来；芒鞋凌空，踏乘祥云飞升。佛前，灵动的宝相花，富丽的缠枝莲，高洁不凡；一对鸳鸯凫水，浮动一片涟漪。可惜，石头残了，宝相花残了，缠枝莲残了，鸳鸯残了，佛背部、后颈以下没有了。

残了，线刻的精彩没有残，慈悲的佛韵没有残啊！如果完整，该是一幅怎样的画面？

"是唐佛吧？"

"是的，是唐佛，盛唐的佛！"

"唐的佛最神呀！"

"你怎么得到的？"

老李用滚水泼了茶，坐下来，给我叙说。

"那是沸腾得睡不着觉的年月。大雪白了原上原下，不歇。战天斗地么，鬼天气才显英雄本色。半夜起来开干，拉架子车平地，公鸡卧在车辕上都没醒呢……北边的高坡起平了，黄土倒在南面的深沟里，凭一双手，一把镢头，一把铁锨。快过年了，大中午，还没吃饭呢，有情况！根娃镢头举得高，使力大，挖得狠，镢头挖冻扎瓷实的地面上，震得手腕子酸麻。根娃不服气，往掌心唾了唾沫，第二镢头举得更高，使力更大，挖得更狠，镢头砸在地面上，把折了，一个趔趄，人仰翻在地！"

"石头，黄土里有石头！"

"大伙儿围了过来，刨了俩钟头，刨出块石板，长方形，厚半扎，高一米，宽半米。石板中间端坐一尊大佛，森严得让人心颤！大佛四边围一圈儿小佛，一个跟一个模样不一样，还有好些花，好些兽，不是人间的花和兽，是天上的啊！美，太美了！根娃镢头挖中的是石板的一角儿，伤损了。"

"咋办？"

"大伙儿瞪眼瞅强娃！强娃瞪眼瞅大伙儿。强娃是队长。强娃绕着石板转了两圈，猛地疯了，挥胳膊吼：'砸！'"

"没人动手，强娃吼：'破四旧，砸封建迷信！'"

"还没人动手。强娃拽过一把镢头……佛被砸成了石块，和着黄土，呼啦啦倒进了深沟。"

"唉，你怎么有了这块？"

"我是那伙儿里头的一个啊。黑了睡不着，眼前老是佛模样。半夜了，我扛了钉耙，来到沟里，使劲刨，奇怪了，刨了好一阵子，啥啥儿没有！没错啊，就是这儿呀，我记得清清儿的。"

"怎么回事？"

"刨到天快亮了，还是啥啥儿没有，只得回屋了。走到半路，踢到了这块。"

"啥情况？"

"有人捷足先登了，这一块是落下的。"

"谁？"

"谁知道！谁敢问？这块石头我埋在了后院，二十年没敢见天……"

我跑一线收古董，线刻唐佛就是古董呀，宋耀州窑观音像也是古董呀，看着老李挚爱的脸色，我张不开口。

告别老李，一路向西，远远的，我看见天空悬着合十的佛手，那是法门寺景区合十舍利塔，新建的。游人潮水般涌来，香火旺盛。我来到景区背后冷清的法门寺，敬献了香火。香烟缭绕中，我眼前闪现残损的佛像、虔敬的老李、神秘的捷足先登者……

这一幕时常在我心头泛起。一年多后，惊叹着参天的古木，呼吸着温润的空气，我一路盘旋，来到了华严宗祖庭至相寺。至相寺在秦岭太子峪，武则天丈夫李治出生在这里。站在寺门，俯视山下，城市和村落苍苍茫茫，薄雾笼着，倒像是仙境。踏进寺门，看见墙上挂着"念佛是谁"的木牌，我心里猛地一颤："念佛是谁啊？"

冒进脑海的第一人是武功镇的老李！

佛法大德，悲悯众生，应机施教，对症下药，以参一句"念佛是谁"的话头，逼令世人生起诘问。"未生我时谁是我？生我之时我是谁？长大成人方是我，合眼蒙眬又是谁？""我是谁？""谁是我？""未生之前我是谁？""死去之后谁是我？"锲而不舍层层剥皮，自我反诘，省悟自己的"本来面目"。镢头砸下的一瞬间，夜半寻找残石的一刹那，敬供佛像是一辈子……

念佛是谁？谁在念佛？

我想给老李打电话，问："你念佛了吗？"

我也想给那个捷足先登的他打电话，问："你念佛了吗？"

我更想问挥镢头砸烂佛像的强娃："你念佛了吗？"

## 品残斋

说是个斋,既无茂林修竹的院落,更无轩敞排场的厅堂,却是一幢灰旧的老楼。沿黑洞洞的楼梯间摸索,至六层,敲开铁锈斑驳古董级别的老门,该是入斋了吧!且慢,穿过逼仄的走道,须提防别碰倒了不怎么稳当的博古架,别纷乱了沿墙根摞起三尺来高的老书旧刊。顶头儿,一架老床惹眼。床帷子雕镂花鸟鱼虫,刀工老道,甚是精彩。垂挂的两片帘子分明也是老绣。一对仕女,一个低首读经,一个花园赏荷,一旁几个丫鬟戏耍,恍若仙境仙人。

见客人驻足凝神,主人笑曰:"这是小女住处,屋里坐。"

屋里才是斋了。粉壁上一笺红纸,上书"品残斋"。字藏骨抱筋,苍苍有古风,笔势若舞剑,劲气内敛,蓄发有度,而非抡大刀,呼呼生风卖力气。

斋号下布一方桌,简明大度,包浆润泽,黑里透紫,像是明品,主人欷然一笑:"清早期吧!恐怕到不得明,可惜两条腿折了。"

顺着指向,弯腰看,靠墙的两条腿被红砖块"僭越"了。主人却道:"很不错了,材质当是鹨鹡——也就是今人说的鸡翅木。"

桌上蹲一石狮,一腿豪迈前蹬,胸脯凸张饱满,模样凶煞雄霸,毛发披卷潇洒,皮色白里沁黄。虽则高仅一掌许,却激荡人心滚滚。主人说:"是盛唐之物,石刻精品,一条腿残了,后背也缺了一大块。"

诸位一一传看了,皆唏嘘。主人却说:"很幸运了,虽是残器,却是高品,残亦存大美。"

石狮旁有一尊类似插屏样的物什,高不及两尺,宽一尺有余,镶一石板,黑乌乌,皱巴巴的。四边木框已朽,木座开裂,虽用细麻绳纵横上下绑扎了,但还觉摇摇欲倾。谁也不明白这件是什么来头,满脸疑惑。

主人道:"明文人喜美石,置之案头,以为大雅。这方石看似貌不惊人,却是麻子坑产之端石,石品极高。诸位再看,这方石板更为珍贵之处乃是皱皱间形成了一幅山水图景,隐约有一钓者,逸然高坐,隐身山林。框是铁力木,四百年风雨,残朽了。"说着,盘磨着石面,爱不释手,刹间意识到有客,不迭道:"唐突,唐突!请坐,随便坐,床上坐!我去煮碗茶。"

环顾斗室,一八仙桌一仕出头椅一圆凳一单人榻一书架一硕大陶甏。书架上堆满了泛黄的古旧书。陶甏里塞满了卷轴。床铺一半堆的都是书报,睡觉须侧卧。墙上挂几幅炭笔速写,不辨名姓。一帧油画,古典裸女,面朝大海,美臀向你。水泥地上沿墙根摞起的全是砚台,各色式样,各种材质,各样大小,怕有三五百方吧!"斋"显杂乱了,逼仄得真要"插足"而行。将就坐下,定定心神,却感别一番况味。神奇曼妙的气息从古物中晕散出来,禅幽、静好、苍古的滋味扑打心头,钦敬、肃穆、怀想的情绪盈满空气。

茶是茯茶,芳香袭人,煮得恰到好处,醇厚绵长。茶好,茶盏更有意思。主人说:"这是耀州青瓷,虽是民品,却是真正的北宋盏,虽有磕损,但却不妨碍我等与宋人共品饮,哈哈哈……"

"品残斋"洋溢着茶的醇香和人的欢喜,那曼妙神奇的滋味愈加浓烈了。

斋主金先生,年近花甲,花白的头发披散着,凌乱却尽显潇洒;清癯的面色似有一丝傲世之气,谈笑却谦和有礼。说起斋号,先生说:"有真正的圆满吗?残是表相,美是真相。玉碎仍是奇珍,瓦裂即是废品。打动我心即为美——相信也会打动别人的心,美是相通的。与残有什么关系呢?何况,残也给予人更多想象的意味之美……"

先生抿一口茶,笑道:"这是玩儿的事情,当不得真的,随心就好,欢喜就好!"

先生俯身捡起一方砚,用力盘磨了一会儿,朗声念道:"凿山骨,得水坑,慎濡染,矜名成!"

先生盘磨着,把砚贴到脸颊,说:"这方砚是明的,刻着'芍田制并铭'

的款，水坑上品，火捺，鱼脑冻，蕉叶白，胭脂晕……多么精彩啊！当时能换三亩水田呢！可惜查了很多资料，不得芍田何许人也。残了一角，它的美就消失了吗？"

天色晚了，先生送客出门。见客人流连仕女绣品，先生说："这架床是残品组合的。床榻是一贵妃榻失了围子，围子是一大床的残件，我修补拼接了的。绣品一件是苏绣，一件是川绣，一件二十年前得，一件三十年前得，竟也配对儿了，哈哈哈……"

下得楼来，地上一片灰白。仰首看天，一团朗月高高挂着，浑圆饱满，清辉如银洒泻，真个安好清宁的秋夜。

## 青花罐

跑一线的吴增平得了只青花罐,不小呢,素底宽圈足,直口短颈,溜肩圆腹,肩以下渐广,至腹部以下渐收,到底微撇。使用进口钴料,青花纹饰四层。一层,在颈部饰一圈回纹;二层,在肩部饰如意云头;三层,在腹部饰双龙;四层,在下部饰变形莲瓣纹。双龙是主题纹饰。龙躯细长如蛇,体态轻盈,龙头呈扁长形,双角,张口露齿,下腭有须,上颌无须,细长颈,四腿细瘦,筋腱凹凸,爪生五指,分张有力,肘毛、尾鬃皆呈火焰状。釉色莹润,白中闪微青。青花晕散,青翠浓艳,浓厚处有黑色锈斑。

吴增平夸:"见过元青花吗?青花双龙罐元青花啊!"

"知道啥是元青花官窑器吗?双龙罐就是,五爪龙啊!"

"知道啥是国宝吗?双龙罐就是啊!"

夸得这么起劲儿,开价却只一百万元。关系铁的跑家老谢问:"老吴,鬼谷子下山图拍了两亿三,还没你这个罐子大,你咋开这么点儿价?"

老吴"嘿嘿"一笑,说:"低买低卖,高买高卖,咱跑一线的,咋能跟国际大拍比?"

元青花啊,稀罕,风扬快。到手的一月间,一拨儿一拨儿客上门看,捧在眼前看,打着手电看,透过放大镜看,看罢,竟然没有一位言声,皆悄没声息走了,悄没声息把吴增平的一百万悬在空中了。悄无声息地好一向,老谢领来位西安客，专耍元青花的，复姓上官，看见元青花双龙罐，没上手呢，就说："东西不错！"

上手仔细看了摸了内壁、口沿、四层纹饰、底足，掂了重量，说："东西确实做得不错！"

吴增平没言传。

老谢说："上官，咋能说做得不错，谁做的？"

上官微微一笑，说："不是我的货，我咋能知道是谁做的？我只知道做得不错，能杀人！"

吴增平模样变了，厉声说："懂不懂规矩？看懂了咱做生意谈价钱，看不懂少撂风凉话！"

上官愣住了，看老谢。

老谢说："上门都是客，客有客的看法，说在当面，又没在外头风张，你咋能这样对客说话？"

吴增平说："明明儿是我跑一线跑下的，咋能说是做下的？明明儿是一眼儿的真货，咋说是能杀人的假货？"

上官"嘿嘿"一笑，说："不好意思，恕我多言。"

送走上官，老谢回到屋里，说："上官是耍元青花的大行家，他说不对肯定不保险！老吴，你别犟了！"

吴增平说："我犟啥？他的话就是圣经？真的假不了，假的真不了！一货等一主，元青花双龙罐的买主还没来呢！老谢，这么大的货，一般人买不起，窝在村里局狭，我想搬到拍卖会上去！"

老谢哈哈笑了，说："上官说了，这样的货到了大拍保准被挡在门外，上不得台面的！"

吴增平说："世事都由他说了不成？我就是要上拍卖会。"

上了！不是北京上海的大拍，却是景德镇的坊间小拍。坊间小拍拿事儿的看了青花双龙大罐，说："参拍费三万元。拍成以后，我们另外收取落槌价三成佣金。另外，为了您的拍品能够拍上好价钱，我们会做一些相应的服务工作，服务费是落槌价的两成。拍卖不成功，参拍费不退还。先生，跟我们合作，保证您会有超值收益。可以吗？"

老谢拉吴增平到一旁，说："他是经纪，还是货主？狮子大张口，赚得比货主还多。不拍了，咱回！"

吴增平笑了，说："没有金刚钻，咋敢揽这瓷器活？只要他把咱的货摆在台子上，只要买主能看见咱的罐子，三万元撤了就撤了，就当打牌半年不开胡！景德镇是瓷都，全世界爱青花的都往景德镇跑，不信碰不上识货的主儿！"

果然碰上了，不止一位，三位呢！价钱从一百万喊到了三百六十万，其中一位戴眼镜的喊得急，越过十万递加的幅度，一口喊到四百万。拍卖师喊过三遍，无人应，落槌价定在四百万上！

老谢激动地说："老吴，这下子发了！"

吴增平说："还不敢说，钱没逮到手上呢，就怕拍卖公司要怪。"

老谢说："他咋敢要怪？就凭一个木头槌槌，吃了黑石头，心又黑又沉！"

吴增平说："人家的木头槌槌可不是一般的槌……你看，那是谁？"

顺着吴增平手指方向，老谢看见头排坐着的人像上官。散了场，上官出门，猛然看见老谢和吴增平，抱拳说："恭喜！就说呢，只见货不见人，还以为是旁人来拍的呢！"

老谢说："真巧，在这儿碰上了乡党。老吴今儿大喜，中午请你吃饭，上回言语上……"

上官说："没啥！谁都爱听人家夸自己的娃心疼，谁都爱人家说自己的货好。这下自己娃归了旁人，再不用操娃的心了！饭就不必了，我还有事呢！"

吴增平说："上官哥，给你赔礼了。今儿的事你还得成全，钱还没到手，别……"

上官大笑，说："周瑜打黄盖，一个愿打一个愿挨，与我何干？放心吧，在此地，咱是两眼泪汪汪的乡党啊！"

上官拍拍吴增平的肩膀，凑近他耳朵，小声说："兄弟，你原来是揣着明白装糊涂啊！"

老谢说："你俩说啥悄悄话呢？"

上官说："没说啥，没说啥！"哈哈大笑而去。

两个月后，吴增平一直悬着的心才放了下来——卡上到了一百六十万，本应是两百万啊！拍卖公司说须代扣个人所得税，硬是扣掉了四十万；如果不让扣税，一分钱也别想得到——好吧，一百六十万就一百六十万，折腾了小半年，总比原想的一百万好得多啊！吴增平邀来老谢，美美喝了一顿，酩酊大醉。

酒还没醒呢，接到个福建南平的电话，吴增平摁掉了。不一会儿，那个电话又打了过来，吴增平接了，对方南方口音，说："吴先生，你好啊，我是买你元青花双龙大罐的林志飞，您还有什么好瓷器没有？"

吴增平酒醒了，愣了半晌，问："你还要啥瓷器？"

林志飞说："青花瓷都可以的。"

"再没有啥好的，恐怕你看不上。"

"我要到西安出差，顺道看看您的瓷器，您可以把地址告诉我吗？"

吴增平爬起来，想了会儿，觉着不对，后悔告诉林志飞地址了。

林志飞不远千里真是来看青花瓷吗？当然不是了！

林志飞说："吴先生，您的元青花双龙大罐有问题！"

吴增平问："这么精美的元青花双龙大罐能有啥问题？"

林志飞扶了扶眼镜架，说："正因为太精美，才有问题！我请教了故宫博物院的专家，他们说如果是出土品，一定有土沁、土斑，您的大罐没有；如果是传世品，因为岁月抚摸，釉汁会越发滋润，棱角的釉面会出现轻微的剥蚀或磕碰，底足会因磨损而有划痕，您的大罐却完好无损。专家说是高仿。"

吴增平大笑，说："故宫博物院的专家没告诉你窖藏品会怎么样？"

林志飞说："专家说，时间长了，窖藏品也会凝固时光，显出老气，就像新衣服不穿，放在箱子里，时间长了也会旧的。专家说您的大罐没有老气。"

吴增平哈哈大笑，说："你买东西还是专家买东西？"

"我买东西，眼力差，听专家的。"

"早干啥去了？我给你找一位专家，他要说对呢？"

这时门外有几个人嬉笑，吴增平吼："没看见有客人吗？胡闹啥！"

一个光头赤膊的汉子进来，胸脯亮双龙文身，说："大哥，咋？"

吴增平不正眼看那汉子，训斥说："安静点儿，没看见有贵客吗？"

汉子点头哈腰退下。

吴增平笑看林志飞，说："你听哪个专家的？"

林志飞从包里取出红皮簿，递给吴增平，说："这是权威部门的鉴定证书。"

吴增平不接，问："你给谁做的鉴定？"

"当然是给您的元青花双龙大罐啊！"

"你想怎么样？"

"我不想要您的大罐了，您把钱退给我！"

吴增平看着林志飞，问："你是从我手上买的吗？"

"拍卖公司说东西是您的，他们只负责拍卖，不负责真假，让我找您！"

吴增平说："我是委托拍卖公司拍卖过一只元青花双龙罐，但不知道买主是你。我怎么相信你？"

林志飞说："我把元青花双龙大罐带来了，您看看！"

林志飞打开身旁的纸箱，取出垫衬加固的白色泡沫条，小心翼翼取出元青花双龙大罐，放在桌子上。

吴增平凑到大罐跟前，仔细看了半晌，叹道："东西确实做得不错！"扭头问林志飞，"你的大罐从哪里来的？能杀人啊！"

林志飞大惊失色，说："这……这明明是您的大罐，怎么能说是我做的呢？"

吴增平变了脸色，吼道："我的元青花双龙罐是标准的元青花，是官窑，是青花瓷中的大宝！仿做得再精，也骗不了我的眼睛！识相点儿，卷上你的仿品滚蛋！"

林志飞面目扭曲，带着哭腔说："你这人怎么是无赖呢？"

吴增平站起来，怒吼："你说谁是无赖？"

门口涌进几条壮汉，瞪林志飞。

林志飞仰头说："明明是你的大罐，为什么不承认？"

吴增平抱起桌儿上的大罐，举起，狠狠摔在地上，吼："不砸了你这个假货，你不死心啊！还我真正的元青花双龙大罐！"

林志飞目瞪口呆，几个汉子也目瞪口呆。半晌，林志飞哭出了声，泪水糊到了眼镜上，呜咽道："我要告你，我要告你……"

吴增平说："爱上哪儿告上哪儿告，别忘叫上拍卖公司，大爷我奉陪到底！"

# 老宋的木箱

与老宋打第三回交道时,我见到了那两只木箱。

一路向西,星罗棋布的村庄葱茏繁茂,镐京、细柳、石佛寺、元寺台、延生观、祖庵,不知多少年岁的村庄,散着安谧气息,笼着神秘烟云。禅定就是这么一个村庄。六祖坛经说,禅定者,外在无住无染,内心清楚明了。禅定村,千余户人家,屋舍俨然,村人忙忙碌碌。

老宋就是禅定村人。

第一回与老宋交道,我得了一块石匾。老宋手拿一大串钥匙,开了一楼的防盗门,开了二楼的铁皮门,开了三楼的老木门,侧身站了,说:"没什么好东西,请随便看。"

进了老木门,百多平方的大屋,盆瓶罐樽、碗碟盘盏、石雕木雕、古籍碑帖、笔墨纸砚、银铜玉翠、红宝书、宣传画……堆满了地,挂满了墙,散着浓浓的沧桑味道。

我惊叹道:"这么多的宝贝,不得了啊!"

老宋欠欠身子,说:"没啥好东西,收上来随意乱摆,你慢慢儿看。"说完,蹲在门口,背对着我。

那块石匾,长二尺,宽一尺,上刻"孝友家风",落款"蓝川",年号"辛未"。蓝川,是牛兆濂的号。牛兆濂乃"关中大儒",晚清民国理学家、教育家和社会活动家。《白鹿原》上的朱先生，原型就是牛兆濂。

我窃喜，以为有漏儿了，扭头问："老宋，孝友家风石板多少钱？"

老宋没回头，闷声说："牛才子的匾，价钱不低呢！"

"明牌"了，哪有漏儿可捡啊！

我问："牛才子的石匾，稀欠呢！老宋，你怎样得到的？"

老宋说："发现牛才子的匾，在十三年前，安在主儿家头门楼子上呢。前一向，主儿家盖新房，拆门楼子，我亲手拆下来的，连镶石匾的砖雕，全套，没一丁儿损伤。主儿家细密，'破四旧'时用麦秸泥把匾抹糊了，才保全下来。十三年里头，我年年往主儿家屋跑几趟，成朋友了。牛才子是大学问家，主儿家清白很，当然要价高。"

说到这儿，老宋站起，回身走到我跟前，说："咱俩头回交道，你加些跑路钱，牛才子的匾就是你的了。"

老宋的价合适，我欣然接受，连同镶石匾的砖雕，两大纸箱呢，装上了车。

第二回交道，老宋还是手拿那一大串钥匙，开了一楼的防盗门，开了二楼的铁皮门，开了三楼的老木门，还是蹲在门口。

我说："老宋，东西多得插不进脚，有什么好的，你推荐。"

老宋走到一堆发黄的古纸跟前，弯腰翻拣，积年的尘土扑散开来，呛鼻子。老宋拣出一对斑驳的卷轴，说："楼下看吧！"

老宋锁了三楼的老木门，锁了二楼的铁皮门，锁了一楼的防盗门，到了一楼大厅，把卷轴铺展在瓷砖地面上。这是一副对联，联语是：

萝月调琴松风试茗
蕉窗听雨竹屋谈诗

写在洒金笺上，书法圆润朴厚，苍逸洒脱。遗憾的是，"萝"和"蕉"二字草字头以下部分漫漶了。落款"张大柟"，我念作"张大相"。

老宋纠正说："应念枏，跟'楠木'的'楠'同一个音，同一个意思。张大柟是嘉庆道光年间人，举人，编纂过《岐山县志》。"

我惊讶问："老宋，你念书到了什么程度？"

老宋腼腆笑，说："农民嘛，有啥程度？跑古董老货快三十年了，知道一些。"

老宋开价比我心理价略微高些，说："水涨船高，来价高，出手价就高。"

对联书法好，联语意境妙，我还是要了。

第三回交道，老宋没上楼，而是开了楼下另外一扇防盗门。屋内一对木沙发、一张旧书桌、一只衣架、一张双人床、床顶头两只大木箱。木箱黑色，敦实蛮笨，老早炕头架着的那种。一只箱子右上角写"春风杨柳万千条，六亿神州尽舜尧"，另一只写"风雨送春归，飞雪迎春到"。黄漆写的行草，字迹斑驳。两只箱子摞在一起，铜锁锁着。老宋请我坐下，从钥匙串拣出一把钥匙，打开了上面的柜子。掏摸了一会儿，取出个蓝布包。他把蓝布包放在床上，锁好箱子，回身小心解开蓝布包。蓝布包里又是软纸包裹。解开，呈现一函古书。我上前看，老宋递给我一双薄线手套。

古书是《二曲集》，四本八卷，金陵书局康熙六十年镌，镌刻精到，纸质一流，印刷精美，装帧考究。李二曲是盩厔县人，明末清初大儒，提倡"明体适用"，影响深远。二曲先生的祖屋，老宋说，距他家不到二十里。

我激动地说："老宋，康熙版本的《二曲集》应是目前发现最早的版本了，品相十分！"

老宋说："二曲先生了不起，那时候，他就提倡改革开放呢！"

二曲先生提出"明道存心以为体，经世宰物以为用"，将"格物致知"的"物"扩充到"礼乐兵刑、赋役农屯"，以至"泰西水法"等，真是改革开放呢。

我赞叹："老宋，你啥都懂啊！"

老宋皴黑的脸红了，说："懂屁哩，瞎说呢！"

我说："别谦虚了！老宋，这么好的《二曲集》版本，你怎么得来的？"

"二曲先生后人送的！跑一线路上，我看见有人遭了车祸，伤得重，没人管，就送到医院安顿救治了。那人出院后，寻着了我。见我跑古董，就把这套《二曲集》送来了。我一问，才知道他是二曲先生的后人。"

我问老宋："出手吗？"

"本来要收藏下去的！唉，除了农业收入，全家的来源都靠我骑摩托车跑一线呢！开春儿子要结婚，得花些钱，不出货，娃的事过不好啊！你是爱家，也是行家，咱俩把价做合适，让谁心里都鞭活。"

以后，我跟老宋常来常往。在他楼下的房间，我见到了宋伯鲁的四尺山水、贺瑞麟的书法条幅、硕大的宋耀州窑刻花大盘……每次,老宋请我坐好,从钥匙串拣出钥匙,打开黑木箱,取出东西,放在床上,锁住箱子。我相不中,或是谈不拢价,他打开箱子,放回东西,取出第二件,锁好箱子。第二件还没有相中谈拢,老宋就说:"今天就到这儿吧!"绝不会再看第三件。

跟老宋认识三年多了,每次都是这样。我几次凑到箱子跟前,老宋就合住箱盖。

我说:"还有啥宝贝,看看嘛!"

老宋压紧箱盖,说:"没有啥,没有啥了……"

两只箱子撂在一起,下面那只箱子,还没见他打开过呢!

# 老四

圆寂亲教明月谭祖塔。

这是正中刻的一行字，竖排，字迹水桃大。右边刻：

槐里郡西南祝原里

大清凉寺建塔　徒　慧连慧隆

□孙

圆通圆达圆禄圆荣

圆智圆善圆文明满

圆钊

"□"为字迹漫漶难辨。这些字小些，核桃大。左刻：

圆来

宗派

善慧圆明证　清净本自心

智觉了悟心　※　道广宏胜

皆大明岁次壬戌孟春吉日立塔

凤翔府石匠秦煦　秦□

这是方石板，不及二尺，厚三指余，青石，坚硬乌亮。书法有赵孟頫之风，遒劲大度。"秦煦 秦□"估计是兄弟俩，刻功了得。

我埋头细细看过，抬眼瞅老四。老四吃蹴着，瞅我呢！

老四跑一线，走村串乡，跨州过县，收"源头货"。半年前，老四拉了满满一"蹦蹦车"石雕，柱础、上马石、狮子门墩、马槽等，到我门上。我看过，皆民俗，不中意。临了，瞥见车厢角儿隐一石，皮壳沧桑，古风浓烈。我看让老四搬起看。

老四嘟囔："好货都看不上，烂烂货更看不上了，不给你看！"

我喊道："这个保准能看上！"

那是一尊石兽，斜趴着。老四用力翻起摆正，嘿，那兽，胸膛凸张，双腿前蹬，仰首仰天，傲然霸气，只是眉眼漫漶了。

老四吼道："一千元，要不要？"

我以为听错了，转眼盯老四。老四脸颊凹陷，左右现两坑，颧骨凸出。

我说："真的？"

老四以为我嫌贵呢，龇牙笑说："给哥当然便宜些。"

"便宜多少？"

老四用沾满灰土的手搓胡子，费起脑筋——开价低了，怕没卖好；开高了，怕我不要。搓了好一阵子，才说："少三百，咋样？"

我干脆道："搬！"

那是一尊唐虎，高过二尺，宽尺余，厚近两掌，富平青石，石质紧密，不轻呢！

我搭手抬，老四说："这算个啥，我一个儿来！"

我大呼不可，老四吼道："看我的！"

老四把石虎挪到车厢边，跳下车，一手托底，一手搂定虎背，"呼"地抱起，脸涨得紫黑，眉紧锁着，耳朵硬挺着，眼睛斜视脚下，碎步快走，步子愈来愈碎，人愈来愈后仰，胸脯托着石虎……到了屋里，老四跟跄着放下石虎，大口喘气，弯腰嘟囔："这算个啥，算个啥……"

我说："怕是过了三百斤呢，你太二了。"

老四直起腰，"嘿嘿"笑。

我请他喝热茶，他说急死人，咬住水龙头，"咕嘟咕嘟"灌了一气，抹嘴说:"喝啥热茶,喝凉水最美咧!"

我付给老四八百元,说:"抱石虎费大劲儿了,给你加一百元。以后跑到这样的老货给我送来。"

老四不客气,高兴说:"跑一线这些年,头一回见加价的!"

他把钱塞进屁股后兜,瞅我,问:"眉眼不清,老得没牙了,价钱不便宜啊,你为啥要?"

"老汉才没牙,老婆面皮才绉成一团。收老货么,我就喜欢老,越老越好。你都敢收,我咋不敢要?你多少钱收下的?"

"说实话?"

"钱都给你了,为啥不说实话?"

"我二伯女婿他姑的公公,以前给生产队看牲口,饲养室是老庙改建的,里头有这个东西。包产到户,生产队散伙了,老汉就把这货搬到了他屋。年前老汉死了,没人待见这烂烂货,我去拾了。"

"拾了,没给钱?"

"一条猴王烟,四十二块。给你说的是大实话,你别嫌啊,别嫌我给你要七百元,别心疼你多给了一百元,别嫌啊!"

我才不嫌呢,八百元得了唐石虎,嫌啥?

老四又送来几次东西,条凳啦,磨扇啦,铡刀啦,没法要。

老四说:"你要年龄大的货,要那股子古味儿,不嫌模样不心疼,不好寻呀!我给你操心着呢,碰着了,就送来。"

今天,老四送来这方石板。

我说:"你是在兴平市祝原村收到的吧!"

"你知道啊!"

"你的行踪瞒得过我?"

"谁背后叨咕漏了我的底儿?"

"圈子就这么大啊!开价吧。"

"唉,本想给你憋大价呢,想一千元!你知道是祝原村的,把气儿放了,你给三百元吧!"

见我掏钱,老四笑了,说:"我收的时候就知道,哥保准爱。"

"给哥说实话,这回多钱到手的?"

"原来你不知道啊！"

"我知道你从祝原村收的，不知道你的价啊！"

"唉，我这猪脑子，以为你啥都知道呢！哥，主儿家是祝原村一个老婆子，给我要二十元，我搞到了十五……"

"十五元？跟上回一样，翻了二十倍啊！照这样，老四，你发得没沿沿儿了，咋还这么个蔫儿势，没发呀！"

"哥笑话我呢！三年碰不上个润腊月，发啥呢！东西稀得像清米汤，三天不见个影影儿，急得人干看没办法。媳妇还瞪眼，嫌我挣不下钱，骂得不停点点儿！"

"那就听媳妇话，干个旁的营生呗！"

"哥，跟你一样，心思都在古董老货上，捉不住干其他营生，只爱这一行。唉，这一行越来越不行了，跑不下货，心急；跑下货了，过手又没了，难受啊！唉，难受归难受，只要又瞅着老货，啥啥儿都好了……"

我拍拍老四的肩膀，说："那就一心一意跑。槐里郡就是现在的兴平市，现在的村就是古时候的里。你看，石板上刻得清清楚楚。没人给我漏你的底儿。"

老四青筋凸凹的手搓起胡子来了，说："哥，你别笑话，我睁眼瞎，不认得字。"

"啊！好我的老四，你不认字？你咋认古董？"

"我不认得字，认得古董啊，尤其是老石头、老木头，瞎的好的，新的老的，修的补的，谁都别想哄我！"

"不可思议！你不认得字，咋爱上了古董？"

"哥，爱古董跟认得字不认得字有啥关系？不认得字就不能爱古董了？"

看着老四胡子胡子拉碴的脸，我说不出话来……

# 五哥的园子

五哥的园子，不种菜，不种葡萄，堆满了上年纪的"老家伙"，吃喝不得，只能看，受看呢！

啥嘛？

老砖、老瓦、老石头、老木头、老杂货儿。

老砖，清一色的青，长方的、正方的、菱形的，一扎厚的，一指薄的，刻字雕花拼摆出图画的……五哥指点说："这是五福捧寿，五只蝙蝠围住大篆的福字。五福者，一曰寿，二曰富，三曰康宁，四曰攸好德，五曰考终命……"

"老公鸡领了五只小鸡娃儿，跑得欢实，这是五子登科……"

老瓦，苍苍深沉，码得方方正正。有一堆残瓦，五哥说："别嫌残，秦的汉的呢！刻字的最稀欠，长生无极，长乐无极，长乐未央，汉并天下……"

老石头、柱顶石、踏步石、过门石、门枕石、上马石、影壁石、迎风石、抱鼓石、门墩石、石栏杆、石门框、石窗户、石马槽、拴马桩，堆垒一片，阵势壮观。石上镌刻奇花蕙草、珍禽异兽、山水人物……五哥说："老祖宗营造物件，不光实用，还把想头刻上去，你看，刻得多美！"

木头世界，梁柱椽檩，斗拱雀替，屏风隔扇，桌椅板凳，几案箱柜……松木、楠木、榉木、榆木、香樟木、核桃木、硬木……眼花缭乱。跟石头一样，古人也在木头上刻想头，刻得更细发。

五哥说:"老猴儿背小猴儿,想头是辈辈封侯;右手擎方天画戟,左手高举钟磬,金鱼蹦跶,想头是吉庆有余;这是二十四孝,老莱娱亲,鹿乳奉亲,啮指痛心,芦衣顺母……想头是后人孝敬,永传孝道。"

杂货儿,大刀、长矛、古剑、马鞍子、风箱、纺车、升子、棒槌、酒樽、酒提子、算盘、插屏、铁砧子、烟袋锅子、黑瓷油灯、毛主席像章……谁家没有过这些玩意儿?咋都不见了,呵呵,跑到五哥园子来了。

园子正中,有间茅屋,真茅草覆顶,像高士隐居的精舍。

五哥招呼:"坐,坐么,喝茶么!"

屋檐前伸两米,搭起一爿凉棚。凉棚内,支一块三米长的青石板,包浆油亮;摆八只柱顶石,铺着玉米皮编的草垫子。秦岭的风,徐徐拂来,真个品茶好境界。

秦岭的风?

没错,就是秦岭的风啊!秦岭北麓,紫阁峪口,穿过葡萄林,就是五哥的园子。南望秦岭,像水墨丹青。

我问:"怎么生下这么美个园子?"

泡好茶,五哥说:"从小,在心里就生下了。我婆有个红木箱子,里头装金戒指、银钏子、翠簪子、铜镜子。我老屋有阁楼,堆着银马鞍、铜马镫、铜铠甲、大刀、长剑和流星锤,还有酒壶、酒樽、酒提子,都是老货……我婆爱我,晚夕搂我睡,给我讲祖上的老事儿,讲这些老货的好。婆说,祖上行武,打过恶仗,又会酿酒,酿出了大家业。老早,我屋三进园子,五间口面的厅堂呢。我婆都会酿酒,一句一句给我教呢。婆殁后,改革开放了,村里展开了盖房竞赛,看谁家房盖得大盖得高。人比人,急死人啊!在我村,就数我屋的房最老最寒碜了。我爸说拆,我妈说拆,我媳妇也说拆,我不同意。五间口面的大房,一合抱的大柱子,可惜了……"

我打断五哥的话,问:"五哥,你为五,别的兄弟姊妹啥意见?"

五哥哈哈笑了,说:"我爸就守我一个。我在门中排行老五。门中,老规矩,一门中人,不出五服,按年龄大小排行的。"

五哥喝了口茶,继续说:"我不同意,但没办法,老房还是拆了。为不糟蹋老房拆下的老物料,我建了这个园子。老屋的砖头瓦块老门老窗老椽老檩老柱子老家具,一满拾掇到园子来了。那时候园子小,以后慢慢扩展大了。"

我问:"为什么扩大?"

"刚不是说,村里展开了盖房竞赛嘛,各村都是啊,老房哗啦啦拆毁了。拆下的老东西,当垃圾,乱撇乱撂呢!我在园子竖了一面招子,写五个大字'免费拆老房'。免费拆,劳力免费,拆下来的老东西归我。上百万的老砖老瓦老石头,上万的老木头,三大棚的杂货,大都是这样来的。两千年以后,免费这招儿不好使了——老房稀欠了,人灵醒了!我花钱收。过去,主儿家看我脸,怕我不给拆;这时候,我看主儿家脸,怕人家不卖给我。收着收着,老货越来越少,越来越贵。这几年,我不收了,守着园子。"

"五哥,光守着?卖不?"

"不卖!"

"五哥,你像貔貅,光吃不屙啊!咋周转?"

"靠龙沟酒啊!"

"龙沟酒?"

"西有西凤,东有龙沟。龙沟酒你没喝过?秦岭水曲流九湾,流进龙沟井里。龙沟井,就在东边不远。用小麦、大麦和豌豆,用龙沟井水,人得其诚,水得其甘,曲得其时,粮得其实,器得其洁,工得其细,拌得其准,火得其缓,酒得其真!龙沟酒滋味好,得了秦岭仙气呢!"

"真好,五哥,原来你传承了祖上酿酒技艺啊!"

"祖上酿酒的本事我算是学下了,骑马射箭的武艺齐茬断了,没学下。"

"没办法,时间总会淘汰好些东西。将来你把这些老货咋办?"

"开民俗博物馆,手续办得差不多了!"

"这样好!"

"人啊,活不过这些古董老货,人走了,古董老货还活着呢!我走了,寻见我婆,给我婆说我没糟蹋祖上传下的古董老货,还给世上保住了这么些古董老货,我婆肯定会高兴呢!"

# 小健的书房

秦岭汨汨流水，弯弯曲曲，绕了长安城，流入渭河。城南，那水流弯曲处，翠绿珠子一般，散落了些"曲"，杜曲、韦曲、王曲……曲是唐代豪门的庄园。千年轮回，如今化作寻常百姓家园了。

小健家在韦曲。

小健家显然不如邻家气派，没有二层三层的小楼，没有鲜亮的瓷片，也没有出入轿车的大红铁门，而是白墙黛瓦的老式房子。小健的家，黑漆老门，木头窗子，砖墁地院子，拴马桩，上马石，石鼓门墩，中堂狮，院中立着、摆着，一下子，我像穿越到几百年前了。小健从屋里出来，脸上一团笑，腼腆得跟他胖大粗实的块头不相称。他挑开蓝布门帘，请我进屋。

屋里光线昏暗，过了会儿，我的眼睛才适应过来，定睛，不由惊呼——陷入书的包围了。屋内摆三道书架，只有间隔一米的通道。书架有高有低，二十世纪八十年代捷克式的，角钢焊制的，旧木工板拼钉的，皆是旁人撂的"垃圾"。

我赞叹："学问真大，读这么多书！"

小健脸红了，连连摆手说："哪有学问呀，书是收来的，卖呢！"

里屋钻出来个胖大魁实小子，赤膊，淌涎水，刚睡醒的样儿，走到小健跟前，呜哩呜喇，不知所云。

小健眯眯笑着，说："你咋不睡了？爸这儿来客了，乖，回屋去……"

胖大小子看看我，对我咧嘴憨笑。我对他也咧嘴笑。小健拍拍他的肩膀，他一步一回头进了里屋。

　　见我惊愕，小健说："我大儿，生下就这样，今年十六了，好在还听话，不乱来。"

　　我叹："不容易啊！"

　　小健一边倒水，一边说："幸亏还有个女子，九岁了，灵，惹人爱。"

　　书是分类了的。两架线装书，泛黄了，翻开，呛鼻的尘烟味儿扑面。三卷《脉经》，石印的；六卷《本草纲目拾遗》，字迹精美；十卷《验方大全》，纸张酥脆，不敢碰，怕毁呢；《中庸》《孟子》皆全套，皆嘉庆版本；《龙文鞭影》《幼学琼林》，品相不错，可惜残缺；蘅塘退士的《千家诗》、周至李颙的《二曲集》、蓝田牛兆濂的《蓝川文钞》、礼泉宋伯鲁的《泾阳新志》、三原贺瑞林的《读书录要》，皆原版原装。好些书籍捆扎着，摞在书架上。

　　我问："怎么不解开？"

　　小健说："刚收上来的，没顾得上呢！"

　　我说："随手就解开了，还要顾得上？"

　　小健说："不是解开那么简单啊，要一本本细察。早年，在耀县收到一包老书，花了一百多元。刚到屋，八仙庵摆摊儿的朋友来了，五百元提走了。第三天，他又来了，满脸喜气，买的烟提的酒，谢承我呢，其中一本书就卖了三千七呢！为啥？书里夹了几页纸，写的草书，他一个字也认不得。一位老先生看了，攥在手里不放，怕抹脱呢。他见机会来了，开了四千的狠价，老先生搞价到三千七就掏钱了！过了几天，朋友又来了，垂头耷脑的，说把瞎瞎事弄下了——集上摇铃了，说出了于右任手稿，他蒙在鼓里听稀奇呢，直到看了报纸上登的照片，才知道原来就是那几页草书的纸！"

　　我玩笑说："书中自有黄金屋么！"

　　小健笑了，说："吃亏在没文化上！打那以后，我收货格外胆大和小心，胆大，只要东西老就下手，别错过了；小心，弄不明白不出手，别把金子当铜卖了。"

　　我问："东西好收不？"

　　小健说："不好收，哪有那么多好东西？但只要肯下功夫，腿脚勤，还能跑下些。今年，我跑到了四川军阀刘湘一九二六年发行的国债券，清代名医邵维汉的《伤寒赋》全套，油印的几百张大字报，清代举人丁华龄手抄的《天工开物》，七十年代的户县农民画……"

小健扳着手指数。

我问："东西呢？"

小健说："好东西留不住，没暖热就出了，一家老小指望这个吃饭呢！"

三个书架满是小人书，分门别类，摆得齐整。

小健说："我最早摆娃娃书摊子，最爱娃娃书了。这些都是一本一本收来的，年深日久集成了套。你看，赵宏本的《雷雨》、钱笑呆的《红楼梦》、严绍唐的《杨家将》、徐宏达的《济公活佛》、人美版的《水浒传》，都是珍本呢！"

连环画旁堆报纸，《人民日报》《陕西日报》《中国青年报》《解放军报》《参考消息》，全是合订本。

小健说："一九五五年至一九七六年的，有看头呢！"

报纸旁是杂志，小健说："解放前的《小说月报》《电影画报》数我最多，我端了家图书馆的底子呢！"

我惊奇问："图书馆的书能端？"

小健说："人家换新书，这些是淘汰的。北至长武，南到南郑，西至陇县，东到潼关，学校、图书馆、文化馆、机关单位、废品收购站，笼子一样，我都梳遍了。不光收书，还收古石雕。一位教授给我说，石雕是凝固的艺术，书籍是思想的艺术。"

我说："收藏是归集艺术。"

小健说："说得好！东西收上来不容易啊！却不得不卖出去。生活要能混下去，真舍不得卖呢。夜静了，一个人翻看这些老书，觉得跟写书人的心贴在一块儿，一页一页翻过，像俩人谝呢……"

我挑中了蘅塘退士的《千家诗》，又相中了一尊青石中堂狮，请小健开价。

他搓着手说："头一回打交道，真不好意思，看着给吧，不亏就行。"

我还是请小健开价。他开出的价钱，比我预想的低得多。出了院门，南面的秦岭逶迤在薄薄的烟霭之中，像淡淡的水墨画儿。

小健挥手说："欢迎再来啊！"

我说："一定，一定来！"

# 团圆

草图画得别扭，小样儿捏弄得不灵性了，我索性撂下，往乡里跑。我搞雕塑，以铜活儿为主，街头就有我的作品，抽旱烟的老汉，迎风撒尿的娃娃，拉风箱的老婆婆……进城了，我不能把最亲爱的人落在乡里，让他们也逛逛城里的高楼大厦啊！

捏弄铜活儿时间长了，我好上了老铜器，越老越喜欢。去哪儿淘呢？到乡间，我坚信，最有味道的老古董出自乡间。

春风弥散草木复苏的香，秦岭泛着朦胧的青绿，一派让人舒畅心悦的好风光。出了城，我顿时心生欢喜，像出笼的鸟儿，哼起了小曲儿。沿秦岭北麓环山公路西行二十多公里，老树掩映处，是老夏的神灵寺村。看村名，就知是个醇和静好的老村。我喜欢古风浓郁的老村。老村藏着先人的智慧和遗存，还有神秘。进了老夏屋，他捧出一尊铜手炉，点亮了我的眼睛。

铜手炉铮亮油润，泛着紫红光气，几处淡黑的斑纹晕散，愈显包浆莹厚；捧到掌心，沉甸甸，分量足了；炉身錾刻缠枝莲花，线条酣畅，繁密富丽。这样的高品，与"张鸣岐制""胡文明造"不相上下。我翻看炉底，刻"静轩"款！

我爱不释手，问老夏："多少钱？"

老夏跑一线，看似木讷，却有一双了不得的慧眼，常能"探"到不得了的高品。

"可惜没有盖儿，不浑全。"像是自己犯错了，老夏歉然说。

盖儿呢？

老夏说自己也问呢。明朝的老物，四五百年了，问谁去？

我连连叹惋，还是要了。缺盖儿，是残器，又是老交情，老夏给我的价很合适。欢喜里羼杂着缺憾，盘玩着手炉，眨眼间过了两年多。

这天，我踏着黄灿灿的落叶，游荡到五陵原上老穆家。

老穆东西杂，老字古画，古籍旧书，石雕木器，文房四宝，铜器铁件，铺了一院，塞了一屋。老穆和老夏一样，都是"歇不下"的一线老跑家，跑遍了四方大圆的村村落落。我翻翻拣拣，拣得了一铜盘，错银花卉，线条流畅。谈妥价付过钱，老穆请我喝茶。跟大多淘宝迷一样，我嘴上闲聊着，眼睛却四处逡巡，看能不能再有所发现。

老穆炕上，枕头下，露出寸把长一截儿铜。是啥？

老穆上炕拿了来，是炉盖儿，铮亮油润，泛着紫红光气。

"炉身呢？"我急切地问。

"收上来就没有。"

老穆遗憾地回答。

我更急切地问："尺寸多少？"

"你自己量，我给你找尺子。"

老穆转身取尺子。

"不用，我带尺子了。"

我从包里取出小卷尺。长，太不可思议了，宽，太不可思议了，不可思议得让我怀疑錾刻在心底的数字是不是弄错了。

"卖……卖吗？"

我说话都惶急了。

"不卖！"

老穆笑看我。

"为什么？"

我瞪老穆。

"就一只壶盖，咋卖？没办法开价么，你要喜欢，就送给你吧。"

我激动地抱住老穆。

老穆莫名其妙，叫道："这是做啥，发神经了？"

回家路上，我心中嘀咕，尺寸无异，但四角弧度对丁不对卯呀，怕又配不上啊。这两年多，我时时留神壶盖，试配过好些盖儿，都没有成功。到家后，我捧出手炉，掏出炉盖儿，舒一口气，盖上，稍用力，哈哈，炉盖儿擦摩着炉沿儿到了底儿，紧密饱满，严丝合缝，浑然天成！那包浆，那光气，分明是一位大师同时打造的，原配啊！

壶身和壶盖团圆了！

团圆了，还有个问题，"静轩"在哪儿？

我给老穆送去两瓶好酒，感谢了，打问"静轩"，老穆一头雾水。

"静轩"在哪儿呢？

在老穆家的五陵原上？

还是在老夏家的秦岭脚下？

# 老杜

北杜有个老杜，操持的营生是加工销售饲料，爱的却是老古董，老铜镜，雕花窗，老门墩，石佛座……钻到眼里拔不出来；手头宽展了，欢喜买到手，却冷落了老婆，夜里搂定那老旧玩意儿了；财力不济，眼看落入旁人囊中，搬不到自己炕上，嘟嘟囔囔，失魂一般。

有一老石雕，富平墨玉石，八棱，阔一尺半，高两尺，棱线挺括，棱面规整，细打磨，气象不凡。一棱面上浅浮雕"羲石大和尚塔"六个楷体字，樱桃大小，功力老到；边儿滚了缠枝莲叶，细密静雅；一棱面镌刻小字，指甲盖儿大小，阴刻，密密麻麻，一行是"进士提督陕西等处地方全省水陆军务总兵官"，一行是"都督金事世袭拖沙喇哈番殷化行"，一行是"进士翰林院庶吉士发侄李士桢"……其余各棱面皆阴刻楷书小字，皆人名，人名鲜有他姓，多为"杜"，杜维国、杜茂亭、杜仁义、杜德昭……我从宜渡村收得，刚装上车，一摩托车如风，"嗖"地刹在车前，跳下一人，人高马大，皴黑粗粝，雄赳赳到我跟前，吼："这是我北杜遗物，得我北杜人收，你甭想拉走！"

秦言的"我"，"额"音，发硬挺的降调时，单指自己；发生睪的曲调时，是"我们"的意思。"我北杜"乃全镇两三万人，"我中华"则十三亿了。此时，这个人用的是生睪的曲调。

我笑了说："宜渡村虽然距北杜镇近，却是马庄镇界面，你吃过界畔子了。"

那人脖子一挺："'峩石大和尚塔'是我北杜龙岩寺的！"

他怎知道？见我疑问，主家扯我袖子，移开几步说，此人姓杜，北杜人，爱古董，来看过三回，不出价么，你把他撑开。

我走到老杜跟前说："你爱，我也爱；你若先收了，我绝不阻拦；怨只怨你布的探子电话打得晚了，你摩托车跑得慢了。江湖行走，莫坏了规矩。"

老杜瞪大眼，说："你怎知道我有探子？"

我小声说："没有探子，你怎会来得这么准点？同道中人，你该明白的，价钱明了，今天我拉不走，明天你也拉不走，主儿家要加码子的。快走，我请你喝酒。"

三杯烧酒下肚，便若老朋友。

老杜说："'峩石大和尚塔'满共七节，没在一处，我寻见了五节，到手了四节，这一节正攒钱呢！那两节也有了音信。这节最好，有字，其他的都刻花草瑞兽。"

七级浮屠如若重现，功德无量啊。

我道："那六节聚齐之时，即是此一节相赠之日，如何？你咋知道峩石大和尚塔是龙岩寺的？"

老杜说："明末清初，峩石大和尚在此地修行，禅法广大，普度众生，熬过战乱，百姓感戴他的恩德，香火旺盛，声名远播。圆寂时候，方圆百里倾家拜送，外地来了好些人，我北杜盛况空前，百年不遇啊！我爷小时候听他爷讲的，我小时候又讲给我。'峩'字很特别，'峩石'名字更特别，我就轧心里了。宜渡村这一节证明祖上传说不假，铭文上的杜姓人氏都是先人啊！"

"世代相传的故事，有这一节塔石验证，真是妙事。老杜，你咋爱上了老古董？"

"过了四十岁，不知咋的，我就爱上了古物老货，特别是佛门遗物，佛像、佛座、净手盆、法器等等，只要有年份，我都爱。后来才知道，这些属于佛教艺术，最虔敬、最圣灵的艺术。佛教艺术，唐以前的最伟大，龙岩寺就是唐代建的。我得了十几块唐砖，雕镂释迦牟尼像，虽然漫漶，但依然摄人；得了一只佛手，残了，仅存三手指，禅气依然强大。菩萨给我托梦，命我恢复七级浮屠，留心在龙岩寺四方查访，必有功德。"

"菩萨托梦？太玄了吧！"

"真的，我见到了第一节时候菩萨托的梦。"

"咱去看看那四节。"

"行么。"

老杜家西邻是一铁塔，唤作"千佛塔"，明代铸就，铁锈斑驳，佛韵沧桑。远远看见，我说："难怪你痴迷佛教艺术，因缘在此啊！"

老杜嘿嘿笑，请我进门。那唐砖果然精到，庙宇殿堂墙壁装饰用砖。佛手精美，白石，丰腴细腻，指甲盖儿层次分明，像活着。还有一截儿两尺来长的经幢残件，唐楷，字口极好。佛座最多，大大小小七八个，唐宋元明清都有。那四节浮屠，皆有一棱面线刻宝相花，其余棱面刻人名，杜姓为多。四节摞在一处，已经有了石塔之势。

我问老杜："怎不把那两节拉回来？免得夜长梦多。"

"老大读研，老二念本科，都要钱啊，老婆卡得死死的，我没活便钱么。不像你腰粗，钱上不受难肠，上眼了就买。我是趸摸呢，能不掏钱最好；掏钱呢，尽量少，能把主儿家迷糊住就行。"

"你好修行啊，俩娃一个比一个出息。你邻家就是龙华寺？"

"那是福隆寺，龙岩寺在西北方向，我带你去。"

十分钟便到龙岩寺，准确说，是龙岩寺遗址，庙宇荡然无存。北望九嵕山茫茫，南眺秦岭悠悠，原野空旷寂寥。

老杜说："龙岩寺最早建于唐贞元年间，寺里原来有一尊'尊圣幢'载明了的；金大定年间又大兴土木修建一番；到了明代，隐士魏浩隐居于此，广植松柏，成为一景；清初时候，莪石大和尚做方丈，地域最大，足有四五百亩；以后啊，不太平，龙岩寺毁了……"

"老杜，按说七节浮屠应该在寺里的，咋四分五裂的？这一块，那儿一块的？"

"唉，谁说得清啊，好在还没毁，都在龙华寺方圆摆着哩，咱还能寻着啊！"

"老杜，别等了，咱俩搭伙把那两节收回来，七级浮屠就浑全了。"

"行，你出钱，我领路，咱这就去。"

# 破烂王

那时候,老晁当经贸委办公室主任,老报纸、旧文件、破家具的变卖处理归老晁管。老晁正在看材料,破烂王推开门,蹑手蹑脚地走到办公桌前,赔着笑脸,说:"领导,把老报纸卖给我,我送你一样东西,识文断字的人保准喜欢。"

老晁埋头改材料,不耐烦说:"哪儿人多哪儿耍去,这儿没你的地方。"

破烂王不说话,展开手中折叠的宣纸,凑过来,拦住老晁正在挥洒的钢笔,还碰到了老晁的眼镜片。老晁正要发作,却瞥见"石宪章",扶好眼镜,见是雄浑雅健的"观海听涛"。

老晁抬头问:"啥意思?"

破烂王的笑脸热络,说:"领导,西大老师搬家卖破烂儿,夹在杂志里头的,送给你!"

老晁瞪破烂王问:"夹在杂志里头的?"

破烂王挺直身子说:"这号夹在书里的杂志里的字呀画呀哪一年不碰几回?我没用处,送给领导。"

老晁看破烂王,小个子,头发蓬乱,一撮一撮乱竖着,像没洗脸,眼角有可疑物;穿着又旧又脏的化纤西服,扣子掉光了;裤腿挽过小腿肚,军绿解放鞋系了黑鞋带儿。

老晁说："一年碰好几回？"

破烂王嘿嘿笑，说："领导，就是的。"

老晁站起来，指着石宪章的横幅书法说："这个多少钱？"

破烂王脸上现出被人瞧不起的不满，声音很大说："哎呀，领导，把我看成啥人了，一张烂纸，要啥钱？只要领导让我收报纸。"

"你不收钱，我就不让你收旧报纸。说，多少钱？"

"六元。"

"咋这么点儿，为啥？"

"收那一堆旧杂志总共用了六元钱的本儿，领导把本儿给我就成。"

"所有的旧报纸老杂志，还有那一堆过期的宣传资料，都给你！"

收完了，破烂王来道谢，老晁让他帮忙，把墙上的"惠风和畅"取下，拆开框子，换上"观海听涛"，重新挂上。

老晁说："收到字画呀瓷器呀，送给我看，看上了给你钱，比你卖破烂儿强。记住了吗？"

破烂王高兴地说："记住了。领导，我给咱觑估着。"

出了门，又扭头说："领导，你真是个好人，保准能当大官呢！"

过了几天，经贸委下属帆布厂厂长来见委主任。主任正在开会，老晁招呼厂长喝茶坐等。

厂长看见"观海听涛"，拍手道："瞌睡正寻枕头呢，枕头就在这儿呀！晁主任，这幅字给我们厂吧，天津一位客户点名要咱西安的石宪章呢！"

说着就要动手，晁主任说："到手没几天，正爱呢，心疼。"

"割爱么，厂里给你心疼钱。"

"观海听涛"卸走了，厂长派人送来一只信封。老晁打开看，厚厚一沓子，数了，五千元，起早贪黑忙活一年的工资啊！

过了小半年，有天下午，快下班了，虚掩的门伸进一颗脑袋，朝门里笑。正在看报的老晁抬起头，那脑袋说："领导，忙呢？"

老晁放下报纸，往椅背后仰，说："啥人嘛，没旧报纸就见不着人了？"

那脑袋是破烂王。他推门进来说："没收下啥，不好意思见领导。今儿收了个瓷瓶子，领导看看。"

见破烂王空手，老晁诧异问："瓶子呢？"

破烂王嘿嘿笑，从胳肢窝掏出瓶子来。老晁接在手中，玉壶春瓶，锐口外撇，长颈收束，斜肩下溜，垂腹，从腰际鼓起；通体白釉，白中泛浅青，荞麦地；画竹石芭蕉，画工一流；底楷书"直善堂制"，笔力雄健；足根圆而粗，呈尖状。

看完，老晁说："坐么，坐下说。你从哪儿得到的？"

破烂王局促坐下，见老晁站起来要倒水，慌忙说："我不渴，我不渴，不倒了，不倒了！北关自强西路有个郝家巷，住了老两口，八十好几了，把攒下的纸箱卖给了我。我见屋里有这么个瓶子，给老两口把院子拾掇干净，说了满三轮车的好话，老两口卖给了我。"

"多少钱？"

"九十元呢。老汉身子不好，躺着呢。老婆子拿事儿，非要一百元。我磨了半天，只磨下来十元。"

"你多少钱卖给我？"

"九十元么，给你捎的呀！"

"给你一百五十元，你跑路辛苦。"

"本儿给我就成！辛苦啥？"

你推我让，最后破烂王收了一百元。临走，破烂王不迭道："今儿咋挣领导钱了，今儿咋挣领导钱了……"

回到家，老晁翻开《中国历代陶瓷款识大体》，一页一页翻过，找到了，果然与记性不差，直善堂，道光官窑款一种。老晁又翻《明清瓷器艺术鉴赏》，翻到清道光一栏，比胎釉，比圈足，比造型，比纹饰画法，比款识写法……折腾到半夜，迷迷糊糊睡下。六点钟爬起来出了家门，骑自行车赶往自强西路，踅摸到了郝家巷，打听了三个人，果真有老两口，八十多岁，老汉半瘫……

老晁把自行车靠在巷口的槐树上，当即就想见到"破烂王"，向他明确今后工作思路，却发现连破烂王姓甚名谁都不知道。这时候，一辆收破烂儿的三轮车经过，老晁想，难道世上只有一个破烂王？满大街的破烂王啊！为什么不发挥他们的积极作用呢？把破烂王组织起来，有的放矢，注重策略，专收字画和瓷器，形成规模，多好啊！

想着容易，下势做起来却难。老晁利用午饭、傍晚、节假日等等可以利用的时间，在单位、小区、父母住的小区、岳父母住的小区，访谈了二十多个破烂王，得到了这些回答：

"我们是收破烂的，不收你说的那些宝贝啊！那些宝贝，我们收破烂儿咋能收得起？"

"把人家宝贝收走了，公安局找来咋办？"

"我们不认得真假，收下假的咋办？你扭脸不要了咋办？"

"真要有这样的好事儿，一定给你送去。老板，你可要给个好价钱呀……"

唉，弄不成事啊！只能暂时搁下这个妙法了，还是在仕途求突破吧。老晁狠劲努力，该跑的跑，该送的送，终于荣升为经贸委副主任。

破烂王来了，嘿嘿笑，说："领导，升官了！头一回见你，我就说你保准能当大官呢。"

"这是大官？比芝麻小！"

"领导，看看你的派头，你的印堂，又能说又会写，保准当大官呢。官大了，别嫌弃我这个收破烂儿的。"

老晁哈哈大笑，说："稀罕你还来不及呢！你叫啥名字？"

"魏撑柱，我屋在蓝田。"

"蓝田？你县上有个牛才子，你知道不？"

"领导，你真是个神啊！我今儿给你送来的就是牛才子写的字！"

老晁这才看见魏撑柱手里拿着牛皮纸袋子。魏撑柱从袋子里取出折叠的老宣纸，打开，请老晁看：

　　礼记曰：所谓修身在正其心者，身有所忿懥，则不得其正，有所恐惧，则不得其正，有所好乐，则不得其正，有所忧患，则不得其正。心不在焉，视而不见，听而不闻，食而不知其味。此谓修身在正其心。

牛才子的书法憨拙，别有韵味。

老晁一句一句念完，说："撑柱，怎么得来的？"

"领导，上礼拜表弟结婚，我回老家，从我舅家村买下的，是个老汉，要二百元，我搞到了六十元。"

"六十元？你咋知道老汉屋里有牛才子的字？"

"酒席上三七二八胡谝呢，谝出来的，我给领导操心呢。"

话说到这儿了，暂时搁下的妙法又闪现眼前。老晁把那几个月做的工作挑着捡着、半隐半明说了。

魏撑柱听完，说："领导，寻那么些人做啥？跑那么些冤枉路做啥？说那么多废话做啥？蹬三轮收破烂儿的，哪一个不给废品收购站交货？把住废品收购站这一关，苍蝇蚊子都飞不过去！废品收购站不就是你管着吗？"

老晁双手扶住"破烂王"瘦削单薄的肩膀，几乎把他推倒，哈哈大笑，说："魏撑柱，你是个人才啊！办废品收购站，你能成不？"

"咋不能成？"

独辟蹊径啊！这么着，老晁拉开了架势，大搞开了收藏事业。

破烂儿里头真有宝贝吗？

不少呢！

徐悲鸿的《九骏图》，黄宾虹的黄山图，潘天寿的花鸟图，于右任的六尺对联，刘文西的陕北小姑娘，石鲁黑怪重野的秦岭山水……

老晁说："我收藏的字画，件数不多，分量却是不轻的！"

瓷器呢？

"文革"瓷、民国瓷就不说了，光绪粉彩寿桃大瓶、同治的粉彩天蓝釉花鸟纹将军罐也不说了，咸丰松竹梅三友图青花花盆、道光青花描金加紫三足盘也不说了，嘉庆夔龙纹镂空青花帽筒也不说了，只说那康熙仿成华款青花团风杯、雍正秋葵斗彩如意耳瓶、乾隆粉彩镂空大瓶，哪一件不堪称国宝？

虽然有废品收购站，东西来得便宜，件数多了，开支也不老少呢。咋办？

老晁干副职两年后，上了一把手。老晁给自己立了规矩，这些收入全部投入收藏，只靠工资过日子。人家谁不是靠工资过日子？老晁给魏撑柱也定了规矩，要把废品收购站正常经营与收藏分清。

废品收购站要开张，撑柱本钱不够，老晁给了三万元。

老晁说："收来字画和瓷器，我买，按来价加百分之二十给收购站。三万元是我投废品收购站的股金。对外，说你是我表弟，没人敢惹你。"

"哥，你真是我的贵人啊！"

废品收购站开张一年多，收上来了十多件字画和瓷器，都不咋好。

老晁说："拉开了架势，撒开了大网，咋不见大鱼了？"

"哥，这号事儿要靠运气，运气来了一河水就开了！"

"运气是一方面，更重要的是努力！撑柱，你不要把心思净用在破烂儿上，要在这方面想办法。不光在废品收购站等，要像你收牛才子的字，在乡里跑么。"

"哥，我来想办法。"

过了一向，运气来了，好东西冒出来，冒得不停呢！齐白石的虾，八十元，卷在一堆废纸里。八十元，漂得住造假吗？虾须飘逸灵动，活的一样。张大千的荷花图在甜水井巷得的，老头子倔强，要五千元，一分钱不少。老晁亲自去看了，当即拿下！乾隆粉彩镂空大瓶，三万八千元，在友谊西路得的，上千万的东西，落在烟杂店里，不可思议啊！老晁细发，有个小本本，一件一件，一笔一笔记得清清楚楚，前一阵儿，老晁退下来了，翻开细算，吓一跳，二十年间竟投进去四百三十六万啊！

常来家里谝闲传的老同学，认识北京一家艺术品评估公司老总。

同学说："搞了一辈子了，退下来了，该总结总结，请专家评估评估吧！"

老晁说："收藏么，就是藏时间呢。身体还不错，急啥？时候还没到呢！"

老同学说："等你知道时候到了的时候，来不及啊，娃不爱，糟蹋了咋办？"

说得在理，老晁答应了。专家来看了一星期，初步估值，保守价，两个亿！如果老晁愿意承担一个点的评估鉴定费，公司给每一件藏品颁发鉴定证书，证书是国家权威部门认可的。

老晁想：收进来花了四百多万，评估费就要两百万元，这是给他们办好事呢！

老晁婉言谢绝了评估公司。没有不透风的墙，一向低调的老晁是亿万大藏家，惊骇了好些同事朋友，电话来个不停，都说："没见你往这一行跑么，真是收藏家，藏得这么深！"

上个月，来了位北京的瓷器收藏家，省局一位处长介绍的。收藏家年龄不大，四十出头，呵呵，这岁数，怎么就敢称家呢？胆子够大啊！收藏家说交个朋友，互相学习，如果能交流藏品，那就更好了。

老晁说："看上东西再说吧！"

老晁进里屋，拣出嘉庆青花缠枝牡丹双耳大瓶，刚抱出屋，收藏家摆摆手说："晁局长，您就不要考我了，拿好的来！"

老晁想，这家伙眼头高啊！老晁从锦盒里取出康熙仿成华款青花团凤杯，放在桌儿上，请收藏家上手。按规矩，贵重器物不直接递到对方手中，免得不慎跌落说不清楚。

收藏家却并不上手，说："晁局长还在考我吗？高仿啊，不用上手。"

晁局长抱来雍正秋葵斗彩如意耳瓶，收藏家上手看了，只三秒，说："还是高仿啊！比那个仿得好，晁局长，能不能拿好的来？"

老晁找见直善堂玉壶春瓶。这回安静了，收藏家看了五分钟，说："这件还不错，但不是高品。还有好的吗？"

老晁脸色铁青，说："你真懂还是假懂？这些东西，哪一样有问题？我是轻院陶瓷专业毕业的，从胎、釉、发色、画工、形制哪一样有问题，你翻开书看看！"

收藏家微笑站起来，说："晁局长，冒昧说一句，这几样东西随便对一件，就是国宝啊！国宝全跑您家里来了？我爷爷是干这个的，我爸爸也是干这个的，我们天天看这个，摸这个，做这个，不用看书的！"

收藏家告辞出门，老晁看着满屋藏品，脑子换不过来……

# 梁老师

大清早，刚到西安北关，梁老师打来电话，让我赶快去他家。

我说："梁老师，咋不早说呢，我进西安北门了！"

梁老师焦急问："啥时间回来？要是明儿回来就没你的飨了！"

"啥没飨了？"

"屋里这些老货啊！"

"咋？"

"刚通告的，明儿早上八点推房呢，不拉走就掩在瓦渣滩了！"

我到西安参加省收藏家协会年会。我经管县收藏家协会的事情，挂了省收藏家协会理事的衔儿，其实就是个跑一线的。跑乡下，进农户，收集先人遗传的古董老货。收集了二十多年，有了点儿规模，被县上的跑家和藏家推上了收藏家协会会长的"宝座"。

开完会，下午五点，梁老师的电话又来了，说："平时没货跑得多欢实，今儿货等你呢，咋还不见你的影儿？"

我加大油门，往梁老师家赶。梁老师家在县城边儿，梁正村。开始跑一线那几年，我骑自行车，就在县城周边转悠。梁正村是千年老村，老货多，我跑得最勤。梁老师的家，就是件儿老古董——小四合院儿，纯正关中民居模样。高背子墙，青砖青瓦小门楼，翘鼓小门墩，泡钉门，门楣上砖雕"耕读传家"。进门是长方院子，正中蹲中堂狮。左右是偏厦，双开黑门，生铁门栓，梅花格子小窗。

正房一明两暗，青砖做基，墙体斜砌砌就，麦秸泥抹光。明间四扇核桃木格子门，老条案、八仙桌，太师椅，条案上摆铜镜和赏瓶，赏瓶是康熙斗彩呢。暗间，一间作卧室，老炕、老炕柜、老炕桌；另一间是书房，大画桌，四扇核桃木大屏风，屏风高，高过三米，上半截儿装嵌国画山水，焦墨笔法；下半截儿浮雕夔龙，乾隆雕工，细密流畅，包浆尤其好，核桃木显出深赭色，油亮，像硬木呢！

头回进梁老师家，我被镇住了！回过神，问："咋样的心思？把屋拾掇得这么髹活，味道太浓太爨了！"

梁老师不言传，只微笑。

我说："有啥不爱了的，匀我一件儿吧！"

"拾掇到屋里的，哪有不爱的？"

"你也跑一线？"

"啥是跑一线？"

"一线就是埋在乡里的古董老货，跑一线就是收古董老货么！"

"有趣儿！天天捡宝贝啊！"

梁老师泼出酽茶，请我坐，边喝边谝。喝过、谝过，我知道了，小四合院是梁老师的老屋，他在这儿长大。早几年破败不堪，别人劝他拆掉，盖钢筋水泥的楼房。梁老师不肯，"跑一线"半年，寻老砖老瓦，寻老门窗老家具，寻手艺好的老匠人。根据小时候的记忆，忙活了两年，拾掇成这个模样。梁老师原是县高中的校长，退休后，从县上回来，住进老屋，专意写字画画儿。

我问："梁老师，屏风上的焦墨山水是你画的？"

"胡抹呢！"

"画得好，有调调儿，我爱呢！梁老师，多少钱，卖给我吧！"

"送你，要啥钱么！"

"得算钱，我的意思是连老屏风一块儿卖给我。"

"巧言令色鲜矣仁！喜欢我的画儿是假，图谋我的老屏风是真，这下子我明白啥是跑一线了。"

"都喜欢，都想图谋呢！"

"别哄我了，我的画儿不值几斤几两，你要，我送；屋里的老货，一样儿也不卖！没这些老货，老屋还有啥老味道？"

跟梁老师不成买卖，却交上了朋友。从那以后，每到梁正村，我必到梁老师家，图的是闻老屋浓浓的霉味儿，图的是看梁老师写字画画儿。梁老师的字儿透着清逸秀气，画儿显苍拙之韵。见我登门，梁老师撂下毛笔，笑呵呵泼酽茶，拉我坐下，看我跑一线得的七七八八。见到精彩的小木雕，他留下，给我钱。

我不要，他不肯，说："出在你手上，我就不给钱了。都是你花钱买下的，不容易呢。快拿上，我有退休费呢！"

谝一会儿，拉我看他的字画。见我喜欢，就送给我。我给钱，他死活不要，说："出在自家手上，咋要钱？"

日子长了，我过意不去，登门带些烟酒茶，他瞪我，说：

"糟蹋钱！"

成立县收藏协会，梁老师出了大力，写写画画的事儿都是他办的。一摞子材料表格整治得妥妥当当，呈到县上、市上和省上，一路过关。收藏协会得有招牌呀，谁来写？都说花钱请省上名人写，我请梁老师写，众人不悦，说："县上人能写出个啥好字儿？别图省几个钱，让人笑话呢！"

协会成立仪式那天，最出彩的就是招牌！省上、市上的藏家都问："'集古堂'写得既古雅又飘逸，咋不见落款呢，谁呀？"

我把不愿落款的梁老师推到大家面前，藏家都叹："真正的高人在民间啊！"

县上人这才敬服！一时，梁老师屋里热闹起来，索字要画儿的人排队呢。梁老师还是分文不取。大家也自觉，有拿烟的，有提酒的，有献茶的，有请吃饭的，老梁只得说："真要为我，拿些好宣纸来，宣纸供不上了！"

赶到梁正村，已近黄昏。走进门楼，院内一片狼藉。梁老师坐在正房台沿上，看见我，颤悠悠往起站。我赶忙上前搀扶，说："梁老师，咋回事嘛？没听说这一片要拆迁啊！"

梁老师站稳了，摆开我搀扶的手，说："人家说这一片要修人工湖呢，要今晚以前搬完！明儿一早，挖掘机就来了，一千多年的梁正村就没有了。"

"梁老师，你这是老宅子，赔偿肯定要比一般房子高些，别难受。"

"不说这些。幸好我在县里有套房，日用杂货已经搬过去了，就等你呢！你把剩下这些老货搬走！来，我给你一样儿一样儿说。"

梁老师拉着我一一指点，小翘鼓门墩、泡钉门、"耕读传家"砖雕、中堂狮、老条案、八仙桌、太师椅……，还有这些年从我手里买的大大小小木雕，连同书房所有的书法、绘画，统统让我搬走。

梁老师说："炕边子明儿一早拆，我在老屋炕上睡最后一晚夕。"

"梁老师，一共多少钱？明儿我把钱给你送来。"

"你要是给钱，就别搬了！"

"梁老师，字画出在你老手上，老货可是花钱收的啊！"

"你就惦记钱！放在你那儿不成？我还去看呢！"

我调来一帮人，拆的拆，搬的搬，所有老货和字画上了车。小四合院残垣断壁，死了一般。

我说："今晚夕我陪你老人家睡老炕吧！"

"我自家睡！"

"房门拆了，空敞敞的，你老人家晚夕当心。"

"当心啥？没人打抢我这个眼睁睁就要入土的老汉……"

一语成谶！

第二天一早，传来噩耗，梁老师走了，在老屋炕上没醒来……

我呆愣愣地，缓不过神。先天，梁老师言语悲凉，舍不得老屋，舍不得土炕，舍不得古董老货，却没走的意思啊！最后一晚夕，梁老师一个人要睡老屋炕上，莫不是冥冥中察觉到了……

梁老师两儿一女，念书都好，上的好大学，都在外省工作。儿女们赶回来，一个个哭得昏天黑地。老伴儿病倒了，躺在床上……

送走梁老师，我整理他的字画和古董老货，计划在他老人家百日时候，举办他的书画作品和藏品展。梁老师留下的书画装满了两大纸箱。书法，楷、行、隶、草都有，最精彩的是楷书，规矩而有个性，端庄而含秀逸；绘画全是焦墨山水，苍拙间蕴含浑厚，干涩而不失灵性。翻拣到最后，在纸箱底儿发现一副对联，楷书，气势磅礴，写的是：

    不因果报勤修志 岂为功名始读书

署款"竹林山人梁峻德"，写于"光绪十五年"。梁峻德是谁？是梁老师的先人吗？梁老师的家世，他没提说过，我也没打问过。或许，梁峻德与梁老师只是同姓。且不论梁峻德与梁老师的关系，只看联语内容，分明是梁老师的写照啊！

举办梁老师书画作品和藏品展，最显眼位置，一定得挂上这副老对联！

# 三爷

　　从包茂高速三原出口下来，进入关中环线，醒目的"原家庄"路牌开始"导航"。九嵕山逶迤腾浪，落日余晖下，映着殷红的霞光。西行十公里，便到了原家庄。庄子门楼古色古香，两旁的青石狮子，包浆沧桑，很有些年份。门楼内右旁，一丛林子，杂树老木、虬枝繁叶间，摆方桌木椅，泥炉火焰鲜红，紫铜茶壶"突突"冒着水汽，茶香四溢。

　　一位老者正在吼秦腔："王朝马汉一声报，国太护铡难下刀。包拯一见心好恼，今日岂能把他饶……"

　　过了茶铺，豁然便是庄街。

　　街面剁斧青石铺就，两边铺子热闹，卖吃的、卖穿的、卖耍的，皆粉墙黛瓦，檐牙高啄，钩心斗角。入了房内，雕花的方桌，黑漆的条案，安铜锁的板柜，没一样不包浆厚实，古意沧桑。

　　趁老板稍歇，我问："你们家的老家具太地道了，哪里买的？"

　　"我们原家庄的老家具买不来啊，原三爷给的！"

　　"原三爷？"

　　"这会儿客多，忙呢，闲了给你叙道。"

　　闲了，老板果然来叙道。

　　他说："我爱给客叙道原三爷，我要让人们都知道原三爷。"

原三爷是六十年代方圆几十里独一个儿的大学生，才子啊！毕业后进了北京工作。没几年，却回村了。传说路走偏了，回来接受贫下中农再教育，跟乡亲们一样，面朝黄土背朝天，跟土地爷打交道。

村人只叹息屈了三爷的才。在村里，三爷辈分高，当村长的孙子只小三爷两岁，却得叫他爷呢。

"破四旧"时，三爷给队长说："上头说的是个'破'字，千万别像旁的村子，经念歪了，'烧'呢！挨家挨户说，旧书、老画、老瓷器、老神像、老桌子、老椅子……搬得动的，藏到北山废窑去！祠堂和关帝庙，安排人拆，挑细心人，拆仔细了，拆下的木头、石头和砖瓦，一样儿也别乱，堆到学校空房去。记着，风过了，还是要建起来的！"

孙子疑惑，惊慌不安。

三爷说："办好了，你这个队长今辈子能在袁家庄立住脚！"

"跟上头对着干，立住了脚，保不住脑袋。咋办？"

"机灵些，砸些没名堂的老罐罐，烧些没用处的老木头，盖盖上头的眼！原家庄靠山，是偏背村，没在显亮处，上头不觑觎。顶住，这是一场风，一场邪风，顶过去就没事儿了！"

说是一阵邪风，却没说刮多长时间。谁也没想到，这场邪风，刮了那么长时间。风过了，北京来人落实政策，拽三爷回北京。

三爷犟，不去，只愿在县上教书。三爷说："北京土燥，我扎不住根。家乡黄土厚道，我已经扎了根。再挪窝，怕今辈子成不了一棵树喽！"

政策变了，不几年，家家户户日子红火起来，扒老屋，盖新房，一架赛一家。那时，时兴楼板房，老屋扒下的椽呀，檩呀，门呀，窗呀，柱础呀，门墩呀，成了多余，占地方呢，恨不得烧掉扔掉。

三爷说："别糟蹋，存放下，日后还会有大用场！"

谁信啊！谁听啊！

三爷急了，给由队长变了村长的孙子说："把知青楼给我用！"

知青撤了，知青楼空空荡荡，荒着呢！

村长问："几十间房子呢，你一个人用得了？"

"收老砖、老瓦、老屋架、老房梁、老房脊、老飞檐、老桌子、老板凳、老门墩、老中堂狮子、老柱顶石、老拴马桩……还怕不够呢！"

"收！钱在哪儿？"

"我有工资呢！"

"好我的爷哩，有钱你也盖新房啊，咋把钱糟蹋在这些没人要的老货上？"

"你只管把地方给我。当年让你藏的那些老货，让你今辈子在原家庄立住脚呢！我没忘！你给爷帮忙，把这些老货收下来，爷还要你成神哩！"

"爷，埋在北山窑里的老古董我都忘了！指望这些老货成神哩，成啥神？我忙着务苹果呢，苹果务好了能成神。"

那一阵儿，家家户户栽苹果树，孙子是村长，也是务苹果的土专家。

三爷说："各是各的事，苹果别耽搁，老货更别耽搁。苹果树死了，可以另栽；老货殁了，再就活不过来了。"

孙子想了想，点头说："爷，我给你地方，你想咋办就咋办。"

没几年，苹果树挂果了，家家户户发财了。

三爷对村长说："时候到了，爷给你指一条发大财的路！"

"啥？"

"忘了那些古董老货了？该出世喽！这会儿看，哪一件不稀罕，多少人踅摸着想要呢！你就要成神了！"

"出世？成神？"

"卖老味道，卖老念想！"

"老味道、老念想咋个卖法？"

三爷铺开一张大图，指点着说："这里是关帝庙，这里是原家祠堂，这里是民俗博物馆，这里是古董一条街，这里是农家乐小吃一条街，这里是老作坊一条街，这里是老耍活儿一条街，这里是……"

孙子呆了，问："乖乖，搞旅游啊！爷，你不是说咱原家庄是靠山的偏背村，没在显亮处吗？"

三爷哈哈笑了，说："偏背才存古风，才有纯正老味道，才能惹起老念想呢！城里人，哪个不是偏背乡下老树上发出的芽芽，谁不想回来看看？"

老板叙道得神采飞扬，客人们围拢着他。

老板自豪地说："民俗村还没建好呢，就火了全国！客人潮水一样，节假日要预定呢……"

客人问："三爷发大财了吧，那么多古董老货！"

"三爷说,谁的娃谁抱,谁家东西谁拿,把本钱给他就行,一满散给了村上和乡党。你看我这张条案,批麻批灰黑大漆,明代的,北京客出了十五万要买呢!当年抬到知青楼三爷给了十元,三爷还给我还是十元。三爷这样的人,世上咋寻啊!"

"三爷呢?"

"唉,三爷走了!小吃一条街刚建好,三爷走了,全村老少的心,刀绞一样……村长成神了,当了董事长,省人大代表呢。"

## 方瞎子

方瞎子说他瞎，却认得路。

西边的路他认得，南边的路也认得，直的路认得，歪的路也认得，明的路认得，暗的路也认得……千万别小看了认路，不是所有的路都有路标的。譬如，老瓷器，瓶儿呀、钵儿呀、黑釉的、青釉的，唐的、宋的，马上要，有路子吗？老木器，床、椅、凳、桌、案、几、柜、箱、架，硬木最好，核桃木也成，清三代的，嘉道也成，马上要，有路子吗？老石器，柱础、门墩、马槽、拴马桩、中堂狮、青石麻石都成，马上要，有路子吗……有青铜器的路子吗？有高古玉的路子吗？有唐三彩的路子吗？

方瞎子驾驶长城皮卡，柴油的，加大油门，"轰轰"吼叫。有"客"慕名上门，方瞎子说："只说你要啥，我知道路，保准领你到地方！你要啥？"

车行路上，方瞎子打电话，用蓝牙，声音吱吱喳喳：

"黄哥，忙啥呢？哦，在屋，等着，约莫一个钟头后到你屋，青铜尊，你等着哦！"

"马师，你好你好，我是老方！对对对，上回那客不行，不出价。今儿领了个好客，好好好，一会儿见。"

"白日鬼，乾隆十二年的歙砚卖了没？没卖啊，我就知道你卖不了，等着，哥给你领客来了。"

"老三，客来看你那坑陶……"

下了高速走省道，走罢省道走县道，出了县道走乡道，离开乡道进村道，走完石子路走泥土路，七拐八拐，终于进了黄土夯筑围墙的院落；或是在窄窄的老县城巷子钻来钻去，钻到一家烟茶小店；或是来到新城某个花园小区，敲开防盗门；或是经过保安傲慢地登记，来到某家别墅；或是黑漆漆的夜晚，来到塬上的冢疙瘩，挖冢子正干活呢……更多的时候是到乡村，方瞎子介绍罢客人和卖家，说："你说事，我啥啥儿都不管了。"

关中方言的"你"发硬挣的"促"声，指一个人；发柔和的"去"声，指"你们"。方瞎子把柔和的"你"说得意味深长，把他自己和"你"分开，就是说，这是你们的买卖，瞎了好了，真了假了，贵了贱了，一概与我方瞎子无关。方瞎子干啥去？

转悠！乡下人豁亮，院门敞着，屋门敞着，后院敞着。方瞎子爱往后院转悠。后院有啥？除了茅坑和猪圈，就是杂物棚了。棚里除了锹、掀、锄、镢、耙、镐、叉等农具，还有早已不用却割舍不得的杆秤、秤锤、木斗升子、石磨、石碾、门墩、柱础、砖雕、格子门、雕花窗、小炕桌、扶手椅、架子床、老屏风……方瞎子看得细。正在看，前院传来喊声，他回到前院。

东西客没看上，方瞎子不多一言，朝主儿家摇手，走人；东西看上了，主儿家要天价，客出地价，没有谈拢的可能，方瞎子说一句："都别忘了，有行市呢！"说给主儿家，也是说给客。说罢，不缠挽，还是走人。东西看上了，价钱对上了卯窍，买家需要外来的最后力量下定决心，问方瞎子："货咋样？"

方瞎子哈哈笑，摊开双手，说，"我是瞎子眼，啥啥儿不懂。你那么好的眼，看上的货，能有啥毛病？价钱么，可心就成！"

东西看上了，价钱有差距，若差距不大，方瞎子把主儿家拽到一旁，悄声说："想成不？想成，往下饶半步。碰上肯出价的远路客不容易，别错过这个主。我是瞎子眼，我都看这事能办呢！"

方瞎子又把客拽到一旁，悄声说："想成不？想成，往上撑半步。今儿你运气好，主儿家等着用钱呢，价没胡来，别错过了这个点儿。我是瞎子眼，我都看这事能办呢！"

三言两语，皆大欢喜，买卖成了。钱入了主儿家兜，货归了客。方瞎子嘿嘿笑了，说：

"说话呢，后院角角儿那把老刀，锈成啥了，让我捎上。"
　　"说话呢，后院那几扇格子门我能用，让我捎上。"
　　"说话呢，后院撂的那个黑罐罐，对对，带俩耳子，让我捎上。"
　　"说话呢，后院那个老案子散架了，回去拾掇拾掇凑合能用，让我捎上。"
　　"说话呢，后院那个铜盆锈成绿块块儿了，让我捎上。"
　　"说话呢"是正式的表达，主儿家大多不会拒绝。人家老方跑这么远，人吃马嚼的，让自家东西变了钱，不要"说合钱"，要的东西"啥啥儿也用不上"，不值三核桃俩枣，何不还了人情？
　　方瞎子把主儿家的"三核桃俩枣"装上车，哈哈笑说："想卖啥再说话，我给你领客。"
　　这样的场景当然是在农户家。在小跑家屋，方瞎子不去后院，只在货堆里瞅。生意成了，方瞎子坐着不起，朝"小跑家"说："钱装到兜兜了，鞭活了，让我捎个啥？"
　　大气、按路数出牌的"小跑家"，摸揣卖得票子的厚度，拣选一样，说："今儿操心费神了，这个好，你捎上。"
　　方瞎子站起来，拍拍身上的尘灰，说："我是瞎子眼，你说啥就是啥，有客了再给你领来。"
　　小气、不谙路数的"小跑家"，左看看右瞅瞅，选了一样"烂烂货"，递给方瞎子："屋里没啥了，这个别谈嫌，你捎上。"
　　方瞎子并不理会"小跑家"的"别谈嫌"，自己抓起一件儿，说："我是瞎子眼，啥啥儿不懂，你那个我不爱，这个顺眼，我捎走了。"
　　住单元房的主儿家，烟呀，茶呀，客套多，讲究多，看东西一件一件来，看过一件，不成，进里屋另拿一件，还不成，进屋再拿一件，再不成，没有了！方瞎子不说话，只瞅电视。买卖成了，主儿家送客出门。方瞎子走在后头，主儿家见有茬口，不言传，塞钱到方瞎子兜里。
　　高档别墅，客是进不去的。方瞎子独自进去，主儿家把包好的东西交给方瞎子，说："按说好的价，安全第一。"
　　方瞎子不言传，提了东西出门到了地方——或是茶楼，或是酒店房间，或是他屋里——客看了货，问："保不保？"
　　古董行，没有"保不保"一说。拍卖行保吗？方瞎子说："我是瞎子眼，啥啥儿也不懂。你自己看，你看好！"

价钱嘛，方瞎子并不贪心，按照别墅里交代的数字报了，说："我是瞎子眼，啥啥儿也不懂，人家说多少就是多少，我没掺水，也没算谢承钱。"

按规矩，方瞎子领客买到了货，按一成的例收取谢承钱。方瞎子只收客的，不要主儿家的。看好了货，谈成了价，付过了钱，方瞎子一分钟不耽搁，回到别墅，交钱到主儿家手中。

主儿家说："捎些啥走呀！"

啥，就是烟酒之类，有时候也有一沓钱。方瞎子不推辞，提了就走，出了门扭头说："再出啥说话。"

到塬上的冢疙瘩，天色黑暗，挖家子卖了啥，客买了啥，方瞎子说："我是瞎子眼，啥啥儿都不知道。"

时间长了，经了各式各样的路子，见了的各种模样的人，过手了各种档次的货色，方瞎子有了一名二声。行里传言："方瞎子是瞎子眼？谁信谁才是瞎子眼！一分钱没花从人家后院把明式明做黄花梨圈椅诓走了。"

"这家伙瞎本事大，从豆马村老婆子手里哄走了耀州窑北宋青釉刻花缠枝牡丹梅瓶！"

"怡韦村有个小跑家，真正的瞎子眼，把一颗锤头大的夜明珠当料器送给方瞎子了。"

"有个挖家子把金呀玉呀当值钱货，挖出个铜印，老虎印纽，锈成了绿疙瘩，不当回事儿，落在方瞎子手里了。谁的印？汉大将军印。"

啥是"挖家子"，就是盗墓贼啊！

这些话传到方瞎子耳朵，他嘿嘿一笑，说："谝得美！我是瞎子眼，啥啥儿不懂么。真要弄下那些好东西，发大财了，还开破皮卡？"

传言回应说：

"装穷呢！儿子投资移民到美国了。"

"东大街的门面房一次就买了三套呢！"

"方瞎子屋里的古董老货堆得山一样……"

各说各的，该听谁的？

上月初七，晌午，太阳正红，方瞎子驾皮卡领南方客寻古玉呢！不知啥时候冒出两辆警车，警笛大作，前后夹击，蛮横地把皮卡截停。

警察拖出方瞎子，戴上手铐。

方瞎子吼："没王法了，逮错了，逮错了，公安局胡逮人……"

"方三民，老实点！能撵到这儿逮你，逮不错！"

"我犯啥法了，凭啥逮我？"

"铜老虎你忘了？"

"啥老虎不老虎？"

民警从手机调出一张图片，递到方三民眼前，说："这个你不应该忘记吧？"

"这个……这个……这个不就是个铜锈绿疙瘩么？"

"铜锈疙瘩？方三民，态度放老实点！"

"我是瞎子眼，我啥啥儿不懂，明明是个铜锈绿疙瘩么！"

"铜锈绿疙瘩？瞎子眼？你怎么把铜锈绿疙瘩卖了一百万？任三民，你涉嫌倒卖国家文物，现依法对你实施刑事拘留！"

白晃晃的搜查令在眼前晃，挡住了方瞎子的路……

# 无铃印字画

今人尤重名头,一幅字儿、一张画儿若无款无印,纵是拍卖逾亿的宋徽宗亲笔,恐怕也鲜有人问津。好比人,没有官衔和名衔,就难以"崇高"和"著名"。

有名款,却无铃印,也不中,难免"冒"或"赝"的嫌疑,且"冒"得不地道,"赝"得不专业。为什么不铃印呢?好比红头文件,未用印,那"一二三"的指示算得了数吗?

十多年前,我有事需拜求一头顶官衔的人。朋友告诉我,此官人有雅好,字喜茹桂,画爱刘文西,送上此二者之一,事情顺当。我求之于文先生。文先生是我中学历史老师,爱书画,善收藏。退休之后,他老人家专心此道,藏品颇丰。

听了我委婉腼腆的请求,老先生翻拣一番,取出一卷宣纸,说:"茹桂的字、刘文西的画我都没有。这是一幅刘文西的字,蛮不错的,或许能帮上忙。"铺开宣纸,软片儿,赫然五个大字:"活出真精神",笔力雄健,劲气内敛。左侧落款"一九七七年八月二十日,刘文西书于古都西安",没有铃印。

先生说:"虽无铃印,但是真迹无疑。"

我惶惑问:"这能行吗?"

先生说:"如果是行家,肯定行的!刘文西的书法比绘画面世少,更稀欠呢!"

我嗫嚅道:"那得好多钱吧?"

先生笑道:"没有钤印,没人认,没人要,老师五十元在鬼市得到的。你有事,拿去吧!"

我谢过老师,请朋友送给官人。

第二天,朋友传来消息,官人细细揣摩过后,请数位高手研讨了一番,一致认为真迹无疑。至于没有钤印,疑是刘文西在外挥毫,没有带印鉴。另外,"活出真精神"这五个字非凡俗之辈可为,那是一九七七年,艺术的春天来了,抒真情,写真意,活出真精神,从此告别违心啊!

朋友说:"领导说了,这幅书法不错,他收藏了!"

我说:"看来官人不是附庸风雅之辈,真有两下子的。我的事情呢?"

朋友说:"当然一挥而就了!批复在我手上,你请客吧!"

今年春节,藏友领我见城墙根的一位老藏家。不愧为老藏家,屋子塞得满满当当。吃饭的方桌,喝茶的小几,坐人的木凳,盛水果的盘子皆古旧之物。墙上挂满了老字画和古木雕,古趣盎然。在这儿,我见到了一幅无钤印的字和一张无钤印的画。

字是何海霞的,铁画银钩,金戈铁马,汪洋恣肆;写的是"世上无难事,只要肯登攀";写在道林纸上,泛黄了,有几处茶渍;横幅,宽一尺,长三尺,一行两字,"事"和"攀"踞一行,潇洒飘逸,使整幅作品错落灵动起来;左下,草书"海霞",那是大师特有的笔法,模仿不来的;没写时间,没写地点,没写赠予何人。

看着我询问的目光,老藏家说:"从纸张和内容看,应写于七十年代。我是在八仙庵集上得到的,卖家二十多岁,本地人。"

我问:"很贵吗?"

藏家说:"卖家要价一百元,我没还价,刚掏出钱来,他一把扯去一溜烟跑掉了——怕我反悔呢!卖家认不得海霞二字,或许认得,不知道海霞何许人也。"

我问:"为什么没有钤印?"

老藏家说:"我想,写字时候,海霞先生在朋友家中,喝了酒,谝得美,兴致高,朋友索字,他乘兴写在道林纸上。那年月,宣纸难得啊。你看石鲁这幅画。"

冬天的秦岭,白雪皑皑,干枯的杂树瑟瑟枯立,衰败的荒草匍匐,瀑布凝挂山崖，山石裸露胸膛，山道上，一行人影，向白雪覆盖的茅屋缓缓行进……画面犷率硬朗，涌着悲怆的激昂。

老藏家说："人言石鲁黑重怪野，用笔如刀，墨色酣畅，痛快沉着，在这幅作品中体现得淋漓尽致啊！"

我找石鲁的名款，却不见，便问："名款呢？"

老藏家指着画面左方一处说："在这儿呢！"

我这才在草丛边沿觅得"石鲁"二字。

老藏家说："即是没有'石鲁'二字，也不会是第二人的。艺术风格形成以后，艺术家就有了独一无二的DNA，别人仿得了皮毛，基因是没法子仿的。"

我又问："印呢？"

老藏家说："石鲁落魄的时候，哪有作画的地方啊，哪有作画的材料啊！有这幅画就不错了，没有印怕什么？DNA变不了的。告诉你个小秘密，石鲁的印不是钤上去的，是用印油画的。作这幅画时候，竟然没有印油了。"

老藏家看着画面，继续说："这些没有钤印的作品，或许才是最精彩的艺术品。那一刻，他书写描画的是内心翻滚的波涛，没有杂念，只是扑闪颤动的艺术灵性……"

我问："为什么？"

老藏家说："他不为钱啊，为写而写，为画而画。一旦为了钱，或者别的功利企图，就变味了。"

我说："说得真好，艺术一旦只为了钱，或者别的功利企图，就变味了。"

# 清风子

秦岭美,春夏秋冬各有丰姿。要说宜人,当属炎夏。钢筋水泥高楼晒得滚烫,烫得人心焦气憋,自然往秦岭跑。转过第一道山弯,回望不见城市,茫茫秦岭舒爽的气场将人包裹在怀里了。

"嘿……咿……呀……哦……"

吼一嗓子,声音峪间回荡,一时,人活泛过来,叹道:"这才是人活的地儿!"

进大峪,行十里,右拐穿山村,眼前豁然亮出一片竹林。竹是竿竹,根根挺秀,直刺云天,密密实实;竹叶翠绿,在山风中拂荡,荡做一团润嘟嘟的翠。竹林旁有石屋。屋顶是山崖斜伸出来的巨石,四米见方。墙体用块石垒砌。块石,秦岭七十二峪,多得是呢。门是一竿竿竹子绑扎而成的。石屋旁,立间瓦屋,砖墙木椽,朴素简洁。四围山峦起伏,烟云祥和,泉声叮当,山风轻吟。

客人齐声叹道:"神仙地儿啊!"

迎客的不是道貌岸然的神仙,而是长发斑白、皱纹满面的老太。老太身材瘦长,辫子长及腰身,眉毛细密,两眼汪汪。老太邀客入竹林,哎呀,竹林内是一片壮观的"石林"啊!奇石高低错落,大的高过人身,小的不及篮球,颜色各异,姿态万千。

老太讲解道："这块石头是四亿年前岩浆喷发冷却以后生成的模样，满身沧桑；这块石头被山泉冲刷打磨了上万年了，光滑圆润；这块像不像大熊猫？大熊猫在啃青竹呢；这块是一幅画，也是一首诗，飞流直下三千尺，疑是银河落九天；这块是王维独坐幽篁里，弹琴复长啸呢；这块石头了不得，白色的线条像笔画，写成了'长安'二字，亿万年前，造化注定有大长安呢；这块像雄鸡，更像中国版图；沧海月明珠有泪，蓝田日暖玉生烟，这是一块蓝田玉原石，个头硕大，十分罕见……园子摆放了五百六十二座奇石，全部来自秦岭。请慢慢欣赏。"

讲完，老太给客人递上茶水，转身出了竹林，进了石屋。

喝着清纯甜润的仙毫，沐浴凉爽的清风，呼吸干净的绿色空气，此刻，如仙人一般。欣赏完奇石，客人想看看石屋，轻叩竹门。屋里静悄悄的，没人啊！愣神间，老太从瓦屋出来，没留神，不知道她什么时候从石屋到了瓦屋。

老太问："怎么了？"

客人回答："您的石屋很特别，想进去看看呢！"

看着客人恳切的眼神，老太说："那就看看吧！"

老太打开石屋门，里面昏暗，什么也看不清，闻有浓浓的檀香气息。老太开了灯，哎呀，这是一间祭堂啊！

祭堂正中是一张高高的石桌。石桌上摆放了一幅大照片，黑白的。照片上，一位五十多岁的男人，一手拄木棍儿，一手叉腰，站在陡峭的山坡上，回望山下。男人短头发，长方脸，厚嘴唇，亮眼睛，畅怀笑着。照片前是一尊青石香炉，三炷香缭绕。香炉两旁是野花，一朵粉红，一朵淡紫，插在玻璃瓶中，鲜着呢。玻璃瓶身靠了两张小照片，八寸那种，也是黑白的。一张是一位浅露笑靥的漂亮姑娘，眼睛水汪汪的，浓密的辫子搭在胸前，长过腰身。一张是结婚照，男女的笑容都甜甜蜜蜜，眼神里透着美好向往。结婚照上有一行字："结婚纪念 一九七二年三月"。石桌后是墙壁，也就是崖壁，竖刻"清风子灵位"五个字。客人眼尖，长辫子漂亮姑娘就是面前的老太，也就是结婚证上的新娘啊！山坡上的小伙子就是新郎啊！

客人望老太，老太望山坡上的小伙子，说："我丈夫，就是清风子，那是他的号。清风子是石痴，只爱秦岭石，踏遍了秦岭的山山水水，疯成石魔了。石屋是他垒起来的，是他进山捡石头的家。石林里的奇石是他一块一块捡回来的，捡了十八年呢！"

客人问："清风子走了几年了？"

老太望着山岭，说："差八十三天就六年了。"

客人眼睛潮湿，又问："清风子走了，您怎么住这儿呢？家呢？"

老太说："这儿就是我的家啊！清风子在哪里，我就在哪里，我得守着他。"

见客人瞠目，老太接着说："他虽然死了，他的魂不会走远，他爱秦岭的山山水水，爱秦岭美丽的石头……他走之后，我安顿好家里，搭建了这间瓦屋，过来陪他。"

客人关心问："你一个人在山里不害怕吗？"

老太笑了，说："清风子相伴，我怎么会害怕呢？孩子们都孝顺，常从城里来看我呢。城里爱石头的人越来越多了，他们爱往秦岭跑——你们不就是吗？享受了大自然的风光，把好看的石头带回家——好些石友喜欢清风子的石头，要掏大价钱买呢！"

客人说："价钱合适了，您卖呀！"

老太瞪一眼客人，坚决地说："我不卖！卖了，清风子就不高兴了……"

# 凯子

天色大亮，金老师迎着太阳光瞅手中的箫。竹箫油亮，溢着老旧包浆。瞅不准，金老师从斜挎的布兜摸出放大镜，眯着眼瞅，瞅毕，哈哈大笑，把箫管递给我，说："乾隆御用，送你了！"

说完，从布兜摸出一块黑碇，又迎着太阳光瞅。黑碇掌心大小，一寸多厚，随形。金老师额头沁了细密的汗，瞅毕，把黑碇递给杨总，叹口气说："徽州松烟，送你了！"

我和杨总几乎同时叫道："怎么了，金老师，这么豪迈？连打两次眼啊！"

逛鬼市就是这样，天麻麻黑，捡漏儿了是乐趣，被小敲小打两下，像按摩和针灸，花了钱，被人家捶来捶去，扎来扎去，也是乐趣呀！

金老师说："被当凯子鞭了啊！看那卖箫的汉子，一脸憨相，没睡醒的样子。我见箫管有包浆，打开手电看，看到'乾隆御用'四个小篆，冒贪念了，问价，一百五，还价到一百，不能少了，还等什么？这桩交易完，汉子又掏出这块墨碇，掂量极轻，徽州松烟的贪念又冒出来，还是要一百五，又还到了一百……你俩看看，箫管的古旧是煨烤出来的，真要是御用，会刻上这四个字儿吗？好一块墨碇，是一块抹脏的黑塑料块儿！老了，眼力不济，贪念不止，上当挨鞭一闪念，真是凯子啊！"

杨总掂手中的"徽州松烟"，说："金老师，花了两百元，您就想当凯子呀，差得远呢！想成为有范儿的凯子，您先得是一枚土豪，住豪宅，开名车，泡明星。您兜儿里那点钞票，这辈子就别想实现凯子梦了。走，羊肉泡，我请客，安慰安慰您老受伤的心灵。"

金老师笑，说："行情见涨啊，做个凯子都要这么高的门槛了？"

我说："凯子就是恺撒，皇帝啊！在港台，被女人骗了钱财却没落着好的男人，叫凯子。上这种当，受这种骗，本来就是男人的专利和特长，没有什么丢人的。可笑的是，有些大头以为被丘比特之箭射中，满脑子喷涌荷尔蒙的泡沫，陶醉在爱情当中。金老师，您没有陶醉在拥有乾隆御用的美梦当中，悬崖勒马，从这点看，也算不得凯子。"

金老师和杨总都笑。每人两个馍，二两枸杞高粱酒，杨总又要了酥烂的酱牛肉、白藕片、红萝卜、绿芥菜的素拼，掰馍、小酌、闲谝三不误。

杨总说："金老师，我巴不得您是凯子呢！前几年，生意火，跟凯子亲密无间，钞票数到手抽筋儿。有个姓裴的，鄂尔多斯人，有六家煤矿，口头禅是：'他算个啥，我要了，打包！'东西好，东西贵，他上了眼，只要你说：'对不起，裴总，山西的牛总，实力老大了，不知道您认识不？他看上了，让留着，您请看看别的……'裴总必定大发雷霆：'姓牛的是哪座庙里的神？他算个啥，我要了，打包！少啰唆，小心我用钱砸你。'我的殷商龙纹鼎、西周饕餮纹大鼎、西周镶嵌绿松石兽面爵杯、战国嵌玉鎏金宝剑、乾隆御制夔龙纹碧玉碗都被裴总抢走了。最后一次的九龙玉杯，五十万，说好的财务打款，一拖再拖，拖得没影儿了，电话都打不通。"

金老师听了笑说："慢着，这些都是珍藏在博物馆的国宝，怎么捯饬到你手上了？"

我啜一口高粱酒，说："凯子不鞭是有罪的！金老师，杨总分享改革开放的伟大成果，你不愿意吗？"

金老师饮下一盅酒，说："我也想分享呢！杨总，你给人家的是真东西吗？"

杨总停下掰馍，夹起一块牛肉送到嘴里，鼓着腮帮子大嚼，口齿不清地说："怨不得我呀，金老师，哪有那么多国宝？他们口口声声非国宝不要，一般真东西入不了他们的法眼。没办法，只能'特供'了。"

"不怕人家找上门来，那么大数目。"

"怕什么？您以为这些凯子像您一样，真心爱古董？这些'特供'啊，转眼就到了权贵家里啦！"

"权贵一定是行家了，发现东西不对怎么办？"

"那就不知道了，反正没人来找过。搞收藏，不自己交学费，不从自己身上剜肉，不从自己心上滴血，入不了道的。权贵们白玩，不心疼，怎么会有好眼力？"

"那么大价买一件东西，裴总他们不心疼？"

"金老师，见过种庄稼吧，见过钓鱼吧，您会心疼种子吗？您会心疼鱼饵吗？在您眼里这是一大笔钱，在他们眼里，只是种子，只是鱼饵……在我们眼里人家是凯子，在他们眼里，我们连凯子都算不上，不值得鞭啊！"

"裴总电话打不通，肯定生意失败了，跟你鞭没有关系吗？"

"哈哈，把老板能鞭趴下，我手里握的一定是神鞭了。金老师，您见过打死宝马的鞭子吗？您见过一鞭子被打死的宝马吗？说实话，这些凯子巴不得我继续鞭他呢！他腰包鼓鼓的，有被鞭的资本啊！"

金老师掰好了馍，夹好牌子。

杨总说："裴总算是一类凯子。真正的凯子，不是这些人，而是那些兜兜儿里紧紧巴巴，却痴心妄想的人。"

我点头，说："前一阵子认识了一位收藏家，爱写毛笔字，写字喜欢用老墨，在砚台里慢悠悠研出墨汁。时间长了，喜欢上了砚台和老墨。十几年工夫，收了一千多方砚台和一千多块老墨碇，最好的砚台是康熙皇帝御用过的，有题款呢。听他讲后，我大惊，到他家去看。他家客厅、卧室、阳台叠床架屋都是砚台和墨碇。看过三方砚，我心里拔凉拔凉的。再看墨碇，更是跌到冰窖里了，没有一样儿对！所谓康熙皇帝御用砚，一眼儿的赝品。我问他：'怎么来的？'他笑得很豪爽，说：'朋友嘛，我好交朋友，多一个朋友多一条路嘛！'我不再看他的所谓藏品，没话找话说：'嫂子和孩子呢？'他尴尬起来，气呼呼地说：'他们不懂收藏，跟我作对，被我赶走了……'这样的收藏家，才是真正的凯子，可叹可怜的凯子。杨总，是不是这样？"

杨总说："是的。这些凯子自以为眼力非凡，会捡漏儿，冲锋陷阵，不怕牺牲。我们开店的，看客人经济状况不是花这种钱的，不忍心，说一句'您看好'，提醒提醒，人家根本不理会，死活扔钱要当凯子，拦不住啊！"

我说："杨总，您大善人啊！怕是真遇见了凯子，恨不得抡圆了胳膊鞭呢！"

杨总说:"我倒是想抡圆了胳膊鞭呢,鞭出麻烦怎么办?有家店,遇见凯子了,鞭了八十多万,还没顾上得意呢,店被封了,老板被公安带走了。那凯子是刚毕业的大学生,酷爱,狂买,他爽了,家里受不了了。他爸是公安局的,把儿子买的东西做了鉴定,全假,诈骗啊!还有,像金老师今天这样的,到了手,仔细看,或者请人看,发现不对,回来要退,你说对,他说不对,退不了,大闹,闹得大打出手。还有的,半年一年后找上门儿的,凯子是行里人,懂规矩,不能退啊,但他老婆不懂,闹,要死要活闹,生意怎么做?不是所有凯子都可以鞭的,应择凯子而鞭之。"

金老师和我大笑。金老师说:"鞭凯子已经理论化了。可惜现在生意清淡,理论指导暂时用不上。"

杨总说:"急什么?洪湖水,浪打浪,这一浪过去了,下一浪总要来的。凯子们总是踏浪而来。现在的任务就是等,等浪头起来啊。"

我举起酒杯,说:"来,为浪头干杯!"

金老师说:"也为凯子干杯!"